TABOU

Casey Hill

TABOU

Traduit de l'anglais (Irlande)
par Anath Riveline

LES ESCALES

Titre original · *Taboo*

Édition française publiée par :
© Éditions Les Escales
60, rue Mazarine
75006 Paris – France
Courriel : contact@lesescales.fr
Internet : www.lesescales.fr

ISBN : 978-2-36569-008-9
Dépôt légal : octobre 2012
Imprimé en France

Édition : Véronique Cardi
Correction : Josiane Attuci-Jan et Jacqueline Rouzet
Mise en page : Nord Compo
Couverture : Hokus Pokus créations
Traduction : Anath Riveline

À notre merveilleuse petite fille, notre bébé, Carrie.

Prologue

Baie de San Francisco, Californie

— Allez, Reilly, je suis sûre que t'es pas cap !

— Jess, oublie. Je ne le ferai pas, d'accord ?

Reilly traînait des pieds en rentrant de l'école. Sa jeune sœur sautillait devant elle, ses nattes blondes duveteuses se soulevant à chaque pas. Reilly détestait aller chercher sa sœur à l'école. Toutes ses amies pouvaient se rendre au centre commercial, mais pas elle. Elle devait récupérer Jess, la ramener à la maison, lui donner son goûter et s'assurer qu'elle fasse bien ses devoirs.

— Papa t'a déjà dit de ne pas t'approcher de lui.

À vingt mètres devant elle, un vieux monsieur s'affairait à ratisser les feuilles mortes dans son jardin. Vêtu d'une chemise en flanelle et d'une salopette sale, il avait le dos voûté, des cheveux fins argentés, et ses deux grosses mains noueuses agrippaient solidement le manche du râteau. C'était l'automne, les feuilles tombaient des arbres, et chaque jour le soleil se couchait plus tôt.

— Allez, dis-lui quelque chose, lança Jess en direction de Reilly, ses yeux bleu clair pétillants de malice.

— Qu'est-ce que je viens de te dire ? On ne doit pas parler à cet homme.

— Mais pourquoi ?

— Pourquoi *quoi*, Jess ? interrogea Reilly, au comble de l'exaspération.

— Pourquoi nous ne devons pas parler à M. Reynolds ?

Jess lança un regard au vieil homme et tressaillit. Randy Reynolds, comme ils l'appelaient, avait, à ce qu'on disait, un faible pour les petites filles. Jess le fixait, fascinée, comme si elle savait d'une certaine façon la vérité.

— C'est un homme méchant. Il… fait des choses aux petites filles, finit par lâcher Reilly, en donnant à sa sœur un petit coup de coude. Allons, ne restons pas ici.

— Quel genre de chose ? demanda Jess, sans bouger.

Reilly poussa un profond soupir. Elle connaissait assez bien sa sœur pour identifier son regard. La petite n'irait nulle part avant que Reilly ne réponde à sa question.

— Eh bien, il aime… toucher les petites filles.

— Les toucher ?

— Toucher leurs… parties intimes, continua-t-elle, mal à l'aise.

Jess comprit enfin.

— Beurk ! Mais pourquoi il aime ça ?

Comment expliquer à une gamine de 10 ans ce qu'elle-même ne comprenait pas ?

— Je ne sais pas, bredouilla-t-elle. J'imagine qu'il y a des types qui aiment ça, c'est tout.

— Il n'a pas le droit, n'est-ce pas ? demanda Jess, soudain perdue dans ses pensées.

— Non. Comme dit toujours papa, personne n'a le droit de toucher tes parties intimes à part toi, pontifia-t-elle, avant de donner à sa sœur un nouveau coup de coude. Allez, viens. On a plein de devoirs, et papa va se fâcher si on ne les fait pas avant son retour.

Reilly devait aussi préparer le dîner et ranger la maison, tout ce que fait en général une mère.

Mais pas leur mère à elles.

Jess et Reilly repartirent, passant à côté de la maison de M. Reynolds. En les apercevant, le vieil homme s'arrêta de râteler. Il leva vers elles des yeux scintillants.

— Salut, les filles, lança-t-il de sa voix rauque.

Reilly ne répondit rien, baissant la tête, mais Jess lui renvoya son regard, insolente, le fixant droit dans les yeux.

— Jess, je te préviens ! avertit Reilly tout bas.

— Tu es une jolie gamine, toi, complimenta Reynolds, sa bouche dessinant un rictus.

Rebelle, Jess ne détourna pas le visage. Reilly l'attrapa par la main pour la faire avancer, mais la petite se libéra.

— Vous aimez les petites filles, hein ? lança Jess en faisant un pas en avant. Vous voulez toucher mes parties intimes, n'est-ce pas ? Allez-y !

Elle souleva sa jupe, révélant sa petite culotte rose Snoopy.

— Jess ! s'écria Reilly, abasourdie.

Choqué, Reynolds regardait, partagé entre la surprise, l'excitation et la honte. Et aussi soudainement, Jess baissa sa jupe, ramassa un caillou et le jeta sur lui de toutes ses forces. L'homme ne s'y attendait pas. Il fit un pas en arrière et trébucha sur un tas de feuilles mortes au milieu de sa pelouse.

Jess se retourna, prit la main de sa sœur et se mit à courir.

— Dépêche-toi !

Elles ne s'arrêtèrent de courir qu'une fois arrivées au coin de la rue.

À bout de souffle, Reilly se tourna vers sa petite sœur.

— Mais qu'est-ce qui t'a pris, Jess ? Il ne faut pas faire ça... Ne refais plus jamais rien de la sorte !

— Pourquoi pas ? demanda la fillette en ouvrant de grands yeux.

— Eh bien... Parce qu'il ne faut pas, bredouilla Reilly, cherchant ses mots avec peine. On t'a dit de ne pas l'approcher. Tu pourrais t'attirer de sérieux problèmes.

Elle secoua la tête, scandalisée, mais aussi impressionnée par l'impudence de sa sœur.

— Je n'arrive pas à croire que tu as fait ça !

— Bien sûr que si ! affirma Jess, affichant une mine innocente. Tu as dit que c'était un homme méchant. Les méchants, il faut les punir, non ?

1

Dublin, Irlande

Reilly se réveilla en sursaut et regarda autour d'elle, ignorant un instant où elle se trouvait. Elle prit de profondes inspirations pour tenter de ralentir les pulsations de son cœur et laissa ses yeux s'habituer peu à peu à la pénombre.

Se rallongeant, elle fixa le plafond, où les lumières des phares dans la rue détrempée dessinaient des formes abstraites. Ses pensées voguaient au hasard dans son demi-sommeil, revenant toujours à Jess.

Cela faisait un moment qu'elle n'avait plus rêvé de sa sœur. Peut-être une année ou plus, ce qui était un sacré progrès. Le Dr Kyle, son psy en Californie, aurait été fier d'elle. Moins elle rêvait de Jess, moins elle pensait à elle, mieux elle se portait.

Parce que penser à elle, à ce qui s'était passé, n'avait jamais mené Reilly nulle part, même si ce n'était pas l'avis du Dr Kyle. Le psy avait plus d'une fois laissé entendre que sans toute cette histoire avec Jess, Reilly aurait probablement décidé de suivre une voie complètement différente. Mais il était psy, pas étonnant qu'il tienne un tel discours.

Ses pensées la laissèrent complètement réveillée, dans son minable petit appartement de Dublin. Le sommeil l'ayant pour l'instant quittée, elle s'extirpa de ses couvertures et se dirigea vers la salle de bain.

Elle alluma la lumière et fut horrifiée par ce qu'elle vit dans le miroir. Une longue trace d'oreiller traversait sa joue. Elle la frotta énergiquement, espérant effacer la marque rouge. Les yeux étaient vitreux et gonflés par le manque de sommeil, et ses cheveux ébouriffés nécessitaient désespérément une petite coupe pour les rafraîchir. *Un rapide shampooing devrait faire l'affaire pour l'instant*, se dit-elle dans un soupir en entrant sous la douche.

Quelques minutes plus tard, elle s'enveloppa dans une serviette et partit, pieds nus, vers la cuisine. Du moins était-ce ainsi que le type jovial de l'agence immobilière avait appelé ce que Reilly considérait comme un vulgaire placard à balais. Mais, apparemment, dans cette ville, on ne pouvait pas demander plus pour mille euros par mois. Pour cette somme, Reilly avait également eu la chance d'obtenir un « espace de vie ouvert et moderne » et une « chambre douillette ».

Si pour vous un cercueil est douillet, avait-elle voulu répondre. Mais cet appartement était en meilleur état que la plupart de ceux qu'elle avait visités, et à l'époque elle avait dû trouver où se loger très vite. Les factures d'hôtel commençaient à chiffrer, et ses employeurs lui reprochaient ses dépenses.

Dublin avait été un choc pour elle. Non, c'est *l'Irlande* qui avait été un choc ! Pendant son enfance en Californie, son père adorait leur raconter, à elle et à Jess, des histoires hautes en couleur de son pays natal. C'était presque magique : un territoire couvert de verdure et rempli d'habitants chaleureux et accueillants. Elle ne se lassait jamais des récits de Mike Steel qui dataient d'avant que sa famille ne décide d'émigrer aux États-Unis.

Mais, à son arrivée, quatre mois plus tôt, elle s'était rendu compte que l'image de l'Irlande tranquille et sans prétention que son père lui avait dépeinte ne correspondait pas du tout au Dublin qu'elle découvrait.

En fait d'Irlandais décontractés et insouciants, elle trouva des gens extrêmement sûrs d'eux, éduqués et ambitieux, même si le pays, comme le reste du monde, avait récemment souffert de la crise financière et du chômage.

Reilly ne s'était pas bercée d'illusions, elle n'avait pas une seconde imaginé que ce serait une partie de plaisir de travailler à Dublin, pourtant elle fut sidérée par le taux de crimes violents dans le pays, surtout pour une population si faible.

Elle se prépara un café et se concentra sur la journée à venir. Il était déjà 7 h 30, mais il faisait si noir dehors qu'on se serait cru au milieu de la nuit. Des jours comme celui-ci, le soleil qui se levait sur la baie de San Francisco lui manquait terriblement. En fait, le soleil lui manquait, un point, c'est tout.

Elle ferma les yeux pour revoir dans sa tête le panorama depuis le promontoire où elle garait sa voiture en Californie : la grande courbe de la baie, les brisants qui roulaient de gauche à droite, la mer profonde et verte qu'elle chérissait tant, les vagues qui l'appelaient alors qu'elle passait sa combinaison de surf et descendait sa planche du toit de la voiture...

Par contraste, l'hiver ici était particulièrement sombre et lugubre. Au début, Reilly ne comprenait même pas où les gens trouvaient le courage de se lever de leur lit le matin, et encore moins de rassembler l'énergie pour travailler si dur tout le long de ces journées grises. Mais, malgré l'absence de soleil, l'Irlande était désormais le pays de Reilly et après seize semaines, elle commençait seulement à s'y faire.

En fait, elle n'avait pas vraiment eu l'occasion de passer tellement de temps dehors. Depuis son arrivée à Dublin, elle n'avait pratiquement pas quitté son laboratoire, ce qui était une très bonne chose. Partout dans le monde, les labos se ressemblent, et c'est là que Reilly se sentait le plus à l'aise.

— Ou plutôt l'endroit où vous avez le plus l'impression de pouvoir tout contrôler, lui avait fait remarquer le Dr Kyle.

Il avait peut-être raison. Au laboratoire, avec tout l'équipement et le matériel qu'elle connaissait bien, elle était en paix.

Même si ce n'était que pour un temps.

Reilly frissonna et, après avoir versé le reste de son café dans l'évier, elle alla se préparer pour partir au travail.

Le bureau spartiate était éclairé par deux rangées de néons qui baignaient la pièce d'une lumière crue. Reilly éparpilla des sachets de pièces à conviction sur la longue table et regarda son équipe arriver, tasses de café et carnets de notes à la main. Ils se bousculaient, couraient pour avoir les meilleures places, comme des gamins à l'école, avant de s'installer enfin, la tête tournée vers elle.

— Bien, qu'avons-nous là ? demanda-t-elle en indiquant la collection de sacs plastique et d'objets étiquetés disposés devant elle.

Un tee-shirt ensanglanté, une bouteille de bière cassée, un hamburger à moitié mangé et quelques frites.

Un des assistants du labo, Gary, se racla la gorge et jeta un œil au rapport. Pas encore 30 ans, les cheveux marron et de petites lunettes sur le nez. C'était le membre de l'équipe qui affichait le plus d'aplomb.

— Selon le compte rendu, cela provient d'une agression à Temple Bar.

Un quartier touristique de la ville, peuplé de bars et de restaurants.

— Oui, le week-end, ça peut devenir assez animé par là-bas, commenta Lucy, tout doucement.

Lucy était la seule autre femme du groupe, et les gars lui tournaient constamment autour.

— Les gens sortent à plusieurs dans ce coin, sans parler des enterrements de vie de garçon.

Lucy rejeta ses cheveux blonds en arrière, exhalant le parfum préféré des stars. Reilly le reconnut tout de suite, *Lovely* ou *Amazing*, quelque chose du genre.

— Vous savez, la dernière nuit de liberté avant d'être enchaîné pour le reste de la vie, continua Lucy. Ça peut devenir assez chaud.

— Dommage que le quartier ait viré comme ça. C'était un endroit assez chouette, avec ses rues pavées et ses vieux bâtiments...

Les regards se tournèrent vers Julius. Il était le seul à être plus âgé que Reilly, un technicien de carrière avec l'absence de vie sociale pour le prouver. Reilly n'avait pas en tête tous les détails de son dossier personnel, mais elle se souvenait qu'il avait 42 ans, qu'il était célibataire et qu'il travaillait au département médico-légal depuis plus de quinze ans. *Le profil classique du technicien de labo !* se dit-elle, sarcastique.

Ces réunions lui donnaient une bonne vision d'ensemble de son équipe, leurs personnalités, leurs domaines de prédilection. Parce que ce métier ne se résumait pas à collecter des preuves et à les analyser jusqu'à plus soif : il s'agissait de repérer le petit détail, le minuscule aspect insignifiant qui pouvait d'un seul coup résoudre toute une enquête.

C'était ce sentiment, l'exaltation que fournissaient les recherches et, au bout du compte, les découvertes de ces précieux indices, qui avaient motivé Reilly pendant ses années d'études à Quantico, et plus tard au bureau californien d'investigation, le C.B.I.

Son approche pratique avait convaincu le commissaire principal irlandais de lui offrir la tâche, tout d'abord, d'« introduire le laboratoire technique dans le XXIe siècle ». Et si Reilly voulait que l'unité médico-légale de Garda fonctionne comme une machine bien huilée, selon ses critères, elle savait qu'elle devait intéresser son équipe aux preuves, plutôt que de les enfermer dans le labo à la pointe de la technologie pour qu'ils réalisent des analyses sans fin.

D'où la réunion du matin.

— Il y avait des témoins, continua Gary. Mais, apparemment, tout s'est passé très vite. Ils étaient pour la plupart complètement beurrés, et par conséquent ils ne peuvent pas dire qui a frappé la victime. Les flics ont besoin d'une description solide avant d'épingler qui que ce soit.

Reilly ne connaissait pas bien Temple Bar. Elle se promit d'aller y faire un tour pour voir par elle-même. Depuis qu'elle travaillait ici, elle profitait de son temps libre pour se balader dans différents quartiers de la capitale et elle pouvait désormais différencier les pavés autour du château de Dublin de ceux de Trinity College, connaissance essentielle pour ses enquêtes.

— Bref, selon les flics, il y a eu du grabuge, deux mecs s'en sont mêlés, ça a vite dégénéré et l'un d'eux est à l'hôpital de Saint-James après avoir été cogné avec une chope de bière, reprit Lucy. Le gars qui l'a attaqué s'est fait la malle avant l'arrivée de la police.

Reilly hocha la tête, décryptant le fort accent de Lucy aussi bien qu'elle le pouvait.

— D'accord. Quoi d'autre ? Caméras de surveillance ?

— Attendez... lança Lucy en jetant un œil au rapport. Non. Ils en ont, mais n'ont pas réussi à reconnaître le gars. L'enregistrement est trop flou, et c'est la cohue autour.

— D'accord. Des idées, vous autres ? demanda Reilly en se tournant vers le reste de son équipe.

— On pourrait faire analyser le sang sur le tee-shirt, proposa Gary.

— Et ça nous dira quoi ?

— À qui le sang appartient...

— Mais nous savons à qui le sang appartient, riposta Julius. À l'évidence, au type qui a été blessé.

— Oui, mais ça a commencé par une bagarre, je te rappelle, intervint Rory, comme d'habitude au bout d'un certain temps. Peut-être que l'agresseur a aussi saigné, ce qui voudrait dire qu'on pourrait y trouver deux séquences différentes. Si c'est le cas, on fait un prélèvement chez la victime, on écarte son ADN et il nous reste celui de l'agresseur.

Rugbyman amateur, Rory avait la carrure adéquate et des yeux perçants. Avec ses mains immenses et son nez cassé, il avait l'air de bien s'y connaître en bagarre.

— Mais ça ne nous permettra toujours pas d'identifier l'agresseur, n'est-ce pas ? affirma Lucy en s'adressant à Reilly qui n'avait rien dit jusque-là, satisfaite de voir son équipe cogiter seule.

— D'accord, on ne pourra pas l'identifier *maintenant*, concéda Rory. Mais ça nous donnera une base pour plus tard, non ?

— En effet, acquiesça Reilly. Y aurait-il autre chose qui nous permettrait de l'identifier tout de suite, quelque chose que nous pourrions utiliser pour donner à la police une description précise de notre homme ?

Le silence se fit : tous réfléchissaient.

— Les empreintes digitales sur la chope de bière, finit par suggérer Gary. Mais ça aussi, ça ne nous sera utile que comme moyen de comparaison.

— Et le hamburger ? proposa Lucy. Le compte rendu signale que l'agresseur mangeait un hamburger juste avant la bagarre, donc on pourrait analyser sa salive pour trouver son ADN.

— Toujours le même problème, ça ne sert que si on peut le comparer à quelqu'un qu'on a déjà dans nos fichiers, remarqua Julius avant que tous se tournent vers Reilly pour confirmation.

— C'est vrai. Encore une fois, nous ne parlons que de preuve comparative. Toutes vos suggestions sont excellentes et nous aideront certainement à établir un dossier contre notre homme, mais seulement quand il sera attrapé. Entre-temps, comment pouvons-nous aider à ce qu'il soit arrêté ? Allons, je suis sûre qu'on peut trouver quelque chose dans tout cela.

Les visages devant elle n'affichaient plus aucune expression, tandis qu'ils parcouraient de nouveau les pièces à conviction et consultaient une nouvelle fois les photos.

Décidant de mettre fin à leur souffrance, Reilly s'empara du sachet avec le hamburger.

— Lucy, tu y étais presque, annonça-t-elle en le brandissant. C'est la pièce la plus importante, ici. Pas pour son ADN, comme nous l'avait dit Lucy, même si bien sûr c'est également important, mais surtout parce que ce cheeseburger d'aspect si inoffensif peut nous donner une mine d'informations sur notre homme. Sa taille, son apparence faciale, et même s'il ronfle en dormant ou parle du nez au réveil.

Ils la regardèrent, éberlués.

— En fait, rien qu'en y jetant un coup d'œil rapide, je peux affirmer que l'agresseur a un visage fin et pincé... sans doute assez étroit. Et on dirait qu'il lui manque une ou deux dents de sagesse...

— Les marques de ses dents, grommela Julius, qui avait enfin compris.

— Exactement. Maintenant, il faut s'adresser à un dentiste médico-légal pour plus de précisions, mais comme le temps presse et que les policiers savent sans aucun doute que c'est l'agresseur qui mangeait le hamburger, on peut déjà leur fournir une ébauche d'information.

Rory semblait impressionné.

— Je n'y aurais jamais pensé, avoua-t-il.

— Eh bien, quand j'en aurai fini avec vous, les gars, plus aucun détail de ce genre ne vous échappera, affirma la nouvelle experte médico-légale du département.

2

Au poste de police de Harcourt Street, Chris Delaney mettait la touche finale à son rapport quand cela le reprit.

D'abord, il essaya de ne pas y penser, mettant sur le compte de la tension et de la fatigue le picotement devenu habituel des articulations de son pouce et de son index. Cela faisait vingt-huit heures qu'il n'avait pas dormi, pas étonnant que son corps le ressente. Il secoua la main pour essayer de faire partir la douleur, referma délicatement son rapport, le rangea sur la pile des tâches achevées et reprit son stylo.

Mais, cette fois, comme pour lui montrer qu'il avait tort, l'élancement se propagea à son bras gauche et à toute la partie supérieure de son corps. Il sentit que les spasmes n'étaient pas loin. Lâchant le stylo, Chris fit la grimace alors que la douleur irradiait, mais quand son partenaire, Pete Kennedy, approcha de son bureau, il tenta de garder un visage impassible.

— Qu'est-ce qui t'arrive ? interrogea Pete, les sourcils levés.

Chris lutta pour ne rien laisser paraître.

— Rien, une crampe, c'est tout. Sans doute à cause de ces satanés rapports que je dois écrire, affirma-t-il, les dents serrées.

— Tu crois ? demanda Kennedy, pas du tout convaincu. À cause de tous les poids que tu soulèves, je dirais plutôt. Je ne comprends pas pourquoi tu te donnes tant de mal.

Avec un bon mètre quatre-vingts, Kennedy aurait été tout à fait capable de faire un peu de culture physique lui aussi pour se débarrasser de sa bedaine naissante, mais cela ne semblait pas le déranger le moins du monde. Chris, en revanche, appréciait ces séances de musculation dans sa salle de sport. Se défouler l'aidait à mieux gérer les exigences et le stress de sa profession.

Inspecteurs dans la brigade des crimes avec violence, Kennedy et lui passaient leurs journées sur des affaires d'homicide. Pour un pays qui, à peine dix ans plus tôt, comptait moins d'un meurtre tous les quelques mois, la nouvelle population irlandaise, plus nombreuse et apparemment plus avide de sang, paraissait vouloir rattraper le temps perdu. Et comme les budgets ne cessaient de diminuer, il était logique que la situation se dégrade rapidement. La dernière affaire sur laquelle ils travaillaient leur offrait une source intarissable d'interrogations.

Une semaine plus tôt, un torse d'homme démembré avait été retrouvé flottant dans le Royal Canal, par un badaud qui promenait son chien. La brigade nautique avait passé des heures dans les eaux troubles et polluées pour retrouver les différentes parties du corps et des pièces à conviction, mais jusque-là, sans aucun résultat.

Dans le contexte des récents meurtres associés à différentes communautés ethniques d'Irlande, il aurait été tentant pour les autorités de conclure à un autre crime rituel. Pourtant, même si la victime portait des marques de ce genre de pratique, comme le démembrement, Chris n'y croyait pas trop. Certains journaux à sensation s'empressaient de pointer du doigt les immigrants, mais pour lui, rien ne permettait de viser un groupe en particulier. Pas avant de trouver la tête, en tout cas.

Il pivota dans son fauteuil et consulta sa montre.

— Bon, ça a l'air calme, affirma-t-il à l'intention de Kennedy. Je vais rentrer chez moi et essayer de dormir un peu.

Il rassembla ses papiers en une pile bien nette et rangea son stylo dans son tiroir, séduit par la perspective de quelques heures de sommeil, même s'il n'avait pas vraiment d'espoir que cela atténuerait sa fatigue devenue chronique. Peut-être devrait-il se procurer des vitamines sur le trajet. Étant donné qu'il ne mangeait pas non plus comme il fallait, ce genre de petit coup de pouce ne pourrait lui faire que du bien. Il ébouriffa ses cheveux noirs dans le but de se réveiller un peu. Oh, et il ne faudrait pas qu'il oublie de passer chez le coiffeur un de ces jours...

— Inspecteurs ?

Chris enfilait déjà sa veste, quand un policier en uniforme passa la tête par la porte, visiblement nerveux.

— Que se passe-t-il ? questionna Kennedy, la bouche pleine d'un gros morceau de sandwich au bacon.

— O'Brien vous attend tous les deux à côté pour un briefing. Et sur-le-champ ! Il a l'air dans tous ses états.

Chris et Kennedy échangèrent un regard. Tant pis pour le repos bien mérité.

— C'est quoi le problème ? demanda Kennedy en suivant le jeune policier dans le couloir menant au bureau du commissaire principal.

— Aucune idée, répondit l'officier en haussant les épaules.

— Laisse-moi deviner, lança Kennedy à son coéquipier, le gratifiant d'un clin d'œil. Les gars de la nautique ont enfin retrouvé la bite de notre homme-tronc !

Le bureau de O'Brien était envahi par les papiers, les cartons remplis de dossiers posés contre le mur, les classeurs sur sa table de travail. Mais l'homme, lui, avait les idées claires, malgré son visage rond et rouge, et ses cheveux grisonnants et rebelles.

— J'aurais préféré que cela concerne notre amputé, annonça-t-il sur un ton sinistre. Ça n'a rien à voir. Double assassinat, peut-être un meurtre suivi d'un suicide au sud de la ville, à Dalkey. Un homme et une femme, tous les deux morts sur les lieux.

— Scène de ménage ?

— Probablement pas. Ce ne sont que des enfants, des étudiants, la fille ne doit pas avoir plus de 20 ans.

Il passa une main dans ses cheveux, se décoiffant encore davantage.

— Merde, lâcha Kennedy en secouant la tête.

— Je ne vous le fais pas dire, confirma le policier en reculant dans son fauteuil, comme s'il portait toute la misère du monde sur ses épaules.

— À Dalkey, c'est ça ? demanda Chris, choqué par l'âge et le profil des victimes.

Dalkey était un quartier chic qui ne connaissait d'ordinaire pas ce genre de violence.

— Ils jouaient peut-être avec le pistolet de papa ? suggéra Kennedy, qui à l'évidence devait penser la même chose.

— Peut-être bien. Je ne sais pas encore quelle était l'arme du crime, pour tout vous dire. Une brigade de Blackrock se trouve déjà sur place et à ce que je sais, la police scientifique aussi, expliqua-t-il, levant les yeux au ciel. Bref, il faut que vous partiez là-bas immédiatement pour voir ce que vous y trouvez. D'abord les gangs, ensuite les immigrants et maintenant un couple de gosses à papa qui s'entre-tuent. Je vous le dis, moi, ce pays est en train de devenir complètement fou !

Chris dirigea la Ford banalisée vers une place de parking libre et contempla l'immeuble moderne devant lequel il se trouvait. Murs en pierre calcaire, balcons en aluminium, jardins bien tenus, vue sur la mer... Ceux qui habitaient là ne manquaient pas d'argent.

— Pas mal, remarqua-t-il.

Même en hiver, le panorama sur la baie de Dublin était renversant, avec le roulement continu des vagues grises qui semblaient impatientes de s'écraser sur la côte.

— Sacré remue-ménage, commenta Kennedy en indiquant le rassemblement des véhicules sur le parking. Je ne suis pas sûr que si les meurtres avaient été commis sur Sheriff Street, ils auraient suscité le même engouement.

— J'imagine que non. Mais, ici, les voisins sont assez puissants pour qu'on ait besoin de leur montrer que tout est sous contrôle, acquiesça Chris en regardant dans la direction de Killiney, non loin de là, le Beverly Hills de Dublin.

— Bon, je me demande de quelle humeur elle sera, aujourd'hui, Miss America, grommela Kennedy en faisant un signe de la tête vers la camionnette de Reilly.

Il alluma une cigarette et s'assit sur le capot de sa voiture pour admirer le paysage. Chris sortit du véhicule à son tour, réussissant à ne pas gémir du fait de la douleur dans ses jambes.

— Pas besoin de se presser si elle est encore à l'intérieur. Qu'est-ce que tu penses d'elle ? demanda Kennedy.

— Trop tôt pour le dire.

— Oh, je t'en prie, me la fais pas à moi. Une inspectrice médico-légale tout droit sortie du F.B.I. qui débarque chez nous pour nous apprendre la vie, et tu n'as aucune opinion ?

Il est vrai que l'annonce de son arrivée avait fait jaser, mais pas autant que lorsqu'une photo de la belle blonde aux yeux bleus avait commencé à circuler. Les commentaires n'avaient pas tardé. Cependant, loin d'être une poupée, la nouvelle recrue des forces de l'ordre irlandaises avait été formée par le F.B.I. à Quantico et jouissait d'une expérience de terrain inégalée, ainsi que d'une connaissance approfondie des dernières technologies médico-légales. Reilly Steel avait à ce qu'on disait également travaillé avec les meilleurs experts mondiaux dans le domaine et bénéficiait d'une réputation excellente auprès de ses pairs. De quelle manière elle s'était retrouvée parachutée à Dublin, Chris n'en avait aucune idée, mais de toute façon, il était content de compter quelqu'un de sa valeur dans leur équipe.

Il chassa avec la main la fumée de la cigarette de Kennedy.

— Je suppose que nos supérieurs savaient ce qu'ils faisaient en l'embauchant. Notre police scientifique a trente ans de retard, on a bien besoin d'un petit coup de main.

Jusque-là, ils n'avaient pas eu beaucoup affaire à l'Américaine. Elle restait en général dans son labo, préférant apparemment travailler sur les pièces à conviction que sur le terrain, ce que Chris comprenait tout à fait. Mais, aujourd'hui, Steel n'avait eu d'autre choix que de venir, puisque son chef, Jack Gorman, l'expert avec lequel ils travaillaient en général, naviguait dans les Caraïbes pour un somptueux anniversaire de mariage.

— Allons-y, maintenant, lança-t-il en regardant l'immeuble.

Kennedy écrasa sa cigarette et se souleva du capot de la Ford.

À l'intérieur, ils montèrent l'escalier jusqu'au quatrième étage, Kennedy soufflant et pestant à chaque marche. L'officier en uniforme qui gardait la porte les conduisit dans la chambre à coucher où avait eu lieu la fusillade.

— Mon Dieu ! lâcha Kennedy en pénétrant dans la pièce.

L'endroit était ravissant, tons neutres et sobres – moquette beige, murs blancs, draps clairs – avec immense baie vitrée, une splendide vue sur la mer. En fait, tout ici était idyllique, hormis les éclaboussures de sang sur le lit et le mur.

Les victimes gisaient l'une à côté de l'autre sur le matelas, toutes deux entièrement nues. Les yeux de la fille étaient fermés, ses cheveux noirs étalés sur l'oreiller, une expression de repos postcoïtal sur le visage. On y aurait presque cru sans le trou béant dans sa poitrine et une bonne partie de la matière grise de son partenaire sur sa joue.

Ils étaient si jeunes ! Pas plus d'une vingtaine d'années. Chris sentit son estomac se retourner. Leur chef avait raison : qu'est-ce que l'Irlande était en train de devenir ? Comment deux jeunes gens comme eux avaient-ils pu mettre la main sur un pistolet ? Et des gamins de la haute avec ça ! À en juger par son bronzage et son physique de rugbyman, le petit ami ne ressemblait pas à un pauvre gosse mal nourri dont la fille se serait amourachée pour faire enrager ses parents. Et il arborait sur son bras droit un tatouage oriental sophistiqué, pas une de ces croix celtiques prisées par la classe ouvrière.

Chris balaya rapidement la pièce du regard. L'arme du crime était posée sur les draps, un 9 mm. Elle avait dû tomber de la main du tireur.

Il échangea un petit signe de tête avec Karen Thompson, le médecin légiste, qui menait son examen préliminaire sur les corps avant qu'ils ne soient envoyés à la morgue. Il frissonna. Parfois, Karen Thompson le crispait plus encore que les victimes. Une femme sérieuse avec des yeux énormes, un nez romain et un cou incroyablement long. Chris se disait qu'en fin de compte il valait mieux qu'elle se soit orientée vers une médecine où il n'était pas nécessaire de discuter avec le malade. S'interrompant à peine une seconde à l'arrivée des enquêteurs, elle se remit vite au travail.

Plusieurs officiers en uniforme s'affairaient dans la pièce : certains prenaient des notes, d'autres se contentaient d'observer ou d'aider à sécuriser les lieux du crime. Ce genre de meurtre attirait toujours les curieux. Les membres de l'équipe médico-légale, recouverts de la tête aux pieds de combinaisons blanches, étudiaient également les moindres détails : ils relevaient les empreintes digitales, cherchaient les pièces à conviction, glissaient dans des sachets plastique tout ce qui leur paraissait suspect.

Un des techniciens se penchait sur le lit pour filmer les corps avec sa caméra. Même s'il ne l'avait pas encore aperçue, Chris savait bien que Reilly Steel devait se trouver quelque part dans la mêlée.

— Chris, grommela Kennedy, ils ont quel âge ces deux-là ? 15 ans ?

— Selon O'Brien, ils sont étudiants, alors un peu plus que ça.

— Mais pas beaucoup, putain de merde !

Même s'il leur arrivait régulièrement de tomber sur de jeunes victimes, il s'agissait en général de toxicomanes ou de membres de gangs qui venaient d'un milieu tellement défavorisé qu'il était difficile pour eux d'imaginer une autre issue. Là, en revanche, les deux morts, bien portants, instruits, classe moyenne, auraient très bien pu être les enfants de Kennedy, et pour cette seule raison, cela changeait tout pour lui.

— Mais qu'est-ce qui lui est passé par la tête ?

— Moi, ce que je me demande, c'est où il s'est procuré le flingue.

Les armes illégales sortaient de plus en plus des milieux paramilitaires pour atterrir entre les mains de citoyens ordinaires. Et même si un criminel n'aurait pas eu de mal à trouver un pistolet s'il en cherchait un, ce n'était pas aussi simple pour un gamin des beaux quartiers.

Il se tourna vers l'officier planté dans l'embrasure de la porte de la chambre.

— Qui est arrivé en premier sur les lieux du crime ?

— Une unité de Blackrock, répondit l'homme en montrant un groupe de policiers réunis dans le salon, l'un d'eux paraissait particulièrement bouleversé. Fitzgerald est une jeune recrue, ajouta-t-il. Un peu rude comme mise en train !

Chris pesta intérieurement. Il avait aperçu Fitzgerald dès son entrée dans le salon, celui-ci n'avait pas l'air beaucoup plus vieux que les victimes, il devait à peine commencer à se raser.

Il regarda autour de lui. Comme dans la chambre, de grandes baies vitrées donnaient sur le balcon et au loin, la mer. Un énorme écran plat recouvrait l'un des murs et une cheminée occupait une bonne partie d'un autre. Tout dans cet appartement respirait l'argent. Chris se demanda s'il pouvait s'agir d'un cambriolage, mais il restait bien trop d'objets de valeur dans la pièce.

Il appela le petit nouveau, qui lissa son uniforme en se dirigeant vers les deux inspecteurs.

— Officier Fitzgerald, prenez votre temps et racontez-nous tout ce dont vous pouvez vous souvenir.

Étonnamment, le jeune policier parlait d'une voix calme et articulée en décrivant ce qu'il avait vu en entrant.

— L'appel aux secours a été passé à 6 h 03 ce matin, depuis ce bâtiment, apparemment par un autre propriétaire qui avait entendu les coups de feu.

— D'accord.

— Notre unité est arrivée rapidement, à 6 h 18.

— 6 h 18 ? répéta Chris, amusé par la précision du jeune homme.

— Tout à fait, inspecteur. J'ai vérifié sur ma montre pour en être sûr.

Les enquêteurs échangèrent un regard furtif.

— Très bien. Et ensuite ?

— Eh bien, au début nous avons reçu l'ordre de ne pas entrer dans l'immeuble au cas où l'auteur du crime s'y trouverait encore.

Malgré lui, Chris se sentit agacé par la terminologie employée par le policier, de celles dont les formateurs bourraient désormais le crâne des jeunes recrues. Personnellement, il n'affectionnait pas ce langage à la Robocop, et chaque fois qu'il s'exprimait à la radio ou à la télévision, il prenait soin de parler dans une langue que tout le monde pouvait comprendre pour s'assurer que le public avait bien reçu l'information qu'il voulait transmettre.

— Ensuite, à 6 h 45, nous avons été prévenus que l'immeuble avait été sécurisé et le feu vert a été donné. Par conséquent, nous sommes entrés.

— Rassurez-moi, vous n'avez pas pris l'ascenseur au moins ? questionna Kennedy.

L'air légèrement vexé, Fitzgerald secoua la tête.

— Bien sûr que non ! L'auteur des faits aurait pu emprunter l'ascenseur. Nous avons bien pris garde de monter par l'escalier pour éviter de contaminer les pièces à conviction.

Il s'interrompit.

— Je ne suis quand même pas aussi stupide, inspecteur, reprit-il.

Chris l'avait en effet remarqué.

— Et donc vous les avez trouvés dans cet état ? demanda-t-il.

— Oui, inspecteur. Dès notre arrivée, il nous a paru évident que les deux victimes étaient mortes, par conséquent, nous avons conclu à un homicide suivi possiblement d'un suicide et nous avons bien fait attention de ne toucher à rien avant l'arrivée de la police scientifique, ajouta-t-il avec emphase, regardant Kennedy droit dans les yeux.

Le gamin savait se défendre. Chris était impressionné.

— Avez-vous découvert qui a appelé les secours ?

— C'est la voisine qui habite l'appartement d'à côté. Une certaine Mme Maura McKenna. Mais elle ne se souvient pas précisément de ce qui s'est passé.

Il paraissait un peu déçu que son seul témoin ne soit pas à la hauteur.

— À ce qu'elle nous a dit, elle était profondément endormie, quand elle a entendu un bruit qui, je cite, « m'a pratiquement soulevée de mon lit », fin de citation, rapporta-t-il, le nez sur ses notes. Le deuxième coup de feu a retenti peu après, même si elle est incapable de dire exactement quel laps de temps s'était écoulé. Elle pense qu'il avait dû se passer quatre ou cinq minutes. C'est alors qu'elle a appelé les secours.

— D'accord.

— Elle a également pu nous donner une identification d'une des victimes. La jeune fille s'appelle, ou plutôt s'appelait, Clare Ryan. Elle étudiait à l'université de Dublin, à U.C.D. La vieille dame affirme que les parents de la victime lui ont acheté cet appartement il y a quelques années, quand elle est entrée à l'université. Elle ne sait rien sur un éventuel petit ami, en revanche.

— Rien d'autre ?

— C'est tout, inspecteur, conclut le bleu.

— Merci, nous irons discuter avec la voisine plus tard, affirma Chris, avant de congédier le jeune policier.

Un coup d'œil rapide dans la chambre confirma qu'il s'agissait en effet de Clare Ryan, le buffet exposait les photos de la jeune brunette souriante. Chris s'empara d'un des clichés, pris sur une plage, la Thaïlande, peut-être. Le sable éblouissait de sa blancheur, la mer de son bleu azur. Le sourire radieux de la fille et ses yeux pétillants contrastaient douloureusement avec le cadavre pâle et sans vie dans la chambre à coucher.

— Des photos du gars ?

Kennedy l'avait tiré de ses pensées.

Chris examina les autres cadres à la recherche de son compagnon.

— Qui sait ?

Difficile de faire correspondre les hommes de ces photos avec le mort sur le lit, dont la tête avait été partiellement anéantie.

Kennedy étudia avec Chris les quelques portraits.

— Une fois qu'on aura la confirmation de son identité, ce sera plus facile de trouver celle du petit ami. Il devait être étudiant, lui aussi.

Chris se dirigea vers la fenêtre et contempla la vue.

— Qui achète à une gamine un appart aussi luxueux ?

— Bon investissement pour les parents, et ils savent que leur enfant est en sécurité, enfin, c'est ce qu'ils espèrent...

Les deux inspecteurs allaient devoir interroger les camarades de Clare Ryan ainsi que ses amis. Avec un peu de chance, ils découvriraient qui était son partenaire et peut-être aussi pourquoi il avait agi ainsi. La théorie la plus évidente : c'était un type jaloux. À en juger par les photos, Clare avait été une jeune fille ravissante. Mince, de grands yeux marron et un sourire avenant, il n'aurait pas été étonnant qu'elle fasse tourner plus d'une tête sur le campus et cela aurait pu irriter le prince charmant.

Ou peut-être avait-il été un ancien petit ami qui n'arrivait pas à supporter la séparation. Plusieurs scénarios se présentaient aux inspecteurs, mais à ce stade de l'enquête, il ne servait à rien d'émettre des conjectures, songea Chris, du moins, pas avant qu'ils en découvrent plus sur Clare Ryan et son compagnon.

Kennedy et Chris repartirent vers la chambre, mais se virent interdire l'accès par un officier en uniforme.

— Désolé, je ne peux pas vous laisser entrer, s'excusa l'homme. Personne n'est autorisé à pénétrer ici pour le moment.

— Quoi ? s'offusqua Kennedy. Qu'est-ce que vous racontez ? Bien évidemment qu'on va entrer !

Le policier prit une mine contrite.

— Je n'y peux rien, gémit-il en regardant par-dessus son épaule. Elle va m'assassiner !

— Qui ça ? demanda Chris. Le docteur Thompson ? Elle a sûrement déjà terminé, elle avait presque fini quand on y était tout à l'heure.

— Non, pas elle. La nouvelle de l'équipe médico-légale, l'Américaine. Elle a fait sortir tout le monde et m'a ordonné de ne laisser entrer personne jusqu'à ce qu'elle ait terminé.

— Terminé de faire quoi ? interrogea Kennedy, s'efforçant de regarder derrière le policier.

Il ouvrit de grands yeux en apercevant l'intérieur de la chambre.

— Bon sang ! s'exclama-t-il, abasourdi, à l'intention de Chris.

Ils jetèrent tous les deux un coup d'œil dans la pièce. Reilly Steel se tenait en plein milieu, les yeux fermés et les bras grands ouverts.

— Elle fait du yoga, là, ou quoi ? se moqua Kennedy.

— Pas du tout, rétorqua une jeune technicienne qui l'avait entendu. Elle procède toujours ainsi, continua-t-elle en murmurant. Elle fait appel à son instinct et mobilise ses sens pour recréer la scène dans sa tête.

Une pointe d'admiration teintait sa voix.

— Approche émotionnello-sensitive de mes fesses, lança Kennedy en levant les yeux au ciel.

— Je ne la dénigrerais pas aussi facilement à votre place. Aux États-Unis, le taux d'affaires qu'elle a aidé à élucider dépasse les 80 %.

Chris avait lu cela quelque part. Malgré ses méthodes peu conventionnelles, les statistiques parlaient pour elle. Pourtant, son approche « émotionnello-sensitive » risquait d'en faire rire plus d'un, et cela ne l'étonnait pas que Kennedy soit le premier à la critiquer.

— Ouais, eh ben, si elle pense qu'on va tous se mettre à renifler comme des petits toutous, elle se fourre le doigt dans l'œil.

— Je n'ose même pas en rêver, contredit une voix de femme derrière lui. Surtout qu'avec les litres de whisky que vous vous enfilez, votre nez ne doit plus détecter grand-chose.

Comprenant que Steel était sortie de la pièce et avait entendu ce qu'il venait de dire, Kennedy sentit le rouge monter progressivement le long de son cou, son visage devenant soudain écarlate.

— Oui... c'est qu'on ne pouvait pas entrer, bredouilla-t-il.

— Désolée, s'excusa Reilly en tendant la main. Reilly Steel, de la police scientifique. Donc, vous êtes l'inspecteur en charge de l'affaire ?

— Avec moi, répondit Chris. Voici Pete Kennedy et je suis Chris Delaney. Ravi de vous rencontrer.

— Tout le plaisir est pour moi, ironisa-t-elle avec un sourire radieux.

Waouh ! songea Chris. D'accord, il avait vu les photos de presse et avait entendu toutes les blagues de blondes à son sujet, mais tout de même... Vu son métier peu reluisant, Reilly Steel était renversante. Ses yeux bleu profond dégageaient une intensité lumineuse et sa peau bronzée rayonnait dans sa combinaison blanche. Sous sa charlotte de protection en plastique, il imaginait sa chevelure blonde, et malgré sa beauté frappante, ou peut-être justement à cause d'elle, il comprit tout de suite combien elle était brillante et intransigeante.

— Eh bien, j'ai pratiquement terminé mon... analyse « émotionnello-sensitive », lança-t-elle, une lueur d'amusement dans le regard. Le médecin légiste a fini, mais il nous reste tout de même un peu de travail ici. Vous pouvez entrer, affirma-t-elle en précédant les deux hommes. Mais ne vous mettez pas dans mes pattes, ajouta-t-elle en direction de Kennedy.

— Pas de problème, répondit l'inspecteur le plus âgé, bien moins bavard qu'à son habitude, en la suivant dans la chambre.

— Avez-vous trouvé quelque chose qui sortait de l'ordinaire ? s'enquit Chris.

Elle s'approcha du pied du lit.

— Nous n'en serons sûrs qu'après l'autopsie, mais à en juger par l'angle de pénétration de la balle, on a tiré sur la fille à moins de deux mètres, expliqua Reilly en faisant un signe de la tête vers Clare Ryan, dont le corps était maintenant placé dans un sac noir en polyéthylène.

Elle fit le tour, rejouant la scène en se déplaçant.

— Il semblerait qu'il se soit tenu au pied du lit quand il a tiré le premier coup de feu. Ensuite, il s'est allongé à côté d'elle avant d'en finir. Elle respirait peut-être encore à cet instant.

Chris était assez d'accord. La quantité de sang sous la fille indiquait qu'elle n'était pas morte sur le coup.

— On dirait qu'il a été plus efficace sur lui-même, commenta-t-il. Pas exactement *Roméo et Juliette.*

— Non, concéda Reilly en se penchant pour s'emparer de ses outils. On analysera leur sang, pour voir si tout cela n'est pas dû à la drogue.

— Merci, on vous sera très reconnaissants pour tout ce que vous pourrez nous apporter, déclara Chris, ignorant le regard désapprobateur de son coéquipier.

Kennedy, comme une bonne partie des autres officiers d'ailleurs, restait très sceptique au sujet du travail de la police scientifique, préférant se fier à leurs bonnes vieilles méthodes et laisser l'équipe médico-légale confirmer leurs avancées plutôt que le contraire.

— On risque fort de découvrir que c'est une histoire de drogue, affirma-t-il. Qu'est-ce que ça peut être d'autre de nos jours ?

— Je préfère réserver mon jugement pour le moment, répliqua Reilly. Je regarderai de plus près ce que nous avons dès mon retour au labo, malheureusement, ce n'est pas grand-chose. Bien sûr, nous avons trouvé quelques douilles, en plus de l'arme du crime. Et d'ailleurs...

Elle enfila une paire de gants en latex et s'avança vers le pistolet, qu'on pouvait prendre sans problème maintenant que les corps avaient été emportés.

Un groupe de policiers s'étaient rassemblés dans la pièce, contents de pouvoir s'occuper. Ils étaient tous arrivés progressivement, après le départ du médecin légiste et des corps.

— Messieurs, pourriez-vous reculer et me laisser un peu de place ? demanda Reilly, impatiente.

Comprenant ce qu'elle s'apprêtait à faire, Fitzgerald, le plus jeune des officiers auquel les inspecteurs avaient parlé plus tôt, sortit fièrement de sa poche un stylo qu'il tendit à Reilly.

— Voilà pour vous, vous en aurez besoin ! s'exclama-t-il.

— Quoi ? s'amusa Kennedy. Vous voulez qu'elle fasse un dessin ?

Le jeune homme le regarda froidement.

— Vous devez vous saisir de l'arme avec un stylo, n'est-ce pas ? demanda-t-il à Reilly, tout à coup moins sûr de lui. Pour... vous savez... ne pas effacer les empreintes, tout ça ?

— Vous regardez trop la télé, remarqua Reilly, indulgente, en mettant de côté le stylo. Si j'utilise votre stylo, je risque de déplacer les dépôts de poudre et les saletés logés dans le canon. Cela pourrait modifier la marque des stries sur les balles-tests et ce n'est pas ce que nous voulons, n'est-ce pas ? interrogea-t-elle comme si elle s'adressait à un gamin de 5 ans.

— Non, bien sûr, acquiesça Fitzgerald, gêné.

— Mais vous avez tout à fait raison, il faut faire attention à ne pas effacer les empreintes, poursuivit-elle en l'invitant à approcher pendant que les autres restaient en arrière.

S'agenouillant à côté du lit, elle fit signe au policier de l'imiter.

— Mais si je tiens le pistolet par ici, dit-elle en indiquant la crosse. Vous voyez cette partie-là ?

Le jeune homme hocha la tête, très attentif.

— Eh bien, du fait des stries sur la crosse, aucune empreinte ne peut se graver, donc ça ne risque rien. Sans parler du fait que c'est le moyen le plus sûr de se saisir d'une arme à feu : je ne voudrais pas qu'elle se décharge sur moi...

Tout doucement, avec une infinie prudence, elle souleva le pistolet. La leçon terminée, elle fit appel à l'un de ses techniciens pour ranger l'arme parmi les pièces à conviction.

Fitzgerald fixa Reilly, les yeux pleins d'une sorte de pure adoration. Chris sourit. Quoi qu'en disent les plus vieux de la brigade, Reilly avait déjà conquis la jeune génération.

3

Installée à son bureau, les traits tirés par la concentration, Reilly étudiait les pièces à conviction recueillies dans l'appartement de Clare Ryan. La fusillade avait eu lieu quelques jours auparavant, et presque tous les membres de l'équipe étaient rentrés chez eux après une longue journée de travail.

L'atmosphère du laboratoire avec son silence oppressant, interrompu seulement par le ronronnement des machines, aurait semblé à la plupart des gens sinistre et déconcertante. Reilly, en revanche, préférait ce calme et cette paix qu'elle ne trouvait que dans la soirée.

Maintenant que tout le monde était parti, elle ne serait plus déconcentrée par les allées et venues des techniciens du labo. Le silence lui offrait plus de liberté pour travailler, pour réfléchir, et ce soir, cela pourrait lui permettre de découvrir ce qui se cachait de déstabilisant derrière cette fusillade.

Depuis le début, elle sentait que quelque chose ne collait pas, mais pour le moment, elle n'avait rien trouvé dans les indices qui sorte de l'ordinaire pour confirmer cette impression. Les deux choses auxquelles elle se fiait le plus lors d'une enquête étaient les preuves et l'instinct. Et depuis qu'elle avait quitté les lieux, ses sens lui hurlaient qu'elle était passée à côté de l'essentiel.

Gorman lui aurait ri au nez si elle avait essayé de le lui expliquer. En poste depuis des années et chef du département médico-légal, il n'avait pas vraiment sauté au plafond en apprenant la nomination de Reilly dans son équipe. Quel soulagement qu'il soit en vacances, au moins elle pouvait traiter cette affaire de la façon qui lui convenait, celle qu'on lui avait enseignée.

Depuis son arrivée, il avait essayé de la remettre à sa place, laissant entendre qu'on attendait seulement d'elle qu'elle supervise ce qui était fait au labo. Elle ne devait surtout pas se mêler de ce qu'il faisait ou avait fait jusque-là. À ce qu'elle avait vu pourtant, il employait des méthodes archaïques d'une manière pédante, ce qui était fort regrettable compte tenu de l'importance de leur mission. Ce vieux croûton ne semblait pas le moins du monde désireux de se mettre à la page.

En outre, Gorman avait un *ego* surdimensionné. De cela, on l'avait avertie à l'avance. Comme beaucoup de scientifiques, il semblait habité par l'intime conviction que ce qui sortait de sa bouche était parole d'évangile, en plus d'être un machiste notoire et méprisant. Ça encore, elle aurait pu le supporter, s'il n'avait pas été si incompétent comme enquêteur. Elle détestait la façon dont il s'adressait aux femmes de l'équipe, Lucy en particulier, qui était si adorable mais visiblement très vexée par la goujaterie de son supérieur.

Reilly avait également à se battre contre les résistances naturelles face à une nouvelle recrue et à supporter les blagues habituelles sur les blondes. Mi-amusée, mi-atterrée, elle se rappela son premier jour au labo, quand, après une réunion d'équipe, un bikini façon *Alerte à Malibu* l'attendait sur son bureau. Le responsable de la farce et ses complices avaient certainement dû se trouver hilarants, mais cela passa au-dessus de sa tête. Elle avait dû affronter bien pire durant ses années d'études au F.B.I.

Elle examina une nouvelle fois les pièces à conviction étalées devant elle. C'était une des premières scènes de crime qu'elle avait réussi à superviser entièrement seule, sans l'ingérence de Gorman. Sans son regard insistant par-dessus son épaule, elle avait eu plus de temps pour examiner les lieux en détail. Et tout le temps d'appliquer sa méthode « émotionnello-sensitive », se dit-elle en souriant, repensant aux réactions que cela avait provoqué.

C'était une démarche qu'elle avait apprise et perfectionnée à Quantico. Son professeur, Rob Crichton, l'un des meilleurs experts médico-légaux, était revenu encore et encore sur l'importance de l'analyse tridimensionnelle du site. Un sourire se dessina sur ses lèvres, alors qu'elle repensait à son enseignant à présent décédé, une mine antipersonnel dans l'appartement d'un malfrat ayant mis fin à la vie d'un des plus brillants criminalistes qu'elle ait jamais eu la chance de côtoyer. Même si sa mort était une tragédie, elle se disait que Rob aurait apprécié l'ironie de son corps réduit en fragments microscopiques, devenant la preuve matérielle qu'il avait passé la plus grande partie de sa vie à collecter.

— Vos sens existent pour une raison, jeunes gens, répétait-il toujours. Ne les sous-estimez jamais.

Sceptique au départ, en appliquant les méthodes rigoureuses de Rob, Reilly s'était découvert un sens particulièrement développé de l'odorat. Et cela lui avait rendu de fiers services dans la plupart des affaires sur lesquelles elle avait enquêté. Pour une raison qu'elle ignorait, elle était très sensible au parfum et identifiait une vaste panoplie de fragrances et de crèmes de soins. Par exemple, elle savait que le médecin légiste, Karen Thompson, portait *Red Door* d'Elizabeth Arden, quand Carol, la réceptionniste du labo, préférait *CK One*. Bizarrement, elle avait remarqué que le *N° 5* de Chanel, le préféré des Américaines, connaissait beaucoup moins de succès de ce côté de l'Atlantique.

Par le passé, son instinct l'avait beaucoup aidée et elle ne comptait pas l'ignorer simplement parce qu'un rouquin de policier irlandais trouvait ses méthodes stupides et inutiles. Pourquoi se soucier de lui ? Elle n'en faisait qu'une bouchée d'un gars comme lui, mais elle n'allait pas se rabaisser à cela. Il appartenait à l'ancienne génération, c'est tout. Le nom de son coéquipier, elle l'avait entendu mentionner à plusieurs reprises au cours des derniers mois. Chris Delaney jouissait d'une bonne réputation et, contrairement à ses collègues, semblait mieux disposé envers la police scientifique. Elle imaginait bien que son physique méditerranéen devait faire des merveilles pour recueillir des informations, surtout auprès des femmes, même si, à ce qu'elle avait pu en juger, il n'était pas du genre à en jouer. Et contrairement à Kennedy, il ne l'avait pas prise de haut. Lui, au moins, avait laissé entendre qu'il serait ravi de recevoir les conclusions du labo.

Ce qui pour l'instant se limitait à bien peu.

Des échantillons de sang avaient été testés pour un examen toxicologique. S'ils s'avéraient positifs, cela apporterait un début d'explication, au moins pour le tueur. Mais, vu la vitesse à laquelle travaillait le labo, Dieu sait quand les résultats arriveraient.

Ils avaient également collecté les indices habituels, empreintes digitales, traces, fibres, qui étaient en cours d'analyse. La balistique étudiait l'arme du crime et les douilles, et Reilly comptait les appeler dans la matinée pour voir s'ils avaient trouvé quelque chose d'intéressant.

Entre-temps, elle faisait encore et encore ce qu'elle maîtrisait le mieux, se rejouer la scène dans la tête, essayer de recréer l'assassinat, prendre en compte les pièces à conviction qu'ils avaient découvertes. Elle espérait enfin arriver à quelque chose qui ferait avancer l'affaire.

Mais, pour le moment, elle n'aboutissait qu'à une seule conclusion : ça ne collait pas.

Elle se redressa sur son siège et pour la énième fois regarda les clichés qu'on avait pris des corps avant de les emmener à la morgue. À nouveau, elle examina les marques de sang et de cervelle sur la tête de lit. Une grande partie de la matière grise s'était étalée sur le visage et les cheveux de la fille, pour atteindre la pile de livres sur le chevet, de l'autre côté. Les taches de sang sur la tête de lit et même sur le mur ne sortaient en rien de l'ordinaire, prenant la trajectoire opposée à celle de la balle. Son regard descendit sur le pistolet posé sur le lit, là où il avait atterri après avoir quitté la main du tireur mort.

Qu'y a-t-il là qui ne tourne pas rond ? se demanda-t-elle, approchant la photo de ses yeux dans l'espoir vain de trouver la réponse. Qu'y avait-il dans toute cette scène qui la dérangeait ?

Si on considérait l'angle de tir et la distance, ainsi que les résidus de poudre sur la main du jeune homme, les résultats correspondaient parfaitement, pourtant, elle sentait bien qu'elle passait à côté du plus important. *Mais quoi ?*

Courir après les indices, espérer qu'elle trouverait les réponses, Reilly avait l'impression de n'avoir fait que ça toute sa vie.

Chris Delaney ne savait pas trop pourquoi, mais quand il parlait au médecin légiste, il se sentait toujours comme un mauvais élève. Karen Thompson se montrait si brusque et froide (voire effrayante) qu'elle l'intimidait toujours.

Quand il entra dans son bureau, elle finissait une conversation au téléphone. Elle lui fit signe de s'asseoir. S'exécutant, il jeta un œil autour de lui. Tout était propre, rangé, organisé. Il aurait donné sa main à couper que les livres étaient classés par ordre alphabétique.

L'identité de la jeune fille avait été formellement confirmée : Clare Ryan. 22 ans, en dernière année de psychologie à l'université de Dublin, et selon ses parents en deuil, « bien trop occupée par ses études » pour avoir un petit ami.

— Trop occupée par ses études. J'ai entendu la même rengaine des milliers de fois, commenta Kennedy, après qu'ils avaient interrogé les parents le lendemain du meurtre. Ils ont quoi dans le crâne pour ne pas se douter qu'une belle fille comme elle attirerait tous les garçons ?

— Et alors ? demanda Chris en haussant les épaules. Ils n'étaient pas au courant de tout ce qui se passait dans sa vie, qu'y a-t-il d'inhabituel à cela ? Tout le monde n'envisage pas comme toi l'éducation de ses enfants.

Kennedy avait deux adolescentes, et d'après ce que Delaney avait constaté, il les élevait d'une main de fer.

— En tout cas, tout ce qu'on a pour l'instant, c'est que les parents ne pensent pas que Clare avait un petit ami, reprit Chris. Mais, si elle en avait un, ses camarades seront probablement au courant.

Avec Kennedy, ils avaient prévu d'effectuer des interrogatoires à l'université ce matin-là, mais suite au coup de fil de

Karen Thompson, Chris avait fait un rapide détour pour gagner son cabinet, de l'autre côté de la ville.

— On a trouvé des signes d'activité sexuelle entre les deux victimes, annonça Karen, le ramenant brutalement au présent.

— Quoi ? s'étonna Chris, qui n'avait pas remarqué qu'elle avait raccroché, pour embrayer, comme d'habitude, sur son ton professionnel. Donc, c'était son petit ami, on peut écarter l'hypothèse d'un cambriolage ou d'un crime à caractère sexuel ?

— Il y avait bien des signes d'activité sexuelle, on a retrouvé des sécrétions vaginales sur notre mystérieux compagnon, mais strictement aucune trace de sperme. Et pas de signe de traumatisme, ni déchirure ni hématome au vagin.

Chris aurait presque espéré le contraire. Une pénétration forcée indiquerait clairement qu'il s'agissait d'une affaire de viol, ce qui serait plus facile à classer qu'un meurtre sans mobile. Sans parler du fait qu'ils ne connaissaient toujours pas l'identité du pauvre bougre.

— Donc, ce que vous me dites, c'est qu'il y a eu du sexe, mais que vraisemblablement ce n'est pas un viol et qu'on ne peut même pas conclure à une relation sexuelle ?

— En substance, acquiesça Karen en s'enfonçant dans son siège.

— D'accord. Pas l'affaire la plus évidente, je dirais...

Il priait pour que les camarades de Clare l'éclairent davantage.

— Bien sûr, Clare, elle était un peu... allumeuse, si vous voyez ce que je veux dire, mais elle ne sortait avec personne en particulier... Pas de petit ami exclusif, quoi, expliqua aux inspecteurs Jenny, la « meilleure amie » de Clare, entre deux sanglots. Je n'arrive pas à croire qu'elle est morte ! lança-t-elle avant de fondre une nouvelle fois en larmes. C'est tellement... énorme.

Chris regarda son partenaire pour partager son probable étonnement face au langage de la jeune génération.

— Je comprends combien c'est difficile pour vous, Jenny, mais quand vous dites que Clare ne sortait avec personne en particulier, est-ce que vous sous-entendez qu'elle avait plusieurs petits amis à la fois ?

— Pas moyen ! Elle n'était pas genre une traînée ou je ne sais quoi. Comment vous osez dire ça ?

— On ne disait rien de tel, tempéra Kennedy. Tout ce que nous essayons de faire, c'est découvrir qui aurait pu vouloir faire du mal à Clare et comme vous êtes sa meilleure amie, c'est à vous que nous nous adressons.

— Écoutez, tout ce que je sais, c'est qu'elle sortait pas genre avec plusieurs gars en même temps. C'est eux qui lui tournaient autour, mais franchement, elle préférait se la jouer solo.

— Se la jouer solo ? s'étonnèrent les deux policiers.

— Elle était bien toute seule, quoi.

— Bon sang, grommela Kennedy, une fois qu'elle fut partie. Si mes gamines se mettent à parler comme celle-là, je les envoie directement prendre des cours d'élocution !

— Arrête, t'es trop genre dur, toi, imita Chris.

Jenny s'était montrée catégorique, Clare n'était plus sortie avec personne depuis son ex-petit ami, Paul, un autre étudiant. Quand les inspecteurs vinrent l'interroger, il parut complètement choqué, mais resta tout de même coopératif et courtois.

— Nous sommes sortis ensemble pendant un mois ou deux, mais quand Clare a commencé à réviser pour ses examens, on a arrêté de se voir autant.

Quelques jours seulement après le début de l'enquête, les deux coéquipiers se trouvaient devant un mur. Tous ceux à qui ils s'étaient adressés décrivaient Clare Ryan comme une personne normale, une jeune fille pleine de vie, proche de sa famille, entourée d'amis et, selon ses enseignants, excellente étudiante.

Après avoir interrogé toutes les personnes dans son entourage proche, ils n'avaient toujours pas la moindre idée de qui pouvait être le jeune homme mort à ses côtés et pourquoi il avait mis fin à la vie de Clare ainsi qu'à la sienne. Et parce qu'une grande partie de son visage avait été détruite, aucune reconstruction faciale ne pouvait être envisagée. Il ne leur restait pas beaucoup de moyens de l'identifier.

Alors qu'en général l'enterrement a lieu peu de temps après la sortie du corps de la morgue, pour l'instant, il n'en était pas encore question, un membre proche de la famille restant injoignable. Chris imaginait que, quand les parents parviendraient à le trouver, une foule impressionnante assisterait aux obsèques.

Entre-temps, à cause du profil de la victime, les médias s'en donnaient à cœur joie. Que les truands se tirent dessus, on n'en a pas grand-chose à faire, mais il n'est pas admis qu'on se tue dans la haute société. Le public réclamait hystériquement un coupable. Ce qui voulait dire que O'Brien mettait davantage la pression aux deux inspecteurs afin qu'ils résolvent l'affaire.

Pour l'instant, personne n'avait de mal à dire de Clare Ryan, ou un mobile à apporter qui pourrait expliquer son assassinat. Ce qui rendait les circonstances étranges de sa mort encore plus sinistres.

4

— Reilly ? Vous avez une minute ?

Reilly leva les yeux de son bureau pour découvrir devant elle Lucy, un voile d'inquiétude sur le visage.

— Bien sûr, quel est le problème ?

La jeune femme se mordillait les lèvres, mal à l'aise.

— Quelque chose de vraiment bizarre, lâcha-t-elle.

— Dites-moi, l'enjoignit Reilly, continuant à écrire, n'offrant à Lucy qu'une partie de son attention.

Débordée, elle n'était pas d'humeur à jouer aux devinettes. Lucy devait apprendre à réfléchir seule et à se fier à ses intuitions. Même si Reilly avait un peu l'impression de se revoir à ses débuts, elle espérait que Lucy saurait se défaire de son léger manque de confiance en elle.

— Je crois que vous devriez venir jeter un œil...

Cette fois, quelque chose dans le ton de Lucy obligea Reilly à abandonner son stylo.

— Que se passe-t-il ?

— S'il vous plaît, venez voir.

Reilly suivit Lucy dans le labo, où celle-ci lui indiqua le microscope.

— Dites-moi ce que vous voyez.

Reilly se pencha et ajusta l'objectif.

— Bizarre... commenta-t-elle, l'œil sur l'oculaire, examinant l'échantillon.

Elle se recula pour réfléchir.

— Ravie que vous trouviez aussi, remarqua Lucy, calmement. Pour être honnête, je ne savais pas si je devais en parler ou pas...

— Non, vous avez eu raison. C'est important. Important, mais bizarre, ajouta Reilly, comme pour elle-même.

— Alors, qu'en pensez-vous ?

— On dirait des poils d'animaux. Les poils humains sont bien plus fins. Et les écailles le long de la tige le prouvent.

Elle s'éloigna du microscope.

— Cependant, je ne saurais dire de quel animal il s'agit. En tout cas, pas avant qu'on ne trouve un échantillon comparatif.

— On en a un... d'une certaine façon, hasarda Lucy.

— Pas exactement le type de comparaison qu'on voudrait, n'est-ce pas ? remarqua Reilly en poussant un profond soupir. Puis-je regarder l'échantillon auquel vous pensez ?

— Bien sûr.

Lucy prépara la lamelle avec une autre particule de la pièce à conviction répertoriée dans l'inventaire.

Reilly l'observa rapidement sous faible grossissement.

— Les deux échantillons de peinture devront être soumis à des examens supplémentaires et séparément, sous microspec.

Elle faisait référence à la microspectrophotométrie, qui consiste à analyser les longueurs d'onde de l'énergie absorbée et relâchée par un fragment de peinture.

— On saura ainsi s'il s'agit du même fragment. Mais si j'étais du genre à parier, ce qui n'est pas mon cas, je dirais que oui.

— C'est ce que je pensais aussi. Et comme les poils et la peinture ont tous les deux été trouvés dans l'appartement de Ryan...

— Cela veut dire que nous avons un gros problème, termina Reilly, qui se sentait prise de vertige.

Les poils et le fragment de peinture que Reilly et Lucy venaient d'observer n'étaient pas issus de l'appartement de Clare Ryan, ils avaient été récemment relevés chez un homme qui s'était apparemment suicidé.

De retour dans son bureau, pour éviter de tirer des conclusions hâtives, Reilly décida de prendre contact avec la brigade chargée de l'affaire.

Elle saisit son manteau et se dirigea vers la porte. Le commissariat n'était qu'à quelques rues du labo. Un peu d'air frais ne lui ferait pas de mal, et elle savait d'expérience qu'il valait mieux parler aux policiers en personne quand c'était possible.

Harcourt Street grouillait toujours de monde, mais ce jour-là, Reilly avait dû arriver à l'heure de pointe. Elle fut conduite au bon département par une femme à l'air inquiet et ensuite se retrouva livrée à elle-même. La pièce était remplie de bureaux miteux, d'ordinateurs dépassés et d'officiers débordés. Le policier le plus âgé et le plus près d'elle remarqua son expression perdue.

— Vous cherchez qui, mon cœur ?

— Jones, répondit-elle, hésitante.

Il lui indiqua le fond de la salle.

— Vous voyez le gars avec le pull bleu, contre le mur ?

Elle vit un homme d'une trentaine d'années, les cheveux noirs et les sourcils broussailleux, qui tapait sur son clavier.

— Je vois, merci.

Elle se fraya un chemin entre les bureaux pour finalement arriver au box de Jones.

— Vous êtes l'inspecteur Jones ?

— Qui le demande ? interrogea-t-il en levant la tête doucement.

Reilly lui tendit la main.

— Reilly Steel, de la police scientifique.

Il parut surpris, mais elle se lança dans son explication sans préambule.

— Nous analysons les pièces à conviction relevées sur un suicide dont votre brigade a la charge. Je voudrais vous poser un certain nombre de questions à ce sujet, si cela ne vous dérange pas.

J'espère que tu as aimé ton repas à l'ail d'hier soir, ajouta-t-elle dans sa tête, prise à la gorge par les relents qui se dégageaient de sa bouche. Dans ce genre de cas, son odorat hyperdéveloppé était plutôt un désavantage.

Comme beaucoup de ses collègues, Jones n'appréciait pas particulièrement que la police scientifique se mêle de ses affaires, et Reilly se blinda, anticipant la réaction du policier sur la défensive.

— Il y a un problème ?

— Pas exactement. Comme je vous l'ai dit, je voudrais juste éclaircir quelques points. Vous avez enquêté sur la mort d'un certain Jim Redmond sur Donnybrook ?

Il hocha la tête, toujours sur ses gardes.

— La thèse du suicide a-t-elle été confirmée ?

Jones laissa échapper un soupir et lui fit enfin signe de s'asseoir. Reilly comprit qu'une experte médico-légale qui venait l'interroger sur un suicide était bien la dernière chose qu'il aurait souhaitée aujourd'hui.

— On attend les conclusions du médecin légiste, mais le gars a été retrouvé pendu à une poutre de sa salle à manger. C'était assez clair qu'il s'agissait d'un suicide.

Ce genre de raisonnement exaspérait profondément Reilly. Elle ne prenait jamais ce qu'elle voyait pour argent comptant.

— Il était marié ?

Jones hocha la tête avant de consulter sa montre d'une façon ostensible, mais Reilly n'avait pas l'intention de le lâcher aussi facilement.

— Alors, qu'en dit sa femme ?

— Comme toujours, lança-t-il, blasé. La brave dame dit que c'est impossible, que jamais il n'aurait fait ça et qu'il devait s'agir d'un accident. Mais qu'est-ce que vous vous attendiez à ce qu'elle dise ?

— Elle a des raisons de penser ainsi ? demanda Reilly.

— Nan, comme d'hab, il pétait la forme, ils avaient une vie merveilleuse et s'entendaient comme deux larrons en foire. Vous savez, toujours la même rengaine.

— D'accord, donc, selon sa femme, ils étaient heureux, mais il s'est…

Elle ouvrit son dossier pour reprendre les faits.

— Il s'est pendu avec un drap en coton ?

— Oui. Mais, là encore, sa femme est convaincue qu'il aurait été incapable de faire un nœud assez solide. Je ne sais pas, je suis désolé pour elle, sincèrement, mais… Je crois que, parfois, il faut que les gens voient la réalité en face. Surtout quand il y a une lettre de suicide.

— Vous en avez trouvé une ? s'étonna Reilly.

Selon elle, c'était une bonne nouvelle. Cela voulait dire qu'elle faisait fausse route. Pourtant, comment était-il possible alors qu'ils retrouvent les mêmes indices sur deux sites qui n'avaient rien à voir l'un avec l'autre ? Elle prit une profonde inspiration, se rappelant de ne pas tirer de conclusions hâtives, d'attendre de voir où les preuves les mèneraient. Une autre leçon qu'elle avait apprise pendant sa formation lui revint en mémoire. *L'intuition n'a de valeur que lorsqu'elle se fonde sur des preuves.*

— Ouaip. Juste sur la table de la salle à manger, on ne pouvait pas la louper. C'est vrai qu'elle était spéciale. Elle ne ressemblait pas trop aux lettres habituelles. Pas le genre « désolé, j'en peux plus » qu'on voit en général.

— Ah, oui, et que disait-elle ?

— Je ne peux pas trop vous dire comme ça de tête. Attendez une minute...

Il fouilla dans la montagne de dossiers sur son bureau.

— J'ai le compte rendu quelque part par là.

Reilly regarda Jones se débattre dans sa paperasserie, se demandant comment les gens pouvaient travailler efficacement dans un tel désordre. Le contenu de la lettre ne l'intéressait en fait pas tant que son existence même.

— Voilà, j'ai trouvé.

Il s'empara du dossier et se racla la gorge avant de lire tel un écolier devant sa maîtresse.

— « Nous ne sommes jamais aussi mal protégés contre la souffrance que lorsque nous aimons, jamais plus irrémédiablement malheureux que lorsque nous avons perdu la personne aimée ou son amour. » C'est tout. Bizarre, non ?

— C'est plutôt triste en fait. On dirait une citation.

— Aucune idée, lâcha Jones en haussant les épaules. Sa femme dit qu'elle ne comprend pas ce que ça signifie ni ce qu'il essayait de dire. Clairement, il disait au revoir.

— Peut-être, ponctua Reilly, qu'une pensée traversa soudain. Dites-moi, vous pourriez m'en faire une copie ?

— De la lettre ? Pourquoi ?

Jones reprenait son attitude défensive.

— En quoi ça vous intéresse ?

Reilly poussa un profond soupir comme pour suggérer qu'elle aussi était en train de perdre son temps.

— Eh bien, la police scientifique connaît un remaniement en profondeur et on nous demande de tout vérifier deux fois. Vous savez comment c'est, dit-elle en levant les yeux au ciel.

Elle ne voulait pas parler à Jones des pièces à conviction, pas avant de recevoir les résultats des analyses complémentaires. Heureusement, ses manières de conspiratrice semblaient avoir l'effet escompté sur Jones.

— O.K., je vois. Pas de problème, on n'a qu'à le faire tout de suite, pendant que je l'ai là.

Il se leva pour se rendre vers le photocopieur. Reilly le suivit.

— Au fait, vous savez si les Redmond avaient un animal domestique ?

— Je n'en suis pas absolument sûr, mais je ne crois pas.

Il glissa la lettre dans la machine et appuya sur le bouton.

— Ils n'ont pas d'enfants. Apparemment, son boulot l'obligeait à voyager dans le monde entier. Il était promoteur immobilier. Ces gars-là ne sont pas chez eux assez souvent pour avoir un animal. Je peux me renseigner, si vous voulez. Voilà pour vous, ma beauté.

Il la gratifia d'un ton paternaliste qui l'écœura bien plus encore que son haleine à l'ail. *Va te faire voir !*

De retour au labo, Reilly s'installa dans son fauteuil et étudia de nouveau les mots.

Nous ne sommes jamais aussi mal protégés contre la souffrance que lorsque nous aimons, jamais plus irrémédiablement malheureux que lorsque nous avons perdu la personne aimée ou son amour.

Vraiment triste et étrangement obsédant. Souffrance, amour perdu…

Et pourtant, selon sa femme, Jim Redmond était heureux en mariage, alors qui était cet « amour perdu » ? Et pour un homme d'affaires intraitable, Redmond semblait avoir l'âme d'un poète.

Elle relut encore une fois la lettre, les mots ainsi que les sentiments qu'ils recelaient. On aurait dit du Shakespeare par leur simplicité. Pouvait-il s'agir d'une citation du dramaturge ? Cela n'avait pas vraiment d'importance, mais Reilly voulait en avoir le cœur net.

Elle tapa la phrase sur Google. En quelques secondes, une liste de réponses s'afficha sur son écran. *Ah, ah !* se réjouit-elle. C'était bien une citation, mais pas de Shakespeare, non. On attribuait en fait cette phrase à Sigmund Freud.

De plus en plus curieux...

Au cours de sa formation, elle avait survolé les travaux du célèbre psychanalyste et connaissait bien la partie de ses écrits qui concernait le behaviorisme. Mais cette citation-là, elle ne la connaissait pas.

Nous ne sommes jamais aussi mal protégés contre la souffrance que lorsque nous aimons, jamais plus irrémédiablement malheureux que lorsque nous avons perdu la personne aimée ou son amour.

Vraiment étrange qu'un promoteur immobilier s'intéresse tant à Freud et qu'il aille jusqu'à utiliser une phrase du psychanalyste pour tirer sa révérence.

Elle mit la photocopie de côté et prit le numéro de téléphone de Jones pour l'informer de ce qu'elle venait de découvrir. Peut-être que Redmond avait étudié la psychanalyse à l'université, après tout.

Soudain, Reilly se redressa d'un bond sur son fauteuil, la colonne vertébrale traversée d'un frisson glacé. *Bon sang ! Comment ai-je pu rater ça ?* songea-t-elle, fouillant, hystérique, dans ses dossiers.

Freud s'était rappelé à son bon souvenir bien plus récemment qu'elle ne le pensait. Et franchement, la coïncidence était renversante. Reilly feuilleta les photos du lieu du crime jusqu'à ce qu'elle trouve ce qu'elle cherchait.

C'était là, plus gros que le nez au milieu de la figure.

5

Le policier l'attendait à l'extérieur de l'appartement de Clare Ryan.

En bon soldat, il se redressa en la voyant approcher.

— C'est un peu inhabituel, si je peux me permettre, surtout à cette heure de la nuit, fit-il remarquer.

— Désolée de vous avoir dérangé si tard, s'excusa Reilly en souriant. J'ai besoin de vérifier un détail à l'intérieur.

Après avoir choisi avec soin la bonne clé, il ouvrit la porte de l'appartement.

— Pas de problème. À vrai dire, c'est mieux que d'attendre de recevoir un appel pour arbitrer la prochaine bagarre.

Reilly entra dans l'appartement, l'officier sur ses talons. Il faisait noir, de longues ombres se dessinaient sur les murs, la lumière de la rue pénétrant par les grandes fenêtres et rendant l'atmosphère encore plus déstabilisante. Elle hésita, se demandant pourquoi tout semblait si différent, surtout maintenant que les corps des victimes avaient été retirés et que l'horreur de la découverte était passée. Bien sûr, les lieux du crime étaient toujours moins impressionnants de jour, mais Reilly soupçonnait que le malaise qu'elle ressentait ne provenait pas seulement de l'obscurité. Elle savait qu'elle était passée à côté d'un élément essentiel la première fois. Ses sens étaient à présent sur le qui-vive et elle avait l'impression qu'une personne extérieure – le coupable... ou peut-être même les victimes – l'observait et lui mettait la pression.

Ou se moquait d'elle.

Le policier alluma la lumière, et l'ambiance changea aussitôt. Essayant de se reprendre, Reilly se dirigea vers la chambre à coucher, tandis que l'officier respectait une certaine distance. Elle trouva l'interrupteur et alluma.

Dans la lumière crue, la scène lui parut presque aussi épouvantable que la première fois qu'elle l'avait vue. Les corps n'étaient plus là, mais les taches de sang recouvraient toujours les murs, maintenant sombres et sèches, plus horribles encore. Et l'odeur, les relents caractéristiques du sang, de la matière grise et de la mort, planaient dans l'air, attaque brutale pour l'odorat ultrasensible de Reilly.

Elle resta immobile un moment, se laissant imprégner de tous les stimuli qui lui arrivaient, essayant de visualiser la scène, pas comme avant, avec Clare et son compagnon seulement, mais avec une troisième personne. La nausée la reprit.

Concentre-toi, s'admonesta-t-elle.

Repoussant la peur qui montait en elle, Reilly prit une profonde inspiration et ferma les yeux, essayant de laisser ses sens parler, de tout imaginer avec quelqu'un d'autre dans la pièce.

D'abord, le tueur tire dans la poitrine de Clare, pendant que le garçon fait quoi ? Il reste juste allongé là, passif ? Elle s'efforça de comprendre comment il avait fait pour les maîtriser. Ensuite, alors que Clare agonise, un trou dans la poitrine, il pointe son arme sur le garçon et lui explose la cervelle.

Reilly finit par chasser ces images de son esprit pour s'avancer vers la table de chevet, la raison de sa venue.

S'agenouillant, elle consulta les livres méticuleusement alignés. Elle s'approcha davantage pour les examiner. Comment avait-elle pu rater cela la première fois ? Maintenant, c'était pour elle d'une évidence criante.

De tous les livres de la rangée, c'était le seul qui n'était pas aspergé de sang, ce qui voulait dire qu'il avait été ajouté là après la mort de Clare et de son petit ami.

Le cœur de Reilly battait à tout rompre.

— Vous avez trouvé ce que vous étiez venue chercher ? demanda l'officier.

Elle sursauta. Elle avait oublié sa présence.

— Oui, j'ai trouvé, répondit-elle sur un ton qu'elle voulait neutre, cachant le tremblement dans sa voix.

Sur la table de chevet, tout à côté de la victime et comme neuf, trônait un exemplaire de *L'Interprétation des rêves* de Sigmund Freud.

Une voix bourrue répondit au téléphone.

— Kennedy à l'appareil.

Reilly pesta en silence. Elle avait espéré tomber sur Chris Delaney. Elle imaginait bien la réaction de son coéquipier cynique.

— C'est Reilly Steel de la police scientifique. Je pense que nous avons trouvé quelque chose d'intéressant au sujet de l'affaire Clare Ryan.

— Je vous écoute, répondit l'inspecteur sur un ton posé.

Sans surprise, il fit très peu d'efforts pour cacher son manque d'intérêt.

— Eh bien, tout d'abord, nous avons trouvé des indices qui coïncident entre cette affaire et une autre.

— Je vois...

— Nous travaillons en parallèle sur une autre enquête, un suicide présumé, Jim Redmond. Le cas semblait plutôt évident jusqu'à ce que nous tombions sur les mêmes particules de peinture et de poils d'animal que celles retrouvées dans l'appartement de Ryan.

Kennedy se montra immédiatement sceptique.

— Qu'est-ce qu'un suicide a à voir avec notre affaire ? L'indice provenait peut-être d'un de vos techniciens qui a marché dans quelque chose.

Reilly s'était préparée à cette objection.

— C'est pratiquement impossible, je vous le garantis. J'ai passé les quelques derniers mois à rabâcher à mes techniciens les risques de la contamination croisée. Leur préparation avant l'entrée sur les lieux d'un crime est d'une rigueur absolue. Vous avez vu vous-même nos combinaisons, rien ne peut passer au travers et nous les changeons après chaque site.

Kennedy n'allait pas se laisser convaincre aussi facilement. Il n'avait pas besoin qu'on lui complique encore son affaire qui était déjà assez tordue.

— Alors, ça venait peut-être d'un de nos gars, rétorqua-t-il. Ça ne manquait pas d'uniformes chez Ryan, on aurait dit un vrai carnaval.

— J'ai également pensé à cette possibilité. J'ai déjà vérifié auprès de la brigade qui s'était rendue chez le suicidé. Aucun des policiers n'était présent sur les deux sites, qui se trouvent à l'opposé l'un de l'autre.

Elle s'éclaircit la voix. Si l'échantillon de peinture agaçait déjà Kennedy, la référence à Freud le ferait sûrement sauter au plafond.

— Mais nous avons trouvé un autre élément qui lie les deux affaires...

Il mit un moment à réagir.

— Je vous écoute...

— Jim Redmond a laissé en guise de lettre d'adieu une citation de Freud.

Comme Kennedy ne disait rien, elle enchaîna :

— Sigmund Freud, le père de la psychanalyse moderne.

— Oui, je suis au courant. Et alors ?

— Eh bien, j'ai relevé une autre coïncidence. Un exemplaire de *L'Interprétation des rêves* se trouvait sur la table de chevet de Clare Ryan au moment de sa mort.

— Et donc ? Il n'y a rien d'anormal à cela, elle était étudiante en psycho.

— Le livre n'avait aucune éclaboussure de sang sur la tranche. Il a par conséquent dû être posé là après la mort de Clare et du garçon.

Kennedy grommela, refusant d'abandonner.

Reilly reprit vite la parole. Elle savait qu'elle était en train de perdre du terrain.

— Vous ne trouvez pas que cela fait un peu trop de coïncidences ? Si ces deux affaires sont liées, même de loin, cela implique une troisième personne et...

— Écoutez, lâcha Kennedy dans un soupir. Je sais qu'on raffole des théories du complot d'où vous venez, mais ici les choses sont en général plus carrées...

Reilly était sur le point de répondre, quand de l'autre côté de la ligne, elle entendit un froissement suivi d'un juron.

— Reilly ? C'est Chris Delaney, annonça l'autre inspecteur en prenant le téléphone. Mon coéquipier n'a pas passé une bonne journée. Du nouveau ?

Reilly se réjouit de cette interruption.

— Je viens d'expliquer à votre partenaire que nous avons trouvé des informations intéressantes concernant votre affaire.

— De quoi s'agit-il ?

Soulagée, elle recommença ses explications, pour la seule personne des forces de l'ordre qu'elle sentait prête à l'écouter.

6

Plus tard dans la soirée, la tête lourde et les articulations en compote, Chris rentra chez lui au volant de sa voiture.

Dès qu'il mit la clé dans la serrure, il se sentit mieux. Son petit deux pièces sur les quais lui rognait une bonne partie de son salaire, mais il en valait la peine, ne serait-ce que pour la vue sur le Grand Canal. C'était un havre de paix pour son corps fatigué et ses nerfs à vif.

Il jeta ses clés et sa veste dans l'entrée avant de se diriger vers le salon. Les lumières de la ville se reflétant dans les eaux sombres qu'il apercevait par la fenêtre le détendirent aussitôt. Il resta planté là, immobile pendant plusieurs minutes, laissant la magie du lieu l'apaiser.

Même s'il rechignait à l'admettre, l'accumulation des événements récents commençait à lui peser. En plus de l'affaire Ryan, il travaillait avec Kennedy sur l'homme-tronc et les deux enquêtes ne menaient nulle part. Excepté l'intuition de Reilly Steel qu'il se cachait quelque chose d'inhabituel derrière le meurtre de Clare Ryan, il n'avait rien de solide, rien de concret qui pourrait l'aider à avancer.

— Désolé, Reilly, mais je ne vois pas ce que cela m'apporte.

— En tout cas, il y a anguille sous roche. Avec des liens entre les deux affaires, vous devriez au moins envisager la possibilité d'une troisième personne.

Il avait donc demandé aux Ryan si eux ou Clare possédaient des animaux domestiques (non, elle était asthmatique) et aussi s'ils connaissaient les Redmond. Et comme l'avait fait remarquer Kennedy, il était difficile d'attacher trop d'importance à la coïncidence freudienne puisque Clare Ryan était étudiante en psychologie.

Cerise sur le gâteau, ils n'avaient toujours aucune idée de l'identité du compagnon de Clare. L'absence de piste sérieuse le frustrait, le démoralisait et l'épuisait terriblement.

Gagné par la faim, il partit voir dans la cuisine ce qu'il pourrait trouver à se mettre sous la dent. Il n'aurait pu se définir comme un chef gastronomique, mais il aimait bien expérimenter quand il en avait le temps.

Il ouvrit son réfrigérateur, pour y contempler les parois blanches. Bon sang, la semaine avait été tellement chargée qu'il n'avait même pas trouvé le temps de faire les courses ! Un carton de lait à moitié vide et deux tomates pourries, c'était un peu limité pour se concocter un repas.

Tant pis, il irait se chercher un plat à emporter. Il connaissait un bon restaurant chinois au coin de la rue. Chris contribuait d'ailleurs largement à la prospérité du commerce depuis trois ans.

Après avoir commandé – toujours la même chose –, il alluma la télévision pour patienter durant les trente minutes que nécessitait la livraison, espérant oublier pour un temps ses préoccupations professionnelles. Tout sauf les informations ! Les journalistes revenaient sans cesse sur le manque de progrès dans l'affaire Ryan. Chris n'avait surtout pas besoin qu'on le lui rappelle. Le mieux qu'il trouva fut un jeu d'un ennui mortel, au moins cela lui permettrait de se vider l'esprit.

Mais, comme il ne pensait plus à l'enquête, sa situation personnelle se remit à le tracasser. Le spasme qu'il avait ressenti l'autre jour au poste ainsi que le lancement continuel dans ses articulations signifiaient que ce qui, quelques semaines plus tôt, n'avait été qu'une légère douleur latente, était en train de se transformer en quelque chose de bien plus grave.

Il réfléchit aux différentes possibilités, les maladies qu'il connaissait. Ce n'était pas de l'arthrose. Cela expliquerait les douleurs dans les articulations, mais pas sa fatigue accablante.

Bien sûr, son travail était physiquement éprouvant et il devenait de plus en plus difficile chaque année, mais d'après les derniers examens médicaux qu'il avait passés, il était en pleine forme, débordant de santé et de force. Ses séances de musculation régulières le gardaient mince et tonique et, hormis les plats chinois à emporter, il mangeait très sainement.

À défaut de vie de famille, le travail était tout ce qu'il avait. C'était le seul domaine dans lequel Chris se sentait vraiment en confiance. Patrouiller dans les rues, essayer de faire respecter la justice dans un pays qu'il aimait, c'était la seule chose qui comptait pour lui et qui lui donnait l'impression d'être vivant.

Or, comme ces derniers jours il trouvait plus difficile d'éprouver de la fierté pour son pays à cause des multiples dossiers de crimes violents qui atterrissaient sur son bureau, toute dégradation de son état de santé, que ce soit de l'arthrose ou autre, tombait vraiment mal. Affalé sur le canapé, il passa une main dans ses cheveux, songeant que, tôt ou tard, il devrait consulter pour identifier ce qui n'allait pas chez lui.

Pas question qu'il s'adresse à la médecine du travail. Les résultats iraient directement dans son dossier et pèseraient sur son avenir. Il risquait même de se retrouver dans un placard à trier des papiers. Non, il faudrait qu'il passe par une autre voie.

Il se rappela un article de l'*Independent* qu'il avait lu récemment au sujet d'une clinique dans le Southside qui faisait des check-up, comme les contrôles techniques pour une voiture. Tout y passait : examen de sang, régime alimentaire, tests de vue, d'audition… Cela valait peut-être la peine d'essayer. Au moins, si on lui trouvait quelque chose là-bas, lui seul serait au courant. Il n'y aurait aucun rapport, aucune recommandation, pas de dossier à envoyer à ses supérieurs.

Le téléphone sonna, interrompant ses pensées. Il sursauta. Consultant l'écran, il sourit.

— Matt, quoi de neuf ? lança-t-il en décrochant.

Matt Sheridan était son plus vieil ami et cela faisait un moment qu'ils ne s'étaient pas parlé. Chris était débordé par les affaires de meurtres et Matt par sa carrière d'avocat. Sans oublier qu'avec sa femme, Emma, ils avaient maintenant une petite fille de 6 mois. Honteux, Chris songea qu'il n'avait pas revu sa filleule, Rachel, depuis le baptême, quelques semaines plus tôt.

— J'appelais juste pour voir si tu étais encore en vie, déclara Matt en guise de salut.

Même si Chris culpabilisait de son manque d'assiduité dans leur relation, il savait que ce n'était pas le but de son ami de le mettre mal à l'aise.

— Désolé de te décevoir, mon pote, mais celui qui me brisera n'est pas encore né.

— Je n'en doute pas. En tout cas, ça fait plaisir d'entendre que tu es rentré tôt, pour une fois. Journée tranquille ?

— Si seulement ça pouvait être le cas ! Enfin, peu importe. Comment va Emma ? Et Rachel, elle doit être immense maintenant ?

— Oui, énorme, elle ressemble de plus en plus à sa mère... Aïe, Em, c'était un compliment...

Chris comprit qu'il avait dû recevoir un bon coup de coude dans les côtes de la part de sa chère et tendre pour ce commentaire. Même si Emma Sheridan n'avait vraiment pas de souci à se faire côté physique. Avec sa taille fine, sa silhouette menue et ses grands yeux de petite fille, « énorme » était vraiment le dernier adjectif qui pouvait décrire la femme de Matt.

— Dis-lui bonjour de ma part. Je passerai vous voir bientôt.

— C'est pour ça que je t'appelle, en fait... Attends une seconde, Emma voudrait te parler.

Matt baissa ensuite la voix en parfait conspirateur.

— Conseil d'ami, mon pote, avant que je te la passe... à ta place, je prendrais mes jambes à mon cou.

Chris sourit, habitué à l'humour de son ami.

— Salut, toi, ça fait un bail ! lança Emma en s'emparant du combiné. Tu fais quoi ce dimanche ? On reçoit des invités pour le dîner, rien de trop somptueux, juste un ou deux amis et...

— Oh, non ! Pas encore, gronda Chris. Je te l'ai déjà dit. Je n'ai pas le temps pour ça en ce moment.

— Chris, « ça », comme tu dis, est indispensable dans une vie. Il s'agit de s'amuser un peu, et Anne-Marie, mon amie, est adorable. Très investie dans sa carrière, comme toi. Je suis certaine que vous avez plein de choses en commun.

— Emma, quand est-ce que tu comprendras que je n'ai pas besoin d'une entremetteuse ? Je suis tout à fait capable de m'occuper de moi.

— Ah, oui, vraiment ? C'est quand la dernière fois que tu t'es envoyé en l'air ? Ça fait deux ans que Mélanie et toi...

Chris sentit qu'Emma n'était pas très à l'aise de mentionner son ex-petite amie.

— Honnêtement, Chris, il faut que tu sortes et que tu profites plus de la vie, enchaîna-t-elle rapidement. C'est super que tu te consacres corps et âme à ton travail, mais un de ces jours, tu vas te réveiller et tu constateras que tu es un vieil homme !

— Merci, Emma, c'est exactement ce que j'avais besoin d'entendre après une journée de stress au travail.

Elle n'aurait pu se douter que Chris se sentait déjà comme un vieil homme, et il hésita à confier à ses amis ses problèmes physiques. Il savait à quel point Emma était prompte à le materner, surtout après avoir perdu ses deux parents à un an d'intervalle. S'il leur en parlait, elle ne lui laisserait plus de répit jusqu'à ce qu'il se fasse soigner. Non, pour le moment, il n'allait rien dire, mais si cela s'aggravait...

— Tu vois très bien ce que je veux dire. Tu ne fais que travailler. Tu as aussi besoin de te détendre, de prendre du temps pour toi !

— De toute façon, même si je le voulais, dimanche, c'est impossible, je suis pris.

La sonnette de la porte retentit. Il remercia le ciel pour l'interruption.

— Désolé, faut que je te laisse. Mon dîner vient d'arriver.

— Encore des plats à emporter ? s'indigna Emma.

Heureux d'éviter un nouveau sermon, Chris prit congé, promettant de passer le plus vite possible.

Il savait bien qu'elle voulait seulement l'aider, mais franchement, il ne voulait pas d'une relation en ce moment. Il n'en avait pas le temps de toute façon, et même si c'était vrai qu'il se noyait dans son travail, au moins ce n'était pas dans l'alcool, comme une grande partie de ses collègues. En fait, l'alcool, il n'en consommait qu'en société et comme Emma le lui avait délicatement fait remarquer, cela faisait un moment qu'il n'avait plus eu l'occasion d'en boire.

Ce qui signifiait que l'alcool n'expliquait pas non plus ses douleurs, se dit-il en se levant avec peine pour ouvrir la porte. En tout cas, il espérait que le mal qui le rongeait pourrait se guérir facilement, avec quelques cachets, ou peut-être un changement de régime alimentaire. Un traitement simple qui ne l'empêcherait pas de travailler, et surtout qu'il pourrait gérer seul.

Le plus important, pensa-t-il en payant le livreur, c'était qu'il règle le problème au plus vite.

7

L'étroit couloir était à peine éclairé, en partie bloqué par un vélo et une poussette. Reilly se glissa le long du mur et s'arrêta devant le numéro 23. Elle n'osait pas continuer, mal à l'aise dans ce taudis avec son tailleur élégant. Elle perdait ici toute l'assurance qu'elle affichait au labo.

Doucement, elle poussa la porte qui n'était pas fermée à clé. Elle pénétra dans l'appartement sombre, d'un pas incertain.

L'entrée était minuscule, juste assez grande pour une table, une patère au mur et quelques chaussures usées. Elle donnait directement sur le salon.

Elle continua, toujours aussi prudemment. Elle regarda autour d'elle, la télé était allumée, le son au minimum et les rideaux tirés, plongeant la pièce dans la pénombre.

Reilly s'arrêta sur le seuil de la porte, une forte odeur d'alcool mêlée à la puanteur de restes de nourriture la prenant à la gorge.

Enfin, elle entra dans le salon. Un corps en travers du canapé, allongé sur le dos, la bouche grande ouverte, un bras pendant sur le plancher.

Reilly contourna le canapé pour l'observer. Le teint terreux, le visage flasque, il n'était pas rasé et avait les cheveux hirsutes.

Elle se pencha sur lui pour poser doucement la main sur son bras.

— Debout, c'est moi.

En tournant la tête, elle aperçut une bouteille de whisky vide par terre. Normal.

— Papa, réveille-toi.

Aucune réponse. Une sorte de grognement s'échappa de Mike Steel, qui roula sur le canapé crasseux.

Reilly secoua la tête en soupirant. Même si elle s'attendait toujours à trouver la même scène, une sorte de foi aveugle ne la quittait pas. Tout au fond d'elle, elle gardait l'espoir qu'un jour elle trouverait son père, peut-être pas heureux, mais au moins sobre et rasé, qu'elle ne tomberait pas sur cette loque dans un semi-coma éthylique. Mais c'était trop demander. Même maintenant qu'elle avait accepté ce travail à Dublin pour être plus proche de lui et pour pouvoir l'aider.

Elle alla ouvrir les rideaux. La lumière de cette belle journée ensoleillée inonda la pièce, frappant Mike Steel en plein visage. Il grommela, s'agita et essaya de se cacher les yeux.

— C'est quoi cette merde ?

— Bonjour, papa.

Reilly vérifia que le fauteuil n'était pas trop recouvert de débris et décida qu'elle ne prenait pas de risque en s'y installant.

Mike se redressa, enregistrant peu à peu sa présence.

— Comment tu as fait pour entrer ?

— Tu as encore laissé la porte ouverte. Combien de fois devrai-je te répéter d'être plus prudent ?

Il s'était à présent complètement redressé et fixait sa fille, l'œil vide.

— Tu es encore venue pour me faire des reproches, c'est ça ?

— Je voulais te voir, c'est tout.

Il la regarda enfin pour la première fois, reconnut le tailleur bleu nuit, les talons noirs.

— Tu n'es pas au travail ?

— J'ai fait un détour avant d'aller au labo.

— Alors, ça y est, tu as sauvé le monde ? demanda-t-il, grimaçant de sa mauvaise blague, tout en cherchant des yeux sa bouteille de whisky sur le sol.

Un voile de déception passa sur son visage quand il constata qu'elle était vide. Il s'humecta les lèvres et releva la tête vers sa fille.

— Tu ne veux pas me prêter vingt euros ?

Elle fit comme si elle n'avait pas entendu la question. C'était devenu un petit jeu entre eux. Il lui demandait de l'argent, elle refusait, sachant qu'il s'achèterait encore de l'alcool. Comment il arrivait à boire autant avec pour toute source de revenus les allocations, elle n'en avait aucune idée.

— Je pensais aller visiter la Banque d'Irlande ce week-end, annonça-t-elle. Il paraît que c'est à couper le souffle. Ça te dirait de m'accompagner ?

— Qu'est-ce que j'irais fiche là-bas ?

— Dublin a certainement d'autres attraits que l'alcool bon marché...

Mike se pencha en avant et tenta de se lever, sans succès, avant de s'effondrer de nouveau sur le canapé.

— Épargne-moi tes leçons de morale, je t'en prie.

— On pourrait aller ailleurs, si tu préfères, proposa-t-elle. Ce serait sympa de passer un peu de temps ensemble, de prendre l'air...

Mike fit une nouvelle tentative pour se lever, et cette fois, il se retrouva sur ses pieds.

— Faut que j'aille pisser.

Dépitée, Reilly le regarda tituber hors de la pièce, ses pas chancelants l'entraînant vers les toilettes.

Il se soulagea avec grand bruit.

— Maintenant, si tu veux visiter la brasserie Guinness, ça m'intéresse.

Reilly se leva. Elle regrettait de ne pouvoir rester tout en détestant chaque seconde qu'elle passait dans cet appartement. Elle fixait son dos alors qu'il finissait sa besogne.

— Si tu as envie d'y aller avec moi, pourquoi pas ?

— D'accord.

Elle jeta un dernier regard dans la pièce, déchirée entre la pitié et le dégoût. Il était si différent du père fort, drôle et capable qu'elle et sa sœur avaient connu pendant leur enfance. Mais beaucoup d'eau avait coulé sous les ponts, une eau qui aurait poussé beaucoup d'hommes à trouver refuge dans l'alcool. Malgré tous ses efforts pour l'aider, malgré ses prières pour qu'un retour dans son pays natal arrange la situation, lui permette d'oublier, Reilly savait que le spectre de ce qui était arrivé à Jess ne le quitterait jamais, tout comme il l'habitait toujours, elle aussi.

Reilly fut contente de retrouver le labo. C'était son sanctuaire, un endroit où en général tout était rangé et avait un sens.

Mais pas en ce moment.

Elle regarda de nouveau le papier dans sa main. Il devait s'agir d'une erreur, il ne pouvait pas en être autrement. Sinon...

Elle avait l'impression d'être un personnage de bande dessinée à qui les yeux sortaient des orbites. Peut-être que si elle se les frottait assez fort, tout redeviendrait cohérent.

Mais non, mêmes résultats, noir sur blanc. Et elle s'était personnellement chargée de préparer les échantillons...

Frappée d'effroi, Reilly tenta de se remémorer tous ses gestes les uns après les autres. Non, elle n'avait commis aucune erreur. Et voilà les deux échantillons, le A, celui de la jeune fille récemment assassinée et identifiée sous le nom de Clare Ryan, et le B, celui de son compagnon, toujours inconnu.

Même si personne n'était infaillible, elle procédait avec une telle rigueur dans l'analyse des pièces à conviction qu'elle avait la certitude de ne pas s'être trompée. Les preuves ne mentaient jamais.

Surtout quand on recommence un examen.

En étudiant les résultats, Reilly se rappela un concept que leur avait inculqué un autre de leurs professeurs, Daniel Forrest : le principe du rasoir d'Occam.

— Mesdames et messieurs, il ne faut pas oublier que l'intuition est un outil précieux, mais seulement quand elle se base sur des preuves.

Elle se souvint de la première fois où il leur avait présenté le principe. La plupart des étudiants n'en avaient jamais entendu parler, mais il y avait un type, dont le nom lui échappait à présent, qui avait toujours réponse à tout.

— Vous connaissez le rasoir d'Occam ? avait demandé Forrest.

— Oui, monsieur. Il dit que la théorie la plus simple est toujours la meilleure, expliqua le petit malin.

— Faux.

L'étudiant parut effondré.

— Beaucoup de gens le comprennent en effet de travers, contredit le profileur, la lumière se réfléchissant sur ses verres de lunettes. Ce qu'il dit est bien plus subtil que cela. Et bien plus utile pour les enquêteurs.

Il fit quelques pas vers les pièces à conviction qu'ils étaient en train d'étudier et qui pouvaient les mener vers deux conclusions différentes.

— Ce que dit le rasoir d'Occam, c'est que confrontés à deux théories, quand les données disponibles ne permettent pas de trancher, nous devons examiner en priorité et en profondeur la plus simple.

Il laissa un moment à ses élèves pour digérer ces informations.

— Même si cela ne garantit pas que la théorie la plus simple sera la bonne, cela permet au moins d'établir un ordre de priorités.

Établir un ordre de priorités. Voilà ce dont Reilly avait besoin en ce moment. Vu les résultats, il existait deux possibilités. Dans l'un des cas, tous ses tests étaient faux, ses méthodes erronées, ses précautions inutiles.

Et dans l'autre...

En fait, l'autre n'était pas moins difficile à accepter.

Reilly avait vu quelque chose de suspect dans les examens de sang quand les résultats toxicologiques étaient revenus. Bien que les échantillons n'aient contenu aucune substance illégale, la comparaison entre les deux s'était révélée hautement surprenante. Par conséquent, par acquit de conscience, elle avait demandé à ce qu'on recommence les analyses, en s'assurant de prendre des échantillons de sang différents sur les deux corps.

Fidèle à ses principes, Reilly avait même demandé qu'on procède à une signature génomique. Et c'étaient ces résultats qu'elle tenait à présent devant elle, des résultats qui la laissaient sans voix, malgré tout ce qu'elle avait rencontré au cours de sa carrière.

« Le rasoir d'Occam » murmura-t-elle, en jetant un dernier regard sur le papier.

Elle prit son téléphone pour composer le numéro de Chris Delaney.

Il répondit avec une voix ensommeillée.

— Inspecteur Delaney, Reilly Steel à l'appareil, annonça-t-elle, mais comme il ne réagit pas tout de suite, elle précisa : de la police scientifique.

— Reilly, bonjour ! Qu'est-ce que vous avez découvert ?

— Comment savez-vous que j'ai découvert quelque chose ? demanda-t-elle, surprise.

— Parce qu'il est 2 h 15 du matin, répondit-il en bâillant.

— Vraiment ?

Elle se souvint de sa visite à son père dans la matinée. Elle était ensuite allée directement au labo. Elle avait l'impression qu'à peine quelques heures s'étaient écoulées depuis. Était-elle vraiment restée si longtemps ?

— Oh, mon Dieu, je suis désolée, inspecteur. Je n'avais pas vu l'heure...

— Appelez-moi Chris.

Elle l'entendit allumer sa lampe de chevet.

— « Inspecteur » c'est bien trop formel, surtout au milieu de la nuit.

— Oui, bien sûr. Désolée de vous avoir réveillé... Chris. Je n'ai pas pensé à vérifier l'heure.

— Pas de problème. Je dors mal de toute façon. Vous êtes toujours au labo ?

— Oui. Je n'étais pas satisfaite d'un des résultats, alors j'ai recommencé les analyses pour être fixée...

Autant qu'elle aille droit au but.

— J'ai trouvé autre chose dans l'affaire Ryan, annonça-t-elle, les yeux rivés sur le papier devant elle. Quelque chose de très important.

— De quoi s'agit-il ? demanda-t-il, complètement réveillé désormais.

— Vous savez que les résultats toxicologiques sont revenus négatifs. Mais j'ai remarqué autre chose dans les données. Quelque chose de très inhabituel.

— D'accord...

Il paraissait sur ses gardes, mais cette fois, Reilly se doutait qu'il prendrait ce qu'elle avait à lui dire au sérieux.

— Donc, j'ai procédé à quelques examens complémentaires.

— Venez-en au fait. Qu'avez-vous trouvé ?

— Les deux victimes avaient le même groupe sanguin. Ça, ce n'est pas rare, bien sûr, mais elles étaient toutes les deux AB négatif.

— Et alors ?

— Eh bien, seul 0,6 % de la population mondiale est AB négatif, la plus petite proportion imaginable. Par conséquent, s'il est déjà peu fréquent de tomber sur quelqu'un avec ce groupe sanguin, tomber sur deux personnes de ce groupe au même endroit, c'est carrément impossible.

— D'accord, donc, ils sont tous les deux AB négatif. Et c'est peu commun. Vraiment rare. Mais ça ne nous dit rien de plus, si ?

Tu parles que ça ne nous dit rien ! songea Reilly.

— C'est pour cette raison que j'ai procédé aux examens complémentaires, et cette fois, j'ai demandé une signature génomique.

— Une quoi ?

— Une comparaison ADN.

Chris se taisait à présent. Reilly prit une profonde inspiration.

— Clare Ryan et l'autre garçon, la deuxième victime... Eh bien, d'après leurs échantillons de sang, ils n'étaient pas juste un couple, commença Reilly avant de s'interrompre pour reprendre son souffle. Ils étaient frère et sœur...

8

— C'est quoi cette merde ? s'écria Kennedy, abasourdi. Mais c'est dégueulasse !

— Peut-être qu'ils ne le savaient pas. C'est ce qu'on doit découvrir.

C'était le lendemain matin, les inspecteurs se rendaient une fois de plus chez les Ryan, espérant trouver des réponses à leurs questions.

Les dernières avancées de Reilly étaient sidérantes, surtout après le compte rendu du médecin légiste qui confirmait les rapports sexuels. Si les victimes étaient vraiment frère et sœur, et pire encore, si elles le savaient, alors l'affaire prenait vraiment une tournure hors du commun.

— C'est peut-être glauque, mais au moins, une conclusion s'impose, non ? affirma Kennedy en sortant de la voiture.

— Laquelle ? demanda Chris, qui aurait préféré ne pas trop spéculer sur les implications d'une telle découverte. Tu penses qu'ils ne pouvaient plus supporter leur inceste et qu'ils ont décidé de se suicider parce qu'ils n'assumaient pas ?

— Peut-être, répondit Kennedy, son visage caché derrière la fumée de sa cigarette. Ou peut-être qu'il a voulu en finir et la fille n'était que la victime. De toute façon, faudra bien qu'on découvre ce qui ne tourne pas rond dans cette famille, conclut-il, écrasant sa cigarette avec son talon avant de jeter le mégot dans le parterre de fleurs impeccablement entretenu.

Ils remontèrent l'allée vers la maison et sonnèrent à la porte de l'immense demeure.

La mère de Clare Ryan ouvrit, les yeux emplis d'espoir.

— Inspecteurs ?

Elle les invita à entrer et les conduisit directement dans le salon.

Son mari était assis, droit comme un piquet, sur le canapé, son visage marqué par la peur et l'attente.

— Vous venez au sujet de Clare ? demanda Bernard Ryan, quand ils eurent franchi le seuil de la porte. Vous avez des nouvelles ? Vous avez découvert... qui l'a tuée ?

Les deux inspecteurs s'installèrent sur un luxueux canapé en cuir avant d'échanger un regard.

— L'enquête est toujours en cours, rétorqua Kennedy en s'emparant de son bloc-notes.

— Nous voudrions vous poser quelques questions supplémentaires.

— Bien sûr, si nous pouvons vous aider, nous le ferons...

— Mais nous vous avons déjà dit tout ce que nous savons, objecta Bernard Ryan, agacé. Si vous n'avez rien de nouveau à nous apprendre, alors pourquoi êtes-vous ici ? Nous traversons une épreuve affreuse, et nous n'avons toujours pas enterré notre fille !

— Et pourquoi cela, monsieur Ryan ? demanda Chris, content que le père de Clare Ryan soulève la question lui-même.

Depuis le coup de fil de Reilly, il n'avait plus pensé qu'à cela. Une semaine était passée depuis le meurtre, et les Ryan n'avaient toujours pas organisé les funérailles. Ils disaient ne pas réussir à joindre un parent difficile à localiser. Était-ce parce qu'il reposait dans un casier de la morgue ?

— Qui attendez-vous ?

— Notre fils aîné, Justin, répondit Bernard après avoir lancé un regard à sa femme. Il voyage quelque part dans le monde, et comme d'habitude nous n'avons pas la moindre idée de l'endroit où il pourrait se trouver en ce moment, et encore moins de moyens de le joindre...

Ryan désapprouvait le comportement de son fils, c'était évident, mais pas pour les raisons qu'aurait imaginées Chris. Apparemment, les parents n'étaient pas au courant des rapports peu communs de leurs enfants. S'ils savaient, en revanche, ils le cachaient bien, ou ne voulaient pas se l'avouer.

Kennedy fixa Chris un instant avant de poser la question suivante.

— Clare était très proche de son grand frère, monsieur Ryan ?

— Bien sûr qu'ils étaient proches, répondit-il en haussant les épaules. Ils étaient frère et sœur.

M. Ryan jeta un coup d'œil à sa femme pour avoir confirmation.

Elle hocha la tête lentement.

— Nous avons tout essayé pour le retrouver, inspecteurs, affirma Gillian Ryan en se tamponnant les yeux avec un mouchoir. Il va s'effondrer en apprenant la nouvelle.

— Donc, Clare et Justin sont vos seuls enfants ?

— Oui, Justin a cinq ans de plus que Clare.

— Et quand avez-vous parlé à votre fils pour la dernière fois ?

Mme Ryan lança un regard inquiet à son mari.

— Cela remonte à un ou deux mois, répondit Bernard. Avant son départ pour la Thaïlande, ou le Vietnam, ou je ne sais quel autre pays vers lequel l'ont poussé ses caprices. Nous nous étions disputés à ce propos et depuis nous n'avons pas eu de nouvelles.

— Serait-il possible qu'il soit rentré sans vous en informer ? interrogea Chris. Serait-il possible qu'il soit dans le pays, mais que vous ne le sachiez pas ?

— Tout est possible, concéda Bernard, affichant une mine particulièrement sévère. Ce que je veux dire, c'est que ce ne serait pas la première fois. Justin n'en fait qu'à sa tête.

Kennedy se pencha en avant, parlant doucement.

— J'ai l'impression que vous n'approuvez pas beaucoup les voyages de votre fils.

— Ce garçon a 27 ans, inspecteur, et il n'a jamais travaillé un seul jour de sa vie. Il est irresponsable et, pour être parfaitement honnête, il a une...

Il s'interrompit, et cette fois, une profonde tristesse ternit son visage.

— Il *avait* une mauvaise influence sur Clare.

À qui le dites-vous, songea Chris.

— Mais nous ne pouvons tout de même pas enterrer sa sœur sans l'en informer. Ce ne serait pas correct. Il adorait Clare, et même s'il n'était pas souvent là, elle l'adorait aussi.

Les inspecteurs échangèrent un regard entendu.

— Justin aurait-il pu loger chez sa sœur à son retour de voyage ? Après tout, son appartement est bien plus proche de la ville et de l'aéroport que votre maison.

— Oui... Non... Je n'en sais rien.

Déchiré entre sa colère contre son fils et son chagrin pour sa fille, Bernard Ryan avait clairement les nerfs à vif.

— Pourquoi pas ? Qui sait ce qu'il peut faire ? Peut-être qu'il préférait rester chez elle plutôt que de faire la route jusqu'ici. Comme vous avez dû le comprendre, mon fils et moi ne nous entendons pas très bien.

Cela faisait-il de Bernard Ryan un suspect potentiel ? se demanda Chris. Avait-il découvert que Justin poussait Clare dans le péché et, honteux, dégoûté par ses enfants, avait-il décidé de prendre les choses en main ?

Depuis le début, Reilly avait essayé de leur expliquer que quelque chose ne tournait pas rond dans ce meurtre. Elle était convaincue qu'une troisième personne était impliquée, une personne ayant également un lien avec le prétendu suicide de Jim Redmond. Mais Kennedy et lui ne parvenaient pas encore à admettre que la présence de peinture et de poils sur les deux lieux signifiait que les affaires étaient liées.

Il tenta pourtant de creuser dans cette direction.

— Monsieur Ryan, connaissez-vous un certain Jim Redmond ? s'enquit-il, ignorant le sursaut de son coéquipier.

— Vous voulez dire Johnny Redmond, qui joue de temps en temps au bridge avec nous ?

— La personne dont je parle est un homme d'affaires de Donnybrook.

— Non, Johnny habite au bout de la rue...

Le regard de Ryan ne trahissait aucune malice, et Chris sut tout de suite que, s'il existait un lien entre Clare et Jim Redmond, ce n'était pas Bernard Ryan. Leur Redmond ne lui disait à l'évidence rien du tout.

— Qui est-ce ? demanda Bernard en lançant un regard intrigué vers sa femme. Et qu'est-ce qu'il a à voir avec le meurtre de ma fille ?

— Sans doute rien, intervint Kennedy. Nous creusons différentes pistes, c'est tout. Mais ce que nous aimerions, c'est vous aider à retrouver votre fils, Justin. Avez-vous signalé sa disparition ?

— Sa disparition ? s'indigna Bernard Ryan. Il n'a pas disparu ! Il n'a simplement pas pris la peine de nous contacter depuis un moment, ce qui, croyez-moi, n'a rien de nouveau.

— Auriez-vous une photo récente de lui ? Quelque chose qui nous permettrait de le localiser ? demanda Chris.

Gillian Ryan partit vers le buffet à l'autre bout du salon, sur lequel était exposée une petite collection de photos de famille. Chris se rappela y avoir jeté un coup d'œil rapide la première fois qu'il leur avait rendu visite, sans les examiner avec soin. En tout cas, il n'avait pas imaginé qu'elles l'aideraient à identifier le mystérieux compagnon de Clare Ryan.

— Voici pour vous, dit Gillian en lui tendant un cadre. C'est probablement la plus récente que nous ayons de Justin. Elle a été prise à la fête d'anniversaire de Clare, pour ses 21 ans.

Clare paraissait heureuse et insouciante, assise sur le canapé à côté d'un jeune homme qui jouait de la guitare.

— C'est notre fils là, indiqua Gillian.

Cette précision était inutile. Aussitôt que Chris posa les yeux sur le cliché, il sut que le jeune homme qui souriait à l'objectif était le même que celui trouvé mort dans le lit de Clare. Car le bras droit de Justin Ryan présentait le même tatouage oriental que le cadavre.

Mais en continuant à analyser la photo, un autre détail le frappa avec la force d'un poids lourd arrivé sur lui à toute vitesse. Et alors que la découverte du compagnon de Clare aurait pu aider à conclure l'affaire proprement, ce qu'il venait de remarquer allait plonger l'enquête dans une confusion totale.

9

— Vous aviez raison, annonça Chris en tendant à Reilly la photo qu'ils avaient empruntée aux Ryan.

Après leur discussion avec les parents de Clare, Chris l'avait appelée pour qu'elle les rejoigne au poste. Ils devaient maintenant présenter ce qu'ils venaient de découvrir à O'Brien, qui en ferait sûrement une jaunisse.

Même si l'enquête n'avait jamais été des plus classiques, à présent, elle devenait franchement sinistre. Un meurtre avec soupçon d'inceste risquait d'éveiller l'intérêt morbide des journalistes qui n'allaient pas se priver d'en faire leurs choux gras. Et s'il y avait bien une chose qui déplaisait à leur chef, c'était la surmédiatisation d'une affaire.

Kennedy n'avait pas ouvert la bouche sur le chemin du retour vers Dublin, comme s'il ne voulait pas reconnaître que, depuis le début, ils avaient tout faux.

— Sérieusement, ça ne prouve rien, protesta-t-il quand ils avaient quitté la maison des Ryan.

— Ça prouve qu'on était en train de se mordre la queue, alors que la police scientifique essayait de nous réorienter vers une autre piste, dans la bonne direction, avait rétorqué Chris en regardant la photo que Kennedy tenait dans la main. Reilly avait raison, ils sont bien frère et sœur, et elle doit aussi avoir raison quand elle dit que les choses ne sont pas aussi simples qu'elles paraissent.

— Voyons, on n'en sait encore rien !

— Regarde la photo, Pete. Tu sais aussi bien que moi ce que ça veut dire. Même s'il a tiré sur sa sœur, ce gars-là n'aurait pas pu retourner l'arme contre lui, pas volontairement en tout cas.

— Alors, comment expliques-tu ce qui s'est produit ?

— Reilly a raison, affirma Chris. Et ça fait un moment qu'elle essaye de nous ouvrir les yeux. Il y a quelqu'un d'autre.

— Mais comment aurait-il fait ? (Kennedy n'avait pas l'air de vouloir accepter l'évidence.) Pas d'effraction, pas de mobile, rien que quelques fragments de peinture et des poils de chien qui auraient pu venir de n'importe où.

— Poils d'un *animal*, corrigea Chris. Nous savons que les Ryan n'ont pas d'animaux domestiques. Clare n'en avait pas non plus, pas plus que Jim Redmond d'ailleurs.

— Tu ne vas pas me dire que tu penses sérieusement qu'il existe un lien entre les deux affaires ? s'offusqua Kennedy. Elle t'a fait quoi exactement, Reilly ?

Chris accéléra au feu orange, pressé de rentrer au poste et de parler à Reilly. Plus jamais il ne ferait l'erreur de prendre à la légère son opinion. Surtout que, depuis le début, elle avait émis des doutes sur les conclusions évidentes que les deux inspecteurs avaient tirées.

— Elle m'a ouvert les yeux, voilà ce qu'elle m'a fait.

Maintenant qu'ils étaient tous les trois assis dans le bureau de police, le dossier Ryan ouvert devant eux et les photos dispersées sur la table, Chris tendit à Reilly le cliché de Justin Ryan que ses parents leur avaient remis.

— Jetez un œil là-dessus.

— C'est le frère ? demanda-t-elle en l'étudiant. C'est évident, il correspond au cadavre et le tatouage est très clair…

— Regardez de plus près, lança-t-il, impatient. Regardez ce qu'il est en train de faire, ou plus exactement comment il le fait.

Chris avait éveillé son intérêt, Reilly examina plus en détail l'image qu'elle avait sous les yeux. Elle comprit vite.

— Bon sang ! s'exclama-t-elle, regardant tour à tour les deux inspecteurs. La guitare, il est droitier, c'est bien ça ?

— C'est ce qu'on a pensé nous aussi. Cela voudrait dire...

— Qu'il n'a pas pu tirer de sa propre volonté, termina Reilly, essayant de contenir son enthousiasme. La trajectoire allait de la gauche vers la droite. Je le savais, je savais qu'il y avait quelqu'un d'autre dans la pièce !

— Oui, eh bien, si ça ne vous dérange pas, on ouvrira le champagne plus tard, commenta Kennedy. On a un meurtre à élucider.

— Pas la peine de me remercier, inspecteur, lança Reilly au malotru, une pointe de fierté dans la voix. Ravie d'avoir pu vous rendre service.

— On aurait pu le trouver tout seuls, grommela-t-il en s'agitant sur sa chaise. Peut-être pas aussi vite, mais...

— Waouh, c'est un vrai remerciement ça !

— En tout cas, c'est ce que vous aurez de mieux, mon cœur, trancha-t-il, un demi-sourire s'affichant sur son visage.

— Sérieusement, Reilly, merci pour votre aide, intervint Chris. Sans vous, on n'aurait jamais abouti à ça.

— Mais c'est mon travail, voyons.

— Bon allez, assez de compliments, grogna Kennedy, en sirotant son café froid. Bon sang, mais c'est là depuis combien de temps cette pisse de chat ? s'écria-t-il quand le liquide atteignit sa langue.

— C'est celui que tu t'es fait ce matin, avant qu'on parte chez les Ryan. Faudrait peut-être que tu t'en prépares un autre...

— Sans blague !

Il se leva et remonta son pantalon sur sa grosse bedaine.

— Ça tente quelqu'un ?

— Si c'est toi qui offres...

Kennedy partit à la machine à café préparer trois tasses.

— Vous le prenez comment, Steel ? questionna-t-il par-dessus son épaule.

— Noir, sans sucre, merci.

— Au régime, hein ? lâcha-t-il pour lui-même.

Reilly croisa le regard amusé de Chris. Kennedy aboyait plus qu'il ne mordait, après tout, ce n'était qu'un gros nounours.

L'inspecteur revint avec les trois tasses qu'il posa sur la table.

— Bon, d'abord, il faut qu'on accorde nos violons avant de gâcher la journée du boss et de filer des orgasmes à la presse, affirma-t-il en prenant une gorgée de café. Ah, c'est mieux ! Ça fait un bail que je n'ai plus dû m'occuper de balistique, expliqua-t-il à Reilly. Peut-on prouver que quelqu'un d'autre a tiré ?

— Vous voulez dire sur Clare, avant de mettre en scène le suicide de son frère ? Je vais réétudier la question, mais je pense que c'est tout à fait probable. Depuis le début, les résidus de poudre sur le frère m'ont semblé suspects. Et nous n'avons aucune raison de penser qu'il a abattu sa propre sœur.

— Je me demande si cette autre personne savait qu'ils étaient frère et sœur. Est-ce que ç'aurait pu être son mobile ? pensa Chris tout haut.

Ils avaient établi que Clare n'avait pas d'ancien petit ami ni de compagnon actuel qui aurait pu être jaloux, mais qu'en était-il de Justin ? Rien n'égale la furie d'une femme quand elle se sent bafouée. Une femme aurait certainement été écœurée en découvrant que l'homme de sa vie couchait avec sa propre sœur. Qui aurait pu le supporter ?

— Je vois ce que vous avez en tête, déclara Reilly en observant Chris. Et je pense que nous devons partir du présupposé que la relation incestueuse entre Clare et Justin représente le mobile du crime. Le tueur les a trouvés au lit ensemble et...

— Ce qui signifie qu'on ne peut pas écarter la possibilité qu'il s'agisse des parents, suggéra Kennedy. Enfin, si je découvrais que mes enfants s'adonnent à ce genre de saloperie, c'est moi que je voudrais flinguer !

L'idée le fit tressaillir.

— Bon, et le suicide de Redmond ?

— Je ne vois toujours pas le lien avec notre affaire, riposta Chris. J'ai bien compris pour la peinture et les poils, mais...

— Je suis toujours prête à mettre ma main au feu que ce n'est pas un problème de contamination croisée, affirma Reilly. Et la référence à Freud n'est pas anodine, j'en suis convaincue.

Chris voulut riposter, mais se ravisa en constatant l'assurance dans ses yeux.

— D'accord, alors disons qu'on vous suit là-dessus et que les deux affaires sont liées. Où est-ce que ça nous mène ?

— Nulle part pour l'instant, reconnut-elle dans un soupir.

Elle joua avec sa tasse de café. Chris remarqua qu'elle se rongeait les ongles et il ressentit comme un soulagement de découvrir une faille dans son armure.

— Mais nous devons absolument inclure le suicide de Redmond dans notre dossier, et commencer à chercher les autres éléments qui pourraient relier les deux affaires.

— Merveilleux ! ironisa Kennedy. On n'avait besoin que de ça, une autre putain d'affaire. O'Brien va être fou de joie !

Elle termina son café avant de se lever.

— Je vais assister à l'autopsie de Redmond ce soir, annonça-t-elle. Pour voir si Karen peut m'apporter de nouveaux éléments.

— Elle est programmée dans la soirée, c'est ça ?

Chris savait que le planning de la légiste était chargé et que les suicides passaient souvent en dernier.

— Ce soir à 20 heures, confirma Reilly.

— On vous accompagne, déclara Chris en enregistrant du coin de l'œil la mine offusquée de son coéquipier. Je sais bien que ce n'est pas notre affaire, mais si Reilly pense qu'il pourrait y avoir un lien…

— C'est bon, grogna Kennedy. J'ai dit que je vous suivais, mais oubliez-moi ce soir. Tu sais bien que je ne vais dans le donjon que si j'y suis obligé, expliqua Kennedy en parlant du bâtiment de la morgue récemment construit. Il est peut-être tout beau et tout neuf, mais il me file quand même les chocottes.

— O.K., O.K., moi, en tout cas, je viens avec vous. S'il existe une chance que le suicide ait un rapport avec l'affaire Ryan, ça ne peut pas nous faire de mal d'aller vérifier. Si on fait fausse route, ce n'est pas grave, mais si on a raison, on pourrait bien gagner un temps précieux.

— Ouais, enfin, moi, vous m'oubliez, d'accord ?

— Pas de problème. Alors, moi, je vais au donjon et toi tu pars dans la cage au fauve, ça marche ?

Kennedy rassembla les papiers et les photos dans le dossier.

— Super. Quand j'aurai fini d'annoncer la mauvaise nouvelle au boss, il y a de fortes chances que je vous rejoigne, mais en position horizontale...

Il s'interrompit pour examiner une nouvelle fois la photo de Justin qui jouait de la guitare en souriant.

— La famille, hein ? Quelle belle source d'emmerdements !

10

Comme ils se rendaient ensemble à la morgue, Chris avait proposé à Reilly de se retrouver avant pour dîner. Les bureaux de la police scientifique se trouvant en banlieue, et la morgue à l'autre bout de la ville, ils s'étaient donné rendez-vous à mi-chemin, dans un petit bistrot sans prétention de Grafton Street, où l'on proposait de la bonne nourriture et, surtout, où on la servait vite.

Même s'il était impatient d'entendre son point de vue sur leur enquête, c'était aussi la femme qui l'intriguait. Intelligente, acharnée et extrêmement investie, à ce qu'il avait pu en juger, elle représentait un atout inestimable pour leur équipe.

— Kennedy n'avait pas tort, vous savez, dit-il en jouant avec ses spaghettis. C'est un peu malsain de manger avant une autopsie...

— Vous trouvez ?

Assise en face de lui, à une petite table ronde, Reilly dévorait un cheeseburger presque aussi gros que sa tête. Après son départ du labo, elle s'était changée pour enfiler un jean et un pull, et elle avait relâché sa chevelure blonde. Chris l'avait seulement vue avec une queue-de-cheval, et la transformation était renversante. À présent, il ne lui aurait pas donné plus de 18 ans.

— Désolée, lâcha-t-elle. Je ne devrais pas parler la bouche pleine, mais je meurs de faim.

— La morgue ne vous coupe pas l'appétit, je vois.

— Non, pas les trucs horribles, si c'est ce que vous voulez dire, confirma-t-elle en essuyant du ketchup au coin de sa bouche. Ce qui me dérange, c'est que les victimes ont succombé à une mort subite et violente. Je veux savoir ce qu'il leur est arrivé, qui a fait ça et pourquoi.

— Et c'est pour cela que vous êtes devenue experte médico-légale, j'imagine... suggéra Chris en buvant une gorgée d'eau.

Elle ne répondit pas tout de suite. Il crut voir une ombre passer sur son visage, qui disparut aussitôt.

— Plus ou moins. Et vous ? Qu'est-ce qui vous a motivé à devenir inspecteur si vite ?

— Vite ?

— Ben, oui, vous avez quoi, 32, 33 ans ?

— 39, en fait.

— Waouh ! Vous devez passer des heures dans les salles de gym, alors.

Il haussa les épaules, refusant d'admettre que cela lui faisait plaisir qu'elle le pense.

— J'essaye de trouver le temps. Mais ça fait un moment que je n'y ai plus mis les pieds.

Il n'allait pas lui avouer que, ces derniers jours, il était tellement épuisé qu'il avait à peine la force de soulever sa bouilloire électrique.

— Alors, comment vous faites-vous à la vie en Irlande ?

— Pour l'instant, tout va bien. Mon père a grandi ici. Sa famille est partie aux États-Unis quand il avait 13 ans.

— Ah, je me disais bien qu'avec ce prénom vous deviez avoir des racines irlandaises.

— C'est le nom de jeune fille de ma grand-mère paternelle.

— Votre père revient ici souvent ?

— En fait, il est revenu à Dublin pour de bon, il y a quelques années, répondit-elle, son expression s'assombrissant de nouveau. Mais il ne nous reste plus de famille ici.

— Désolé de l'entendre...

Chris comprit qu'elle ne voulait pas s'attarder sur le sujet. En tout cas, cela expliquait pourquoi elle avait quitté le soleil de la côte Ouest pour atterrir dans la grisaille de Dublin.

— Ça doit vous changer de la Californie. Vous venez d'où exactement ?

— Marin County, dans la baie de San Francisco.

— Je n'y suis jamais allé. J'ai entendu dire que c'était une ville extra. Ce n'est pas la même vie ici, le climat déjà est bien différent.

— Oui, ce n'est pas facile de s'y habituer, reconnut-elle. Et les fruits de mer me manquent beaucoup. Les crevettes en particulier. Ici on les trouve surgelées et hors de prix. En Californie, on les achète fraîches directement sur le port. Elles sortent tout droit du bateau.

Un serveur arriva pour les débarrasser. Quand il partit, Reilly reprit la parole.

— Mais ce qui me manque le plus, en fait, ce sont les vagues.

— Quoi ? Vous faites du surf ?

— Tout le monde surfe en Californie, répondit-elle comme si c'était une évidence. On apprend à surfer et à marcher en même temps. Surtout moi.

— Je n'ai jamais essayé.

— Vous devriez, c'est une sensation incomparable, affirma-t-elle sur un ton radouci, ses yeux se perdant dans le vide. Voler sur les vagues, les sentir s'écraser au-dessus de votre tête... comme s'il n'y avait plus rien d'autre que vous et la planche. C'est magique !

Sa passion crevait les yeux.

— J'en suis sûr.

— J'ai entendu dire qu'il existe un endroit dans le Nord où on peut surfer, mais je n'ai pas encore eu le temps de tester par moi-même.

— Peut-être que quand ça se calmera un peu, vous pourrez y faire un tour.

— Parce que ça se calme parfois ici ? Je dois dire que j'imaginais Dublin plus tranquille, pas un carrefour du crime.

— Signe des temps, je suppose. Mais, pour tout dire, je suis content de vous compter parmi nous.

— Vous êtes bien le seul, remarqua-t-elle en souriant.

— Ne croyez pas ça. Ça n'a rien de personnel. C'est juste que certains gars, comme Kennedy par exemple, ont l'habitude de procéder selon les bonnes vieilles méthodes. Les choses ont tellement changé ici depuis dix ans, vous n'en reviendriez pas.

— Je suis contente alors que ça ne vienne pas que de moi.

— Absolument pas. Donnez-leur un peu de temps pour s'habituer à vous.

— D'accord, mais j'en ai quand même assez des blagues sur les blondes, plaisanta-t-elle, les yeux au ciel.

— Je comprends. Il vous a plu, hein, le maillot de bain rouge ?

— Vous en avez entendu parler ?

— Oui. Parfois on se croirait à l'école primaire. Mais vous avez bien fait de ne pas réagir, c'est exactement ce que les gars auraient voulu.

— Au moins, ils ne se sont pas trompés pour la taille, dit-elle en haussant les épaules. Pas comme pour la tenue de majorette.

— Quoi ? s'exclama Chris, crachant presque le contenu de son verre sur Reilly. Quand est-ce arrivé ?

— Ma deuxième semaine au labo.

— Les imbéciles ! Je suis vraiment désolé, Reilly. J'espère que vous me croyez quand je vous dis qu'on n'est pas comme ça.

— Inutile de vous excuser, assura-t-elle, les yeux pétillant d'humour. Au rythme où ça allait, je me disais que je pourrais renouveler ma garde-robe gratuitement. Franchement, ce n'est rien comparé à ce que j'ai connu pendant mes études, affirma-t-elle, avant de lui raconter le jour où elle avait découvert un cadavre dans sa chambre.

Ils continuèrent à discuter de leurs carrières respectives, même si Chris se doutait qu'elle ne dévoilait pas tout de ses exploits au sein du F.B.I., vu le grade qu'elle avait atteint dans les forces de l'ordre. Mais, quand il essaya de l'interroger de nouveau sur les raisons qui l'avaient fait accepter un poste si ennuyeux à Dublin, comparé à ce qu'elle avait connu à San Francisco, elle se ferma encore une fois.

— J'avais besoin de changement, c'est tout, se contenta-t-elle de répondre avant de passer à un autre sujet. Alors, vous travaillez depuis combien de temps avec Kennedy ?

— Dans cette brigade ? Presque trois ans.

Très bien, se dit-il, *apparemment, il y a certains domaines à ne pas aborder*. Et malgré cela, ou peut-être à cause de cela, Reilly l'intriguait de plus en plus.

Le moment de partir arriva trop vite au goût de Chris, et il demanda l'addition.

— Laissez, c'est pour moi, offrit Reilly.

— Non, c'est moi qui vous ai proposé de sortir avec moi... Enfin, qu'on dîne ensemble et...

Bien joué, Chris, se gronda-t-il, complètement dépassé par la situation. Emma aurait été très fière de lui.

— Non, c'est pour moi, insista-t-elle en déposant deux billets de vingt sur la table.

Chris céda, ne voulant pas se ridiculiser une nouvelle fois.

— D'accord, mais je vous revaudrai ça, bougonna-t-il.

Avait-il imaginé le sourire qui s'était dessiné sur le visage de Reilly ?

— On y va en taxi ? demanda-t-il. On peut aussi marcher, ce n'est pas très loin.

— Allons-y à pied alors. Je n'ai pas tant que ça l'opportunité de voir l'extérieur du labo. Autant profiter de l'occasion.

Il lui tint la porte.

— Je vous le dis tout de suite, j'attends l'examen de la légiste avec impatience. Ce sera la première fois que j'assiste à une autopsie à Dublin. En général, c'est Gorman qui y va. Il préfère me garder là où il peut me surveiller, expliqua-t-elle avant d'éclater de rire.

Et en suivant Reilly dans Grafton Street, il se dit qu'une femme qui attend avec impatience d'assister à une autopsie est vraiment une créature rare.

— Ils n'auraient pas pu rendre cet endroit plus déprimant ? grogna Chris, alors que Reilly signait le registre sous les lumières fluorescentes.

Il examina les murs gris, le parquet gris, les bureaux et les chaises fonctionnels. Bien qu'elle occupât un bâtiment tout neuf, la morgue dégageait toujours une atmosphère lugubre et oppressante.

Reilly rit en descendant le couloir pour gagner les portes battantes qui menaient à la salle d'observation.

— Quoi, vous pensez que ce serait plus marrant si les murs étaient peints avec des couleurs pastel et si de la musique classique passait en fond sonore ? Croyez-moi, c'est pareil partout dans le monde.

Quand ils entrèrent dans la salle, ils constatèrent qu'à l'exception du médecin légiste et de son équipe ils étaient les seuls spectateurs ce soir. L'affaire étant considérée comme un suicide, il n'y avait rien d'étonnant à cela.

Quelques minutes plus tard, ils virent arriver Karen Thompson dans la salle d'autopsie.

Chris fut parcouru d'un frisson. Même s'il avait l'habitude des cadavres, l'odeur du lieu l'affectait toujours. Et son estomac, encore rempli de pâtes non digérées, se convulsa.

Il lutta contre son haut-le-cœur. L'odeur caractéristique de la morgue imprégnait les vêtements, les cheveux, la peau, absolument tout. Et malgré le masque protecteur, il ne pouvait éviter de sentir cette puanteur.

Karen Thompson, dans sa combinaison verte de chirurgien et avec ses grosses bottes, leur fit un petit signe en entrant, avant de se diriger d'un pas sûr vers ses instruments à l'autre bout de la pièce.

— Commençons, voulez-vous ? lança-t-elle à ses deux assistants, en s'avançant vers la table d'autopsie.

Les deux hommes, protégés par leur combinaison en plastique et leurs gants, ouvrirent avec soin la fermeture Éclair du sac en polyéthylène et en sortirent le corps pour le poser sur la table en marbre.

À l'une des extrémités, un court tuyau était relié à une vanne, et plus bas, un robinet à col-de-cygne surmontait un grand évier. La table d'autopsie rappelait vaguement à Chris des vacances qu'ils avaient passées au Caire avec son ex-petite amie, Mélanie, quelques années auparavant, et la table mortuaire qu'utilisaient les Égyptiens pour la momification des corps. Il aurait pu réciter mot pour mot la description du procédé qu'avait faite leur guide : « D'abord, ils aspiraient le cerveau par le nez, ensuite, ils retiraient les organes et les entrailles, avant de drainer le sang au bout de la table... » Maintenant, c'était au tour du pauvre Jim Redmond de se voir drainer son sang et retirer ses organes à la façon des Anciens, songea-t-il, grave.

Un autre assistant afficha un certain nombre de radios sur une vitre éclairée pour pouvoir les analyser et Karen enfila une paire de gants en latex avant d'allumer son dictaphone. À côté d'elle, un photographe médico-légal était prêt à immortaliser l'instant.

— Affaire numéro 1386, autopsie de Jim Redmond, commença la légiste, sur un ton détaché et professionnel en parlant dans le micro. Le sujet est un homme blanc un peu enrobé, la cinquantaine, cheveux noirs commençant à se dégarnir, yeux bleus. Quatre-vingt-huit kilos, un mètre soixante-douze.

Elle s'arrêta un instant et longea la table.

— Heure de la mort estimée à 9 h 25 du matin, le vendredi 25 février. Cause de la mort : déficit d'oxygène.

Elle s'arrêta pour examiner le cou de Redmond et retourna à son microphone.

— Inflammation et marques de compression et de ligature en V sur le cou qui tendent à indiquer une mort par pendaison. Les caractéristiques de ces marques correspondent aux conclusions du légiste sur les lieux du crime : suicide.

Reilly se concentrait sur chaque mot. Elle sembla déçue par le verdict sans appel de Karen.

Chris, en revanche, fut soulagé. Peut-être que son instinct lui avait joué des tours, rien sur le corps ne prouvait autre chose qu'un suicide, rien n'étayait l'étrange coïncidence qui semblait lier l'affaire Redmond au meurtre de Clare Ryan. Il partait d'une considération positive : il ne voulait pas d'un autre homicide sur la liste déjà assez longue des crimes que Kennedy et lui avaient à élucider, quelle que soit l'intuition de Reilly.

Alors qu'ils regardaient la légiste poursuivre son examen extérieur, il sentit tout le poids de sa fatigue l'envahir. Il baissa les épaules et s'efforça de se concentrer sur les mouvements de la jeune femme, son esprit luttant pour rester à l'écoute.

La journée avait été longue, très longue, et les récentes découvertes l'avaient vidé. Rien d'étonnant à ce qu'il se sente éreinté. Qui ne l'aurait pas été dans les mêmes conditions ? Ce n'était que de l'épuisement, se rassura-t-il, rien de plus, et rien à voir avec les accès de fatigue qu'il avait connus ces dernières semaines, ni avec les douleurs dans ses articulations.

Mais il oublia un instant son abattement quand il sentit Reilly tressaillir à côté de lui. La légiste venait de dire quelque chose qui avait attiré son attention. Il tenta de revenir sur ses mots.

— « ... léger traumatisme récent à l'anus, quelques hématomes, minuscules lacérations... »

— Excusez-moi, docteur ?

— Oui ?

Karen leva la tête du corps de Redmond. Elle ne montra aucun signe d'exaspération dû à l'interruption de la jeune femme.

— L'anus présente des traumatismes ? répéta Reilly.

— Correspondant à une activité sexuelle récente, oui. J'ai également trouvé des traces de ce que je soupçonne être du latex, mais rien d'excessif, rien de forcé, si c'est ce que vous avez en tête.

— Je ne voulais pas sous-entendre... Excusez-moi de vous avoir interrompue, continuez, je vous en prie.

Chris se promit de demander à Reilly à la fin de l'autopsie la raison de cette question.

Quelques instants plus tard, Karen en avait terminé avec l'examen externe. Positionnant son masque avec soin sur son visage, elle prit son scalpel pour réaliser une incision nette sur le torse de Redmond.

Comme d'habitude, Chris fut impressionné par les mouvements précis et fluides de ses mains gantées qui plongèrent la salle dans le silence, le temps qu'elle traverse la cage thoracique pour retirer et peser chaque organe dans le but d'enregistrer les données, ses traits doux figés dans une expression de concentration intense.

Une fois les échantillons prélevés, les organes remis en place et chaque incision suturée, la légiste finit par retirer ses gants qu'elle jeta dans le récipient prévu à cet effet.

— Eh bien ? demanda Chris à Reilly, l'examen achevé, alors qu'ils attendaient le médecin dans le couloir. Vous avez entendu ce qu'elle a dit, suicide pur et simple...

— Oui, mais le traumatisme anal ? Redmond était marié. Sa femme a identifié son corps et elle était inconsolable. Elle est convaincue qu'il ne peut pas s'agir d'un suicide.

— Bien sûr qu'elle en est convaincue. Qui admettrait le contraire ? On dirait que c'était un homosexuel qui se cachait, cela rend son suicide encore plus plausible.

— En effet, concéda Reilly, dont la déception était évidente. (Elle avait nourri de grands espoirs que la légiste trouve quelque chose.) Je ne sais pas... C'est juste que quand on pense aux éléments étranges de cette affaire, il me semble qu'il y a plus. Quelque chose qui nous échappe, continua-t-elle, s'excusant presque. Vous pouvez parler d'intuition, si vous voulez, mais je parierais gros que ce n'est pas un simple suicide.

— L'intuition ne pèse pas lourd dans ce boulot.

— Je sais, mais les indices...

— Écoutez, jusque-là, on n'a rien trouvé de suspect dans la mort de ce type. Maintenant, je sais bien qu'il existe des pièces à conviction communes dans cette affaire et dans celle de Clare Ryan, mais comme vous l'avez dit vous-même, l'explication peut être très simple, affirma-t-il, essayant de se montrer compréhensif. Pour l'instant, nous avons accepté d'étudier les deux affaires en parallèle, à cause des fibres, mais bientôt, il nous faudra fournir quelque chose de plus substantiel que des fragments de peinture et une intuition.

— Vous avez peut-être raison, lança Reilly, le regard déterminé. Mais je voudrais vérifier quelque chose avec Karen avant qu'on s'en aille.

— Quoi ? demanda-t-il, agacé.

Elle ne renonçait donc jamais ?

— Vous vous souvenez quand elle a collecté des prélèvements de latex ? Je voudrais les examiner, pour voir de quoi il s'agit.

— Bon sang, mais qu'est-ce que vous pensez que cela peut être ? demanda-t-il, perplexe. On a déjà conclu qu'il devait cacher son homosexualité !

— Ça ne coûte rien de vérifier, non ?

— Mais...

Le reste de sa phrase fut interrompu par l'arrivée de Karen, en vêtements de ville.

— Tout va bien ? demanda-t-elle, les yeux toujours aussi immenses et pénétrants.

— Bien sûr. J'aurais juste besoin d'un service, annonça Reilly. Les prélèvements que vous avez faits sur Redmond, je voudrais les emporter avec moi au labo, ce soir, est-ce que ce serait possible ?

— Ce soir ? répéta Karen, surprise par la demande. Si vous voulez, mais tout sera envoyé à la police scientifique dès demain matin. Enfin, si c'est vraiment urgent, je peux vous les procurer dès maintenant.

— Je veux bien, merci.

Alors que Chris et Reilly accompagnaient Karen dans son bureau, elle leur adressa un regard interrogateur.

— Ce n'est pas fréquent d'avoir un inspecteur de la brigade des homicides pour une procédure de suicide et encore moins une experte médico-légale, commenta-t-elle, préoccupée.

— Je vais être honnête avec vous, docteur, commença Reilly. Pour l'instant, on tâtonne. Nous avons trouvé quelques anomalies dans les pièces à conviction collectées dans la maison de Redmond. Cela pourrait lier cette affaire à une autre enquête que nous menons.

— Les meurtres des Ryan ? demanda Karen, perspicace.

— Je ne peux pas encore le dire.

— D'accord.

Karen s'installa à son bureau pour effectuer le transfert. Elle griffonna rapidement une note qu'elle signa.

— Voilà pour vous.

— Merci.

Alors qu'ils partaient, Karen rappela Reilly.

— Mademoiselle Steel ? Je passe à côté de quelque chose ?

— Je crois que nous passons tous à côté de quelque chose. Et je suis bien décidée à trouver de quoi.

11

Gerry Watson aimait les choses simples de la vie, malgré son jeune âge. Alors que la plupart des garçons de 26 ans auraient plus été dans leur élément en boîte de nuit ou dans un bar, il préférait partir dans les collines avec sa tente et son matériel de camping. Il s'était toujours senti revivre en pleine nature, sans téléphone portable. Ne pas pouvoir recevoir de textos ou joindre ses connaissances ne le tracassait pas du tout. Non, pour lui, le plus agréable dans la vie, c'était se fondre dans les grands espaces verts. Passer du temps dans cet environnement lui permettait d'oublier ses soucis.

L'endroit où il se trouvait actuellement représentait, selon lui, le plus beau site de camping qu'il avait jamais vu, ce qui n'était pas facile à admettre pour un expert de la région comme lui, étant donné qu'il n'avait pas découvert le lieu lui-même. La vue était à couper le souffle, un ravissement de rivières, de chutes d'eau et de montagnes baignées de lumière. Il était allongé dans sa tente, une casserole à côté de lui, emplie de nourriture froide, le soleil de cet après-midi d'hiver ne parvenant pas à réchauffer l'atmosphère. Gerry s'en fichait bien. Il était à des années-lumière des problèmes de ce monde, et c'était la seule chose qui comptait.

Bien sûr, la vie sauvage comportait son lot d'inconvénients inévitables, même à cette période de l'année. Tous les insectes dans un rayon de trente kilomètres semblaient décidés à le dévorer et il ne servait pas à grand-chose d'essayer de les chasser.

Mais, dans la nature, les mouches sont bien un moindre mal. Par conséquent, quand le premier rat sortit de derrière un gros rocher et entra dans sa tente pour renifler sous son oreille, il ne bougea pas.

Quand les incisives des rongeurs lui transpercèrent la chair, seule la peau exposée se convulsa et les larves de l'essaim de mouches commencèrent à se nourrir de l'intérieur. L'expression d'horreur qui s'était inscrite sur son visage convenait parfaitement, mais c'était une expression que Gerry affichait depuis plusieurs jours, quand sa vie lui avait été volée.

Reilly sut que ce n'était pas très joli à voir, avant même d'arriver sur les lieux. Les visages horrifiés des policiers suffisaient à le comprendre.

L'officier en uniforme qui gardait le site la salua quand elle arriva.

— Vous devriez peut-être mettre votre masque. La puanteur est insupportable.

Elle déclina la proposition et souleva les portes du chapiteau de l'équipe médico-légale installé pour abriter une spacieuse tente North Face.

L'odorat étant son sens le plus performant, Reilly n'allait sûrement pas s'embarrasser d'un masque. Mais les relents qui la frappèrent de plein fouet en entrant la désarçonnèrent.

Elle s'arrêta et ferma les yeux. Elle s'efforça d'abord de chasser les vagues de nausée qui menaçaient de la submerger, tout en filtrant les différentes odeurs pour qu'elles lui apportent les premiers indices, une base pour commencer à travailler.

Le parfum dominant était celui de la mort, de la chair faisandée. Mais d'autres odeurs parvenaient à se distinguer. Elle se détendit pour réussir à les analyser. Du vomi, frais *a priori*, sans doute provenait-il de celui qui avait trouvé la scène.

Reilly ouvrit les yeux pour apercevoir Karen Thompson s'éloigner d'un corps éclairé d'une lumière crue. En regardant autour d'elle, elle constata que la scène était largement compromise. Une mare de vomi reposait à côté de la tente, sans doute également due au premier témoin.

Bon sang !

Le visage fermé de la légiste s'illumina légèrement quand elle aperçut Reilly.

— Bonjour. Désolée de vous revoir si vite.

— Sacrée nuit, hein ? confirma Reilly en jetant un coup d'œil au corps. Qu'est-ce qu'on a là ?

— Un cadavre, sexe masculin, une seule balle dans la poitrine, commença Karen en secouant la tête, sinistre. La tente était ouverte, exposée aux éléments, ce qui veut dire que l'heure de la mort ne sera pas facile à déterminer. C'est, en gros, tout ce que je peux dire à ce stade.

Elle tapota le bras de Reilly en signe d'encouragement, avant de lui céder la place.

Reilly inspecta la scène. Elle essaya de laisser ses yeux balayer les alentours avant de s'arrêter sur le cadavre, mais il n'était pas facile à ignorer. *Concentre-toi,* s'admonesta-t-elle, *cherche les détails.*

Le logo North Face sur la tente attira son regard. Elle connaissait bien ce sigle, elle aussi nourrissait une passion pour les excursions dans la nature, et utilisait le même type de tente quand elle campait dans le parc national de Yosemite à l'est de la Californie. Comme les Ryan, la victime était jeune, la vingtaine. Plutôt quelconque, on ne se serait pas retourné sur lui dans la rue.

Mais sa position était étrange, il avait clairement été disposé ainsi après sa mort dans la tente ouverte, la tête calée sur son sac à dos, un bras tendu contre le corps, l'autre bras appuyé en travers de son torse par-dessus la blessure de sorte que son index pointe vers l'extérieur de la tente.

Reilly frissonna malgré elle et détourna le regard. Le doigt semblait la désigner directement, de façon étrangement personnelle et accusatrice. Essayant de chasser ces pensées de sa tête, elle se détourna pour observer autour d'elle.

Elle ferma les yeux, se représenta ce qui s'était produit et pourquoi. La scène était bizarre et macabre, mais qu'est-ce qu'elle signifiait ? Et le doigt, vers quoi pointait-il ? La police ?

Une autre personne ? Un indice ? Cela pouvait dire tout et son contraire. Comme elle ne pouvait répondre à ces questions, Reilly poursuivit son examen.

Elle déplaça le faisceau de sa torche du sac vers le corps et s'approcha, laissant le rayon de lumière parcourir le cadavre, à l'affût du moindre détail caché.

De plus près, elle s'aperçut qu'il était en fait plutôt beau, avec des cheveux noirs, une carrure athlétique et de grandes dents blanches. La dentition n'était pas, en général, la première chose qu'elle remarquait, mais dans ce cas, la bouche horrifiée du jeune homme mettait à nu ses gencives.

Elle orienta la torche sur le visage. Aucun signe de traumatisme, pas de marque ni de blessure autre que les morsures d'animaux sur le cou. Juste ce visage, les yeux fermés dans un masque d'effroi. Une traînée de vomi infesté de vermine tachait le devant de sa chemise.

Reilly éteignit sa torche et s'assit sur les talons. Qui aurait pu faire une chose pareille ? La blessure par balle, la position étrange et l'index semblaient vouloir faire passer un message funeste. Mais lequel ?

Était-il possible que ce soit lié à la drogue ? Les montagnes étaient un des lieux préférés des trafiquants pour se débarrasser des corps. Mais ce corps-là n'avait pas juste été laissé là, il avait été soigneusement exhibé. Pourquoi ?

— Reilly ? appela doucement Chris depuis l'extérieur de la tente, l'extirpant à ses réflexions.

— Bonjour.

Il frissonna en découvrant le cadavre.

— Le visage... C'est extrêmement étrange, vous ne trouvez pas ? Mais qu'est-ce que ça signifie tout ça ?

— Je n'en ai pas la moindre idée.

— Pauvre gars, les rats lui ont vraiment ravagé le cou.

— On dirait qu'il est là depuis quelques jours déjà.

— Kennedy pense que c'est une nouvelle victime des barons de la drogue, mais je n'en suis pas sûr. Ces types-là ne perdent pas de temps à installer des tentes et du matériel de camping. En général, ils se contentent de balancer le corps et de partir.

— C'est ce que je pensais aussi. Ça ne me paraît pas un scénario plausible.

— En tout cas, je n'ai jamais rien vu de tel. Vous avez trouvé quelque chose de significatif ?

— Pas encore. Je ne suis pas arrivée depuis longtemps et le reste de l'équipe est en chemin.

— Nous, on doit interroger les randonneurs qui ont découvert le corps, dit-il en jetant un œil à ses notes. Un jeune couple d'une trentaine d'années. Ils ont trouvé le corps plus tôt dans la journée alors qu'ils promenaient leur chien.

Et ils ont bien salopé les lieux, pensa Reilly, agacée. Mais elle fit en sorte de ne pas trahir son exaspération.

— Alors, allez leur parler. Avec mon équipe, on finit d'analyser le site, et après nous pourrons comparer nos données.

— Ça me va. Si on trouve quelque chose d'intéressant, on vous le dit.

Quand il partit, Reilly reprit son observation. Elle cherchait, épiait tout ce qui pouvait sortir de l'ordinaire. Ses yeux s'arrêtèrent sur un cigare à moitié fumé, posé sur un tabouret. Eh bien, s'il s'agissait de trafiquants, ils appréciaient les Corona.

Une nouvelle fois, elle fut interrompue. L'équipe médico-légale était arrivée, leurs outils à la main.

— Mon Dieu ! s'exclama Gary.

Lucy ne dit rien, mais devint livide.

— Bonjour, les amis, lança Reilly, soudain frappée par leur manque d'expérience et de préparation pour affronter une scène aussi horrible.

Ressentant une pointe de compassion pour ses techniciens, elle se dépêcha de transmettre les consignes.

— Gary, vous m'aidez avec le corps. Lucy, vous commencez par...

La jeune fille ne parvenait pas à quitter du regard les asticots qui gigotaient dans le vomi et dans les plaies ouvertes.

— Lucy ?

Elle leva les yeux, au comble du dégoût.

— Vous vous occupez du campement, lança Reilly en indiquant le luxueux matériel dehors. On dirait qu'il préparait à manger. Le réchaud est allumé, mais il n'y a plus de gaz. Je voudrais savoir ce qu'il cuisinait dans tout ce chaos.

— D'accord, j'y vais, lança Lucy, qui avait fini par se ressaisir.

Reilly la regarda s'accroupir à côté des casseroles, enfiler ses gants et s'emparer de la torche dans son sac. *C'est bien*, se dit-elle, *elle apprend vite.*

Elle se tourna ensuite vers Gary. Il avait l'air de s'être repris lui aussi. Il regardait déjà autour de lui.

— Il y a deux sacs de couchage à l'intérieur de la tente. Nous avons envoyé deux policiers ratisser les environs au cas où il y aurait une deuxième victime. Mais il est également possible que ce jeune homme soit parti camper avec son meurtrier, par conséquent, je veux que cette tente soit passée au peigne fin.

— Pas de problème.

— On doit faire vite. Ça fait un moment qu'il est mort, et je n'ai pas besoin de vous préciser que nos pièces à conviction se dégradent rapidement.

Entre-temps, deux officiers s'occupaient de Mark et Rebecca Ward, le couple qui avait trouvé le corps. Ils étaient assis à l'arrière d'un des 4 × 4 de la police, seuls capables de négocier le sentier rocailleux qui sortait de la route de montagne. Les Jeep constituaient désormais le point de rencontre pour tous ceux qui s'affairaient sur les lieux. Le yorkshire-terrier du couple, Banjo, attendait assis entre ses maîtres. Mark le retenait par le collier, pour le caresser et l'empêcher de bouger.

Chris était content de pouvoir leur parler si tôt après la découverte du corps. En général, le temps que la réalité reprenne le dessus et que les témoins se rendent compte de l'énormité de ce qui s'était passé, leurs déclarations devenaient moins utiles et plus influencées par l'extérieur.

— Bonjour. Mark et Rebecca, c'est bien ça ? demanda-t-il en s'installant sur le siège avant, tout en regardant vers l'arrière. Je suis l'inspecteur Chris Delaney et voici l'inspecteur Kennedy. Nous voudrions vous poser quelques questions, si vous êtes en état de nous répondre.

Ils affichaient tous deux une mine pâle et fatiguée. Rebecca tremblait de tout son corps et Mark hocha la tête en levant légèrement les yeux au ciel. On leur avait donné des couvertures et la femme essayait de serrer la sienne le plus près possible de son corps pour se réchauffer, comme si c'était la température qui causait son état, et non pas la vue et l'odeur du cadavre en décomposition de Gerry Watson.

Kennedy, resté devant la portière ouverte côté passager, sortit son carnet pour prendre des notes.

— Il vaudrait peut-être mieux que vous nous racontiez tout du début à la fin, ou du moins ce dont vous vous souvenez.

— En parler vous permettra de vous libérer, assura Chris en tapotant le bras de Rebecca.

— Oui, d'accord, dit Mark, qui se lança en premier. Nous emmenons tout le temps Banjo par ici. Il aime courir librement et nous ne pouvons pas lui retirer la laisse à côté de chez nous.

Banjo leva la tête, réagissant aux mots « courir » et « laisse ». Sa langue pendait joyeusement au coin de sa bouche et il se lécha la truffe déjà humide. *Sans lui*, se dit Chris, *le corps serait sans doute encore en train de pourrir tout seul.*

— Nous restons toujours sur la route de la forêt, parce que la plupart des petits sentiers de randonnée sont boueux à cette période de l'année.

Rebecca enchaîna, en caressant la tête de Banjo.

— Nous rentrions sur l'aire de parking où nous avions garé notre voiture. Je ne voyais plus Banjo, alors nous l'avons appelé, mais il n'y avait aucun signe de lui. Mark s'est mis à rebrousser chemin en criant son nom.

— En général, il revient quand on l'appelle, ajouta Mark. Je l'ai entendu aboyer et j'ai vu du mouvement parmi les fougères en haut de la colline, alors j'ai de nouveau crié. Je me disais qu'il devait chasser quelque chose ou qu'il creusait un trou fait par un rat. Il sent tellement d'odeurs par ici que ça le rend fou.

— Nous nous moquions de lui en remontant vers les broussailles, se souvint Rebecca en souriant légèrement. Mais ce n'est que quand nous avons atteint le haut de la colline, là où ça devient plus plat, que nous avons vu la tente.

Elle désigna le bord de la clairière, à deux cents mètres de là où les Jeep avaient forcé le passage.

— Nous ne voulions pas avancer au début, expliqua Mark.

— Pourquoi pas ?

— Eh bien, il était tôt, je ne voulais pas déranger les gens qui dormaient là. J'ai de nouveau appelé Banjo, mais il reniflait tout autour de la tente avant de lever la patte.

— J'étais mortifiée, déclara Rebecca, un peu moins blanche du fait de la gêne qui lui colorait désormais les joues. Je ne me serais jamais attendue...

— Continuez, pressa Chris.

— Je l'ai appelé de nouveau, s'exécuta Rebecca. Cette fois, avec plus de fermeté, et je suis allée vers lui avec la laisse, quand je l'ai vu...

Elle se détourna, et ses yeux se remplirent de larmes.

— Quand j'ai vu ses jambes qui sortaient de la tente... J'ai d'abord pensé qu'il dormait.

Elle secoua la tête, et Mark lui prit la main pour la rassurer.

— Quand j'ai rejoint Becky et que j'ai vu Banjo renifler les chaussures du gars, je me suis dit que c'était bizarre. Et ensuite, elle a poussé un hurlement.

Il s'interrompit, revivant la scène.

— J'ai avancé et j'ai vu des rats ronger le cou du type... des asticots bouger... Et l'odeur...

Mark se frotta le visage, comme s'il voulait chasser la puanteur qu'il avait respirée.

— Et là, j'ai vomi, avoua-t-il, honteux.

Toujours les mecs, se dit Chris, avec ironie.

Revivre la suite des événements était apparemment très éprouvant pour Rebecca qui sanglotait désormais en silence.

— Que lui est-il arrivé selon vous ? Je veux dire, cette expression sur le visage... et la façon dont son bras faisait signe...

— C'est trop tôt pour formuler des hypothèses, déclara Chris sur un ton qu'il voulait apaisant, avant de grimacer en se rendant compte qu'il sonnait comme un porte-parole sortant des banalités pour éviter les questions.

Mais c'était la pure vérité, il était trop tôt pour les spéculations.

— Est-ce que je peux juste préciser un point avant de continuer ? demanda Kennedy en étudiant ses notes. Vous avez dit que, quand vous avez vu la tente au début, je cite : « Je ne voulais pas déranger les gens qui dormaient là. » Donc, vous pensiez qu'il y avait plus d'une personne dans la tente, c'est bien ça ?

— Oui, en effet, confirma Mark. J'imaginais qu'il n'y avait pas qu'une seule personne, vu la taille de la tente et la quantité de matériel de camping.

— Avez-vous aperçu quelqu'un d'autre dans les alentours, ou alors avez-vous croisé quelqu'un durant votre promenade ?

— Non, nous n'avons vu personne. Nous n'avons rencontré aucun autre promeneur. Ça nous arrive parfois. Mais là, il était vraiment tôt, et en plus, ce n'est pas un coin très visité, la plupart des randonneurs se baladent dans les régions plus connues comme Glendalough.

— Comment avez-vous alerté les secours ?

— J'avais mon portable sur moi, mais je ne captais pas de réseau ici, alors nous sommes retournés à la voiture aussi vite que possible et nous avons roulé jusqu'à ce qu'on voie un signal.

Rebecca parlait en regardant la tente blanche illuminée dressée par l'équipe médico-légale. Elle semblait si peu à sa place ici…

— Après avoir expliqué ce que nous avions trouvé et donné les indications pour y accéder, nous sommes revenus pour attendre les policiers, comme la femme au téléphone nous l'avait dit. Il faisait déjà nuit quand ils sont arrivés. Mark les a guidés jusqu'à la tente.

— Je n'étais pas sûr de réussir à retrouver le sentier, confia Mark, alors j'ai pris Banjo avec moi.

— On dirait bien que vous avez un sacré chien policier ici, complimenta Kennedy, en tendant la main vers la bête qui lui montra les crocs. Eh ! s'écria Kennedy en se massant la main, même s'il n'avait pas été touché.

— Banjo ! gronda Rebecca en rougissant. Je suis désolée.

— Ne vous en faites pas, l'inspecteur Kennedy a cet effet sur les gens également, assura Chris pour détendre l'atmosphère. Merci pour tout. Je crois que nous avons tout ce qu'il nous faut pour l'instant. Votre témoignage nous sera très utile.

Je vous donne ma carte, au cas où quelque chose d'autre vous reviendrait.

Le couple sembla soulagé. Chris et Kennedy leur serrèrent la main, tout en essayant de rester à distance du petit terrier.

— Je vais demander à un des secouristes de vous redescendre à votre voiture.

Il savait que ces gens ne pouvaient pas plus les éclairer sur ce qui s'était passé. Encore une fois, il n'y avait pas de solution évidente.

Et avant d'en trouver une, le pauvre campeur n'était qu'une victime de plus dans les statistiques galopantes de la ville.

12

La nuit était tombée, et Mike Steel était sur le point de boire une bonne bière froide bien méritée, quand il entendit un hurlement.

— Bon sang !

Il se leva d'un bond de son canapé et traversa le couloir vers l'endroit d'où lui était parvenu le cri.

— Qu'est-ce qui se passe ? interrogea-t-il en allumant la lumière.

— Un monst' dans placa', annonça Jessica, sa petite tête blonde de fillette de 3 ans à peine visible sous les couvertures.

Ses yeux bleus irradiaient de peur, alors qu'elle montrait du doigt le coin de la petite pièce.

Laissant échapper un soupir, Mike secoua la tête.

— Jess, ma puce, on vient d'en parler, non ? dit-il en se dirigeant vers le placard pour ouvrir la porte. Il n'y a aucun monstre là-dedans, regarde, hein ? Rien que des vêtements et tes jouets, rien d'autre.

La gamine n'allait pas gober cela aussi facilement.

— Elle aussi, elle l'a vu, insista-t-elle en pointant un doigt accusateur en direction de sa sœur sur le lit d'à côté.

— Vraiment ? demanda Mike, un sourcil levé. Reilly ? Qu'est-ce qui se passe ?

— Désolée, papa, s'excusa la grande en haussant les épaules et en baissant les yeux. J'essayais de dormir, et elle me rendait folle, elle n'arrêtait pas de jacasser. Alors, je lui ai dit que si elle ne se taisait pas, les monstres allaient l'emporter.

— Bon sang, je n'avais pas besoin de ces conneries ! s'énerva Mike, la mâchoire crispée.

Il s'assit au bord du lit de Jessica pour la prendre dans ses bras et caresser doucement ses cheveux.

— Veux maman, gémit la gamine contre son torse.

Moi aussi, songea Reilly, tristement.

— Les monst' vont empo'ter Jess, papa ?

— Eh, personne ne t'emportera, ma puce. Qui oserait affronter un grand costaud comme moi ?

Un petit sourire apparut sur les lèvres de la fillette.

— Et de toute façon, rappelle-toi ce que je t'ai dit avant, il n'y a pas de monstre dans ce placard. Ta sœur te taquinait, c'est tout. Et maman va bientôt rentrer.

— Je plaisantais, confirma Reilly. Désolée, Jess.

— D'accord, lança Jess, apparemment satisfaite, avant de bâiller.

— Maintenant, essaye de dormir, ma puce. Ta sœur doit se lever tôt demain pour l'école et elle a besoin de beaucoup de sommeil.

— À côté de moi, papa ? demanda Jessica en regardant son père avec des yeux immenses.

— Bien sûr, ma chérie.

Mike la garda contre lui et lui caressa le dos pour lui permettre de s'assoupir.

— Je reste à côté de toi autant que tu le voudras.

Un court moment, le silence se fit dans la chambre, le temps que Jess s'endorme.

— Écoute, essaye de ne pas effrayer ta sœur, d'accord ? chuchota Mike, alors que la petite glissait doucement dans les bras de Morphée. Le dernier monstre dans le placard est resté plus de six mois avant de partir, et je n'ai pas envie d'avoir à en supporter un autre maintenant.

— Je sais, je suis désolée, assura Reilly, penaude.

Elle était sincère, et pourtant, Jess lui tapait trop sur les nerfs avec ses chansons stupides, ses danses et ses jacasseries incessantes. Reilly aurait tant voulu avoir sa chambre à elle, mais leur maison n'était pas assez grande, et même si personne ne le lui disait, elle savait que l'argent ne coulait pas à flots.

— Papa ? Tu as dit que maman allait bientôt rentrer. C'est vrai ?

Mike poussa un soupir qui désespéra Reilly. Elle comprit qu'il n'avait dit cela que pour apaiser sa petite sœur. Cassie, leur maman, disparaissait parfois de courtes périodes pour revenir après. Quand cela arrivait, personne n'avait l'air de savoir où elle partait ni quand elle referait son apparition. Mais, selon Mike, il arrivait à Cassie de se sentir très triste et elle avait alors besoin de s'isoler.

— Je l'espère de tout mon cœur, ma chérie.

Ils se turent un instant.

— Je sais que Jess peut se montrer agaçante parfois, mais n'oublie pas qu'elle n'a que 3 ans et qu'elle ne le fait pas exprès.

Après avoir délicatement posé la petite Jess endormie dans son lit, il la couvrit.

— Je sais.

Mike alla ensuite s'asseoir sur le bord du lit de Reilly.

— Alors, à partir de maintenant, promets-moi que tu m'aideras à convaincre ta petite sœur que les monstres, ça n'existe pas et qu'elle n'a pas de souci à se faire, d'accord ?

— D'accord.

Quelques minutes plus tard, une fois son père parti, Reilly allait enfin trouver le sommeil, quand elle entendit une petite voix trop familière.

— 'illy, appela sa petite sœur, s'efforçant de murmurer. 'illy, tu dors ?

— Quoi encore ? gronda Reilly en lui tournant le dos.

Elle n'arrivait pas à croire que sa sœur était encore réveillée. Deux minutes plus tôt, quand leur père avait quitté la chambre, elle avait l'air complètement endormie.

— Les monst', ça n'existe pas ? C'est vrai, ça ?

Dans l'obscurité, Reilly leva les yeux au ciel, ne voulant qu'une seule chose : que sa petite sœur se taise. Mais, comme elle se rappela que son père lui avait demandé de l'aider, elle parla tout doucement.

— Oui, Jess, papa a raison, assura Reilly en remontant les couvertures au-dessus de ses épaules et en fermant les yeux. Allez, dors, d'accord ? Les monstres n'existent pas. On n'en a jamais vu sur toute la Terre.

Les monstres, ça n'existe pas...

La sonnerie du réveil fit sursauter Reilly. Le cerveau encore embrumé, elle jeta par réflexe un regard sur le placard au pied de son lit. Mais tout allait bien. Elle n'avait plus 10 ans et ne partageait plus sa chambre avec sa petite sœur dans leur maison de Marine County. Elle était adulte, dormait dans son lit, ou du moins essayait de trouver le sommeil, dans ce prétendu appartement qu'elle louait pour une somme incroyable.

Et il n'y avait pas de monstre. Pas dans le placard en tout cas.

Ce rêve, celui de Jess et elle, enfants, elle ne l'avait plus refait depuis longtemps. À l'époque, la scène se rejouait encore et encore dans son esprit, qu'elle soit éveillée ou qu'elle dorme. Elle promettait à sa petite sœur que les monstres n'existaient pas, ni les méchants, et que personne ne lui ferait jamais de mal.

Elle se mordit la lèvre. Si seulement ils avaient su !

Reilly sortit du lit, perturbée que les rêves reviennent avec une telle fréquence. Elle devrait peut-être suivre le conseil que lui avait donné son psy, le Dr Kyle, avant qu'elle ne quitte la Californie, de continuer à consulter. Mais elle allait bien, non ? En tout cas, elle n'avait ni l'envie ni la force de tout réexpliquer à un nouveau thérapeute ici à Dublin, qui ne connaîtrait rien d'elle ni de sa famille et qui serait sans doute incapable de comprendre ses peurs. À vrai dire, Reilly ne les comprenait pas elle-même.

Elle partit moudre du café dans la cuisine, décidant que ses idées noires n'auraient pas raison d'elle. Mesurant une cuillère pleine, elle respira le riche arôme des grains de café. Certaines personnes aimaient moudre leur café la veille pour gagner du temps, mais Reilly savait que c'était le meilleur moyen de perdre le goût.

Non, Reilly tenait à prendre son temps afin d'obtenir un bon café. Après avoir rempli le percolateur avec assez d'eau pour une seule tasse, elle attendit patiemment le goutte-à-goutte à travers les grains moulus.

Elle le prenait noir, non pour des raisons de régime, comme Kennedy l'avait suggéré, mais simplement parce que c'était comme cela qu'on savourait son parfum. Ceux qui ajoutaient du sucre, ou Dieu sait quoi encore, ne savaient pas ce qu'ils perdaient.

Elle but une gorgée et sentit aussitôt ses batteries se recharger. Elle était prête à affronter la journée. La veille, elle était encore restée tard au labo, mais ce matin, elle voulait y être de bonne heure pour lire l'inventaire de son équipe et le rapport que la légiste allait lui envoyer au sujet du campeur. Elle ne s'attendait pas à y trouver grand-chose, les deux randonneurs ayant piétiné les lieux.

Elle n'était au labo que depuis quelques minutes, quand elle reçut le coup de téléphone de Karen Thompson.

— Bonjour, c'est génial que vous m'appeliez si vite, lança Reilly en guise de salut. À moins que ce ne soit pour m'annoncer un retard, plaisanta-t-elle, sachant que la légiste ne se vexerait pas.

— En fait, je suis désolée de vous déranger avec ça, hésita Karen. Normalement, je ne demande pas ce genre de chose...

— Que se passe-t-il, Karen ?

Reilly comprit à son ton que quelque chose ne tournait pas rond. *Bon sang, pourvu qu'il ne s'agisse pas d'un retard !*

— Eh bien, cela vient de l'autopsie que j'ai réalisée sur le campeur.

— Je vous écoute. Excellent timing, en fait, on vient de recevoir une identification formelle. Gerry Watson, 26 ans, de la région de Dundrum, lut Reilly. Pas d'antécédents criminels connus, mais Delaney et Kennedy sont en train de vérifier. Je vous faxe les détails pour votre rapport au plus vite. Et de votre côté ?

— Eh bien, j'ai prélevé un échantillon que j'aimerais que vous examiniez de plus près. Je ne suis pas complètement sûre de ce dont il s'agit, mais j'aimerais avoir confirmation avant de terminer mon rapport.

Reilly s'étonna de l'attitude de Karen, d'ordinaire si sûre d'elle.

— Je sais que vous êtes très occupée, continua la légiste, mais si vous pouviez procéder à cette analyse, j'apprécierais.

— Bien sûr. Alors, vous avez trouvé quelque chose d'intéressant ?

— On peut dire ça, confirma Karen, d'une voix sérieuse. La mort a été officiellement causée par la balle dans la poitrine, bien sûr. C'est ce que j'ai trouvé dans le vomi et dans son estomac qui nécessite une analyse supplémentaire. Ce n'est pas digéré... Mais je préfère vous laisser voir par vous-même.

— D'accord. J'attendais de toute façon de recevoir des échantillons aujourd'hui. Envoyez-moi vos prélèvements ce matin pour que je puisse comparer. Nous avons récupéré une poêle récemment utilisée, mes techniciens analysent ce qui y a été cuisiné. Je leur demanderai d'examiner vos prélèvements. On devrait pouvoir ainsi établir ce qu'il avait mangé.

— Pour être honnête, Reilly, je pense que j'ai déjà mon idée là-dessus...

— Impossible ! C'est tout simplement impossible ! C'est dégueulasse ! s'exclama Kennedy en faisant les cent pas, son visage crispé de dégoût.

Dans la main, il tenait le rapport que la police scientifique venait de leur faxer.

— Dégueulasse, je ne trouve pas d'autre mot.

Assis derrière son bureau, tout aussi stupéfait, Chris n'avait toujours pas lâché le combiné du téléphone.

— Reilly, vous en êtes sûre ? demanda-t-il, sachant que la question était aussi inutile que redondante.

Chris la connaissait désormais suffisamment pour savoir qu'en ce qui concernait les analyses médico-légales Reilly ne commettait jamais d'erreur. Pourtant, il l'avait appelée dans l'espoir vain que les échantillons avaient été confondus.

— J'en suis absolument sûre. Et Karen aussi. Elle avait des doutes, c'est pour cela qu'elle m'a demandé de procéder à une vérification ce matin. Les résultats sont là, Chris. C'est clair et net.

Chris visualisa le corps éteint de Gerry Watson sous la tente, la poêle sur le réchaud.

— Mais comment ? demanda-t-il, espérant qu'elle pourrait lui donner plus d'explications. Et pourquoi ?

— Je suppose qu'il faut poser ces questions à l'assassin. Karen met la touche finale à son rapport d'autopsie, elle avait d'abord besoin de notre analyse. On en saura vite davantage. Nous analysons encore les échantillons pour connaître le détail du menu.

Vu ce qu'ils venaient de découvrir, Chris s'étonna du manque d'émotion dans la voix de Reilly, laquelle présentait tout cela comme une autre pièce à conviction, quelque chose d'ordinaire bien que curieux, comme ces traces de peinture et ces poils encore non identifiés qu'elle avait trouvés l'autre jour chez Clare Ryan. Quel contraste avec Kennedy et lui, qui avaient été abasourdis, profondément écœurés, et avaient mis un certain temps avant de pouvoir parler.

— Reilly, vous avez déjà... Enfin, je veux dire... Vous est-il déjà arrivé de trouver... hésita-t-il, ne voulant prononcer l'imprononçable... ce genre de chose ?

Il l'imaginait hausser les épaules à l'autre bout du fil.

— Une ou deux fois à Quantico et une fois quand j'étais en poste. Le F.B.I. a beaucoup travaillé avec le gouvernement allemand au sujet d'un certain Armin Meiwes. Vous en avez entendu parler ?

Le nom ne disait rien à Chris.

— Il avait mis une annonce dans le journal à la recherche d'une victime consentante et quelqu'un avait répondu, de bonne foi apparemment. Soit il pensait que c'était une blague, soit l'idée lui plaisait vraiment. Cela a mis un sacré moment avant que la Cour ne réussisse à condamner Meiwes. Et à ce que j'ai entendu, l'enquête a été si éprouvante que certains policiers allemands ont eu beaucoup de mal à s'en remettre.

Delaney déglutit avec peine. Maintenant, il s'en souvenait.

— Nom de Dieu ! Espérons que nous n'avons pas le même type d'affaire, ici.

Il n'osait même pas penser à l'hystérie des médias, ni à la réaction du public.

— Le cannibalisme n'est pas aussi rare que vous pouvez le penser, continua Reilly. Dans ce boulot, on rencontre vraiment de tout.

13

L'amphithéâtre était plein, mais personne ne bronchait. Tous les yeux fixaient l'homme sur l'estrade. Daniel Forrest, élancé, les cheveux noirs, grisonnant aux tempes, mais une intensité féroce dans le regard, marchait en parlant.

— Les tueurs en série sont d'une imprudence incroyable. Leur besoin de tuer dépasse de loin celui de rester discret ou de se montrer rusé. En fait, ce qui permet aux tueurs en série de continuer à tuer, c'est que leur insouciance est largement éclipsée par l'incompétence de la police.

Forrest s'interrompit pour laisser rire son auditoire.

— Vous ne me croyez pas ? taquina-t-il. Laissez-moi vous raconter l'histoire de Henry Louis Wallace pour voir si vous, jeunes recrues, pouvez en tirer une leçon.

Tout en parlant, il projeta une série dc photos.

— Lors de son arrestation, le 4 février 1994 à Charlotte, en Caroline du Nord, Henry Louis Wallace avait déjà violé et étranglé à mort cinq jeunes femmes noires. Chacune des victimes travaillait dans un fast-food et, plus important, chacune connaissait Wallace et était amie avec sa petite copine. En fait, son nom apparaissait dans le répertoire de la plupart des jeunes femmes mortes.

Il s'arrêta pour regarder les visages captivés.

— En outre, au moment de l'arrestation, Wallace avait un casier judiciaire pour des cambriolages et un viol sous la menace d'une arme. Ajoutez à cela un lien avec les cinq victimes. Plutôt flagrant, vous admettrez.

Il balaya du regard la salle, attendant les hochements de tête des étudiants les plus assidus.

— Malheureusement pour les quatre victimes suivantes de Wallace, tout cela ne signifiait rien pour la police de Charlotte-Mecklenburg ni pour le bureau du procureur. Wallace fut remis en liberté le jour même. Après tout, on ne l'avait pas arrêté pour meurtre, mais pour vol à l'étalage dans un centre commercial.

Un nouveau murmure s'éleva dans la salle.

— Comment est-ce possible, me demanderez-vous ? Parce qu'au moment où Wallace avait été arrêté pour le vol présumé, la police n'avait pas fait le lien avec le viol et les meurtres des jeunes Noires. Ils n'avaient aucune piste solide pour aucun d'eux. Enhardi par sa libération, Wallace tua de nouveau à peine seize jours plus tard, et il continua jusqu'à son arrestation, deux bonnes années après la première pour vol. Il avoua alors onze meurtres au total.

Forrest retourna sur l'estrade et posa les mains sur son pupitre. Il n'avait pas besoin de consulter ses notes.

— Le 29 janvier 1997, Henry Louis Wallace fut condamné à neuf peines capitales et il se trouve actuellement dans le couloir de la mort à Raleigh, en Caroline du Nord. Une des raisons présentées par la police pour son incompétence fut son manque d'expérience dans les affaires de tueurs en série.

Il s'arrêta encore une fois et regarda en l'air.

— Maintenant, voilà le plus intéressant. Au début de 1994, quand le taux de criminalité atteignit des records dans la région, la police est allée demander l'aide du F.B.I., qui avait émis le constat erroné que l'augmentation des meurtres n'était pas due à un tueur en série. Pourquoi ? Parce que Wallace ne correspondait pas au profil type. Il était noir, alors que la plupart des tueurs en série sont blancs. De plus, on s'attend à ce que les tueurs en série s'en prennent à des étrangers, alors que là, il tuait des amies ou des collègues.

Forrest sourit en direction de son auditoire.

— Inutile de vous préciser que je ne travaillais pas pour le Bureau à cette époque, ajouta-t-il, déclenchant un nouvel éclat de rire. Donc, qu'est-ce que j'essaye de vous expliquer ?

Il attendit des réponses. Au bout d'un moment, il vit une main se lever.

— Ne jamais présumer de rien ?

— Exactement ! s'exclama Forrest, son visage s'éclairant. Quand il s'agit de meurtres en série, il n'existe aucune règle préétablie, ni aucune réponse toute faite. À vrai dire, ne croyez pas que vous connaissez quoi que ce soit de ces personnes. Bien sûr, d'un certain point de vue, nous avons besoin de travailler dans un cadre bien défini. C'est pour cela qu'on nous appelle des profileurs et parfois le profil correspond.

Il quitta son pupitre pour revenir sur le devant de l'estrade et arriver à sa conclusion.

— La plupart du temps, les tueurs en série sont des gens imprudents et désordonnés qui aiment simplement tuer. Pourtant, certains sont particulièrement rusés, échafaudent des plans précis, veulent faire passer un message. Qui peut dire à qui vous avez affaire ? Mais, ce dont il faut se souvenir, c'est qu'ils finissent toujours par commettre une erreur. Ce qu'il nous reste à faire, à nous autres, c'est repérer ces erreurs quand elles se produisent.

Il pointa le doigt vers l'écran derrière lui, sur lequel s'affichait une photo d'identité judiciaire de Wallace.

— Ne vous trompez pas, comme la police de Charlotte-Mecklenburg sur l'affaire Henry Louis Wallace. Reconnaissez les petites erreurs, ces détails en apparence sans importance, ces choses qui, au bout du compte, vous aideront à trouver le coupable.

Daniel éteignit le projecteur et rassembla ses notes.

— C'est tout pour aujourd'hui, jeunes gens. À la semaine prochaine.

Tandis que les étudiants se dirigeaient vers la sortie dans un brouhaha de discussions animées, Forrest s'esquiva par une petite porte.

Une des secrétaires l'arrêta dans le couloir, alors qu'il se rendait à son bureau.

— Huit messages pour vous, agent Forrest, tous urgents, annonça-t-elle, lui tendant une pile de papiers.

— Parce que ça existe, des messages qui ne sont pas urgents ? demanda-t-il avec un soupir en buvant une gorgée de café du gobelet qu'il tenait à la main.

Elle le gratifia d'un sourire poli et fila dans le couloir.

Forrest ouvrit la porte de son bureau, jeta son gobelet vide dans une corbeille et s'assit derrière sa grande table de travail en chêne. La pièce étincelait de propreté, des livres et des dossiers s'alignaient sur les étagères, à côté de quelques jarres et de photos de famille.

Passant une main dans ses cheveux, il parcourut ses messages. Il n'accorda qu'un rapide coup d'œil aux premiers, mais arrivé au quatrième, il s'arrêta, à la fois surpris et ravi. Consultant l'heure, il s'empara du téléphone pour composer le numéro indiqué sur la note.

— Police scientifique, Reilly Steel à l'appareil.

— Bonjour, Reilly, salua Daniel chaleureusement. Comment vas-tu ? Je viens de lire ton message. Dublin te traite bien ?

— Daniel, eh, merci de me rappeler si vite !

— Pas de quoi. Que puis-je pour toi ?

— Je voulais te parler d'une affaire si tu as un moment...

La porte de Daniel s'ouvrit et son assistante passa la tête.

— Agent Forrest ? Le docteur Williams est arrivé.

Il leva la main pour demander qu'elle le fasse patienter. La jeune femme hocha la tête avant de refermer la porte.

— Bien sûr, Reilly. De quoi s'agit-il ?

— Qu'est-ce que tu dirais si je t'annonçais que j'ai trouvé un lien freudien, en apparence fortuit, entre deux scènes de crime complètement séparées et que nous avons retrouvé un cigare sur un troisième site ?

Daniel se redressa, intrigué.

— Quelquefois un cigare est juste un cigare, dit-il posément.

— C'est ce que je pensais. Ça ne ressemble plus trop à une coïncidence, n'est-ce pas ?

Il ne répondit pas tout de suite, se demandant si les autorités irlandaises étaient vraiment conscientes de la chance qu'elles avaient de compter Reilly Steel parmi leurs forces.

Son extraordinaire intelligence avait réussi à établir une connexion qui aurait pu paraître à tous totalement obscure. Et c'était digne de Reilly d'utiliser un problème psychologique pour titiller son intérêt à lui.

— Malin, c'est le moins qu'on puisse dire, malin et subtil, commenta-t-il enfin, même si pour quelqu'un comme lui, ce n'était pas si subtil que cela.

« Quelquefois un cigare est juste un cigare. » Une des plus célèbres citations de Freud, qui servait aussi à tourner en dérision sa propre obsession de tout ce qui est phallique. Même si Daniel connaissait en profondeur les travaux du psychanalyste (ce qui était normal vu sa profession), il n'en revenait pas que Reilly ait si facilement perçu le sens du cigare. Mais il est vrai que la jeune femme possédait un instinct particulièrement aiguisé.

— Comment as-tu compris ?

— Nous avons trouvé des indices concordants sur deux sites distincts. Cela nous a fourni le premier lien. Ensuite, un exemplaire de *L'Interprétation des rêves* se trouvait sur la table de chevet d'une des victimes alors que l'autre, en apparence un suicidé, avait laissé une citation de Freud en guise de lettre d'adieu.

— Coïncidence ? lança Daniel pour la tester, même s'il savait bien qu'elle était trop brillante pour tomber dans un tel piège.

— Tu parles comme les inspecteurs, là, rétorqua-t-elle, un sourire dans la voix. Quelques jours plus tard, on a recueilli le même type de prélèvement sur un troisième site, et j'ai su que les trois affaires étaient liées. Mais je voulais tout de même en avoir le cœur net, alors je suis allée de nouveau jeter un œil à l'inventaire des pièces à conviction du troisième site, en quête d'une allusion freudienne. C'est le cigare qui m'a frappée.

— Je ne savais pas que tu t'y connaissais autant sur Freud...

— Non, pas tant que ça, mais le cigare est un symbole phallique classique, non ? Tu sais, grâce à Bill et Monica...

Daniel ne put réprimer un sourire. L'influence de la culture populaire le surprenait toujours.

— En poussant un peu mes recherches, je suis tombée sur la citation de Freud, et je me suis dit que nous tenions la carte de visite du tueur, le lien avec Freud. « Quelquefois un cigare est juste un cigare. » Pas cette fois.

— Bon travail, commenta Daniel, admiratif.

— Peut-être, mais c'est à peu près tout ce qu'on a, affirma Reilly, sur un ton désormais angoissé. Nous avons une équipe d'enquêteurs confirmés, et je sais qu'on peut retrouver le coupable, mais sans l'aide d'un spécialiste, je ne suis pas sûre d'y parvenir avant qu'il ne tue de nouveau.

— Quel est le schéma, le timing ?

— Trois, peut-être quatre meurtres, dont un double homicide, le tout en l'espace d'une semaine. Un des corps a été retrouvé après un certain temps, alors, ce n'est pas facile d'établir un tableau chronologique fiable, mais ça fait beaucoup pour Dublin, et les autorités sont dans tous leurs états. Les médias leur tournent autour, et comme ils n'ont rien à se mettre sous la dent pour l'instant... Tu sais comment c'est, Daniel. S'il utilise une carte de visite, c'est vraisemblablement qu'il veut jouer avec nous, nous piéger. Il est également possible qu'il monte d'un cran, et quand il va commencer...

Elle ne termina pas sa phrase qui se perdit dans l'air.

— Écoute, si je t'appelle, c'est que nous avons besoin d'une aide extérieure, et vite. Comme je te l'ai expliqué, les gens deviennent nerveux par ici. Les policiers n'ont qu'une expérience limitée de ce genre d'affaire, et même s'ils travaillent en général avec des comportementalistes anglais, j'ai réussi à les convaincre que tu étais le meilleur pour ce boulot. En fait, sans doute le seul. Tu pourrais nous servir de consultant sur cette affaire ? Personne ici n'a l'expérience ni les qualifications requises. Je ne pense pas que quelqu'un d'autre que toi pourrait nous fournir un éclairage suffisant sur une affaire aussi complexe.

— Bien sûr, tu as raison, confirma Daniel pour plaisanter avant de redevenir sérieux. Mais je ne suis pas sûr, Reilly. J'ai énormément de travail en ce moment. Et je ne sais même pas s'il y aurait un précédent pour que je m'occupe d'un cas pareil...

— Ce ne serait qu'à titre de consultant, on ne te demande pas de faire le voyage, précisa-t-elle rapidement. Ça peut sembler présomptueux, mais j'ai déjà parlé aux personnes concernées, et elles s'occupent de tout organiser. Les pontes veulent qu'on arrête le coupable, et vite, avant que les médias n'en apprennent plus.

Une pointe de résignation embrumait sa voix.

— Mais ça ne sert à rien qu'on essaye d'arranger ça si tu ne veux pas nous aider. Franchement, Daniel, nous n'avons pas de temps à perdre.

Ennuyé, Daniel se redressa sur son siège, la mine préoccupée.

— Et si tu m'envoyais tout ce que tu as ? Je pourrais alors décider si mon aide vous serait vraiment utile.

— Crois-moi, elle le sera.

Sa curiosité l'avait déjà gagné. D'accord, il était débordé avec un tas de dossiers du F.B.I. et il avait ses cours à l'Académie de police, mais cette affaire l'intriguait plus qu'il n'était prêt à l'admettre. Sans parler du fait qu'il le devait bien à Reilly. Après tout ce qu'elle avait traversé, il pouvait bien lui rendre ce service.

Sa décision était prise.

— D'accord, je vais voir ce que je peux faire. Occupe-toi de la paperasserie de ton côté, et moi, je fais de mon mieux du mien.

— Merci, Daniel, j'apprécie sincèrement, enfin, nous apprécions, précisa-t-elle, soulagée. Je lance le processus côté administratif.

La porte de Daniel s'ouvrit une nouvelle fois et un gros bonhomme en imperméable bleu entra. Daniel indiqua à son visiteur de s'installer sur la chaise devant son bureau.

— Envoie-moi tout ton dossier, Reilly, j'y jetterai un œil et je te rappelle pour qu'on en discute.

Mais il s'était déjà laissé hameçonner par les détails que Reilly lui avait donnés. Un tueur qui utilisait Freud comme carte de visite ? Quel profileur qui se respecte ne serait pas intéressé ?

14

— Qu'est-ce qu'elle a fait ? interrogea Kennedy, indigné au plus haut point, en posant son gobelet de café sur la table.

— C'est ce qu'a dit O'Brien. Apparemment, c'est un profileur du programme de formation du F.B.I. à Quantico. Le grand chef dit qu'il est considéré comme l'un des meilleurs aux États-Unis.

Cela ne semblait pas poser de problème à Chris, mais Kennedy fulminait.

— Et pourquoi pas ameuter tout le F.B.I. tant qu'on y est ? On pourrait leur offrir la pension complète ! Et la C.I.A. et les forces d'intervention spéciales avec ?

— Tu t'emballes, là, protesta Chris.

— Ah, oui, c'est ce que tu penses ? s'indigna Kennedy, prêt à en découdre.

Pour une fois, Chris n'était pas d'humeur à renoncer. Il ferma le dossier qu'il était en train d'essayer de lire et fit pivoter son fauteuil pour faire face à son coéquipier.

— Oui, c'est ce que je pense. Je n'ai jamais enquêté sur une affaire pareille, et je suis prêt à parier ma vie que toi non plus.

Il adressa un regard de défi à Kennedy.

— Tu voudrais me faire part de ta dernière expérience de cannibalisme ou de tes connaissances sur Freud ?

— Ce n'est pas la question.

— Alors, quoi ?

— Le problème, c'est que... commença-t-il, appuyant ses propos en levant son doigt coloré de nicotine. Le problème, c'est qu'on n'a pas besoin qu'un fourgon de Yankees se mêlent de nos affaires et nous disent comment faire notre boulot.

La réaction scandalisée de son coéquipier amusa Chris. Tout ce qui ne cadrait pas avec sa conception étroite de la vie le révoltait.

— Alors, tu te sentirais mieux si je te disais qu'il ne vient pas ici ? Il va se contenter de jouer les consultants à distance. Selon le patron, c'est Reilly qui traitera avec lui.

— Ah... D'accord, grommela Kennedy, son indignation un peu calmée. Ouais, bien sûr, toi, tu penses que c'est une bonne idée. À partir du moment que c'est une idée de Steel...

Chris préféra ne pas relever et retourna à son travail. Comme d'habitude, Kennedy exagérait. Chris était plus réceptif à l'approche avant-gardiste de Reilly, rien de plus. Il est vrai que ce qu'il avait réussi à saisir de sa personnalité l'intriguait, et la réserve qu'elle affichait lui donnait envie de creuser ce qui se cachait derrière son esprit brillant.

Bien sûr, ce n'était pas comme s'ils n'avaient pas d'autres chats à fouetter. Cette enquête se révélait bien plus lourde qu'ils n'auraient pu l'imaginer. Avoir affaire à un tueur en série n'était jamais une perspective réjouissante, et il pouvait parfaitement comprendre pourquoi O'Brien voulait élucider les crimes aussi vite que possible.

Il était même question de demander à Jack Gorman de revenir de sa croisière d'anniversaire de mariage. Cela ne plairait pas du tout au vieil expert, Chris en était certain. Et d'ailleurs, il n'en voyait pas la nécessité. Selon lui, Reilly et son équipe faisaient du bon travail. Sans elle, ils n'auraient probablement pas établi le lien entre les trois affaires. Et faire intervenir ce profileur du F.B.I. était une excellente idée, malgré ce que pouvait en dire Kennedy.

Dans le fond du bureau, son coéquipier pestait encore contre cette maudite ingérence, mais Chris voyait bien que ce n'était que du vent. Kennedy avait aussi conscience que lui qu'ils n'avaient pas l'expérience nécessaire pour résoudre ce type d'affaire. Ils avaient besoin de toute l'aide qu'ils pouvaient recevoir.

Reilly s'affairait dans son labo, ne se souciant guère du remue-ménage qu'avait provoqué son appel à l'aide. En fait, elle avait été vraiment surprise que O'Brien accepte si vite de faire intervenir un profileur extérieur, avec lequel ils n'avaient jamais travaillé auparavant.

Elle avait gagné des points en faisant le lien entre les différentes enquêtes. Avec Chris Delaney et Karen Thompson de son côté, les autorités n'avaient d'autre choix que d'accéder à ses demandes. Ses supérieurs ne comprenaient pas à quoi ils avaient affaire et jusqu'à ce qu'ils le découvrent, ces meurtres grotesques allaient continuer. O'Brien était avant tout un homme politique, et Reilly imaginait qu'il voulait sortir de cette situation embarrassante sans tarder. Et surtout avant que la presse ne cherche à faire tomber des têtes (en premier lieu, celle du ministre de la Justice).

Si Daniel leur venait en aide, ils parviendraient sûrement à avancer plus vite et à trouver un élément qui leur permettrait d'épingler le tueur, une petite erreur qu'ils pourraient utiliser contre lui.

Ce matin-là, elle avait réuni son équipe pour faire le point, les dossiers de toutes les affaires étalés sur la table devant eux. Il était temps qu'ils élargissent leurs horizons et peut-être qu'elle découvre enfin quelque chose qui lui avait échappé.

— Alors, qui a fait ses devoirs ? demanda-t-elle.

Inévitablement, ce fut Gary qui prit la parole. Il remonta ses lunettes sur son nez et avança d'un pas.

— Sigmund Freud, fondateur de la psychanalyse moderne, est né le 6 mai 1856, dans une petite ville appelée...

— La bio, c'est top, et oui, c'est important que vous ayez une vue d'ensemble, mais en quoi cela concerne-t-il notre affaire ?

L'air déçu, Gary se tut.

— À cause du lien ? hasarda Lucy.

— En fait, vous avez raison Lucy, c'est bien le problème.

Comme tous l'interrogeaient du regard, elle développa.

— Nous savons qu'il existe un lien freudien – le livre, la citation, le cigare –, mais pas ce qu'il signifie. Voilà le problème.

— Vous voulez dire que le tueur essaye de nous dire quelque chose, mais nous ignorons quoi, suggéra Lucy.

— Oui.

— C'est comme une sorte de jeu du chat et de la souris, et il veut qu'on l'attrape, intervint Rory.

— J'ai déjà lu ça quelque part, ajouta Lucy en hochant la tête.

— Pas forcément, contredit Reilly. Les tueurs en série peuvent se montrer très organisés, même s'il y a un dérèglement évident dans la façon dont fonctionne leur personnalité. Ainsi, même s'ils souffrent d'un trouble antisocial de la personnalité, ce ne sont pas des malades mentaux.

— Donc, ils sont bizarres, mais pas fous ? reformula Lucy.

— On peut le voir comme cela en effet, confirma Reilly.

Rory affichait sa mine sérieuse habituelle.

— Alors, s'il ne veut pas qu'on l'attrape, pourquoi laisse-t-il des indices ? Pourquoi ne pas être aussi prudent que possible et ne nous donner aucune indication ?

— Cela vient en général d'un besoin psycho-pathologique de partager. Ils sont extrêmement excités par ce qu'ils font, mais ils ne peuvent tout de même pas se rendre au pub pour le raconter. Par conséquent, en nous laissant de petits indices, juste assez pour attirer notre attention, mais pas suffisamment pour se livrer, ils peuvent se rassurer en sachant que quelqu'un pense à eux.

Gary fit le tour de la table pour examiner les photos.

— À quoi pensez-vous ? demanda Reilly.

— Eh bien, j'imagine que vous avez plus d'expérience que moi dans ce genre de crime, mais j'ai lu que les tueurs en série appliquaient en général toujours le même mode opératoire et que cela apportait des informations sur leur façon de réfléchir.

— C'est vrai.

Elle ne pouvait pas dire le contraire, elle en savait plus sur le sujet qu'elle ne voulait le montrer.

— Alors, quel est le *modus operandi* de ce gars ?

— Bonne question. Des idées ?

— Je croyais que pour Freud, il n'y avait que le sexe qui comptait, finit par lancer Lucy. Et pourtant, le meurtre de Clare Ryan est le seul qui a un rapport direct avec le sexe.

Un long silence se fit durant lequel ils réfléchirent à ce que venait de dire la jeune femme.

— Ce n'est pas une pure question de sexe, contredit Gary. Il s'agit d'obliger quelqu'un à faire quelque chose qu'il ne veut pas.

Il aligna les photos.

— Regardez, le frère et la sœur, c'est comme si le tueur les avait obligés à avoir des relations sexuelles, avant de contraindre Justin à abattre sa sœur.

Il glissa une photo de la dernière victime sur la table.

— Et puis il a obligé ce type, Gerry Watson, à manger de la chair humaine...

Enfin, il s'empara de la photo de Jim Redmond.

— On pensait qu'il s'agissait d'un suicide, mais n'avez-vous pas découvert un problème d'homosexualité ?

— Nous attendons les résultats, mais il est possible que Jim Redmond ait eu des rapports anaux peu avant de mourir, répondit Reilly.

— Et si cela aussi avait été forcé ? Et qu'ensuite on l'ait obligé à se suicider ?

Reilly hocha la tête ; il avait à l'évidence un excellent argument.

— Nous ne savons pas encore si les rapports ont été forcés.

Ce fut Julius qui prit la parole après un court silence.

— Alors, qu'est-ce que tout cela nous révèle ? Que va-t-il faire ensuite ? C'est tout ce que nous cherchons à découvrir, non ?

— Exactement, acquiesça Reilly, pour que l'enquête passe d'un état réactif à un état actif.

Mais, étant donné le peu de résultats qu'ils avaient, où est-ce que cela les menait vraiment ? Qu'est-ce que le tueur allait faire maintenant ?

15

Une autre journée morne d'hiver à Dublin : la couverture de nuages noirs planait bas et l'air était chargé d'humidité, une légère bruine recouvrant les trottoirs et les voitures de sa fine pellicule d'eau.

Alors qu'il sortait, las, de sa voiture, Chris se posait les mêmes questions que Reilly. Où tout cela les menait-il ? O'Brien les harcelait, Kennedy et lui, à cause de la lenteur de l'enquête, et maintenant la presse, qui jusque-là s'était montrée globalement coopérative, devenait pressante, déplorant l'absence de suspects dans les affaires Ryan ou Gerry Watson. Chris craignait fort que les journalistes n'ouvrent les hostilités dès l'après-midi.

Il ferma la porte de la voiture, refit son nœud de cravate dans la glace de son rétroviseur et boutonna sa veste. Il ne s'était jamais senti à l'aise en costume, mais il n'avait pas le choix.

Satisfait par son air grave de circonstance, il traversa à pas lents la pelouse détrempée du cimetière, la bruine enveloppant la famille et les amis des défunts.

Il détestait se trouver là seul, mais Kennedy lui avait fait faux bond en prétextant une tonne de paperasserie qui s'accumulait. Il aurait pu demander à Reilly de l'accompagner, bien sûr, mais il n'avait pas réussi à s'y résoudre. De toute façon, rien ne garantissait que cela l'aurait intéressée. En quoi cet enterrement aurait-il pu aider son enquête ? Non, ce n'était pas juste de penser ainsi, elle n'était ni froide ni indifférente. Au contraire, elle était dévouée corps et âme à la recherche des réponses qui apporteraient enfin un dénouement à cette affaire.

Il s'arrêta à vingt mètres de la cérémonie, préférant garder ses distances.

Bernard et Gillian Ryan se tenaient tout près de la tombe, le reste de la famille derrière eux. Deux trous béants dans la terre attendaient d'accueillir les deux cercueils posés à côté d'eux.

Chris se cachait à moitié derrière un arbre, étant simplement là pour observer et faire acte de présence policière. En regardant les parents de Justin et Clare, il se sentit soulagé de ne pas avoir été celui qui leur avait annoncé la nouvelle de la mort de leur fils. Il n'osait pas imaginer ce que cela avait représenté pour Bernard d'avoir à identifier son fils, dont la moitié du visage manquait. Suivant les instructions de O'Brien, ils avaient décidé d'épargner à la famille la nature sexuelle du crime. Chris soupçonnait son *boss* de se soucier moins de la pudeur des parents que de la réaction des médias. Vu l'horreur des meurtres, à l'instar de celui de Gerry Watson, c'était bien mieux ainsi.

Le prêtre baissa la tête, termina sa prière et bénit tout bas les cercueils avant de reculer d'un pas.

Nerveuse, l'assemblée frémit sous son toit de parapluies noirs, alors qu'on descendait les deux jeunes dans leur dernière demeure, côte à côte.

Gillian Ryan pleurait, le corps secoué par de violents sanglots. Bernard l'entourait d'un bras et la serrait contre lui, un masque de froideur sur le visage, mais rien de ce qu'on pouvait faire ou dire ne réussirait à soulager la douleur d'une mère qui enterre ses deux enfants. Chris les observait, se demandant comment il était possible de survivre à une telle tragédie.

Il tenta de trouver une position plus confortable, mais n'y parvint pas. Ses jambes le faisaient constamment souffrir désormais, qu'il soit épuisé à la fin d'une journée ou simplement après une bonne nuit de sommeil.

Le fait qu'il n'ait pas beaucoup dormi la nuit précédente n'aidait pas. Chris fronça les sourcils en repensant au message qu'il avait trouvé sur son répondeur en rentrant chez lui.

« C'est moi, Mélanie », annonçait son ex-petite amie, comme s'il avait pu ne pas reconnaître sa voix. Pourtant, cela faisait si longtemps qu'il ne l'avait plus entendue qu'il fut pris au dépourvu. Abasourdi. « Je voulais juste... Je ne sais pas trop pourquoi je tenais à te le dire, mais je pensais juste que tu avais le droit de savoir. » Elle hésita avant de continuer. « Pete m'a demandée en mariage et j'ai dit oui. Et... eh bien, je suis enceinte. » Chris essayait de trouver une réaction adaptée à cet appel, et une explication aussi. « Mais ce n'est pas pour cela qu'on se marie, ça n'a rien à voir... »

Chris était allé à la fenêtre, mais il ne voyait rien.

« Voilà, je pensais que ce serait bien de te le dire », continuait-elle, et le malaise dans sa voix était palpable. « C'est bête, je sais, mais j'imagine que je ne voulais pas que tu l'apprennes par quelqu'un d'autre. Bref... je ferais mieux de raccrocher. J'espère que pour toi, tout va bien. »

Il était resté à la fenêtre un long moment, avant de retourner vers son répondeur pour effacer le message.

Essayant de se sortir cet appel de la tête (qu'est-ce que cela pouvait faire, après tout ?), il regarda autour de lui et ce fut là qu'il les vit. Ils se déplaçaient comme un troupeau de hyènes qui venaient de repérer une carcasse fraîche.

Les journalistes étaient arrivés.

Il se dépêcha de traverser la pelouse pour les intercepter.

— Inspecteur Chris Delaney, annonça-t-il en brandissant son badge. Pourriez-vous laisser la famille en paix et leur permettre de bénéficier d'un peu d'intimité, s'il vous plaît ?

Une pluie de questions s'abattit alors sur lui.

— Est-ce qu'ils se sont entre-tués ?

— S'agissait-il d'un pacte suicidaire ?

— Y avait-il une troisième personne impliquée ?

Ils étaient si bruyants et insistants que plusieurs membres de la famille se retournèrent pour voir d'où venait le brouhaha. Chris se fraya un chemin parmi les reporters pour tenter de les éloigner de la cérémonie.

— Si vous voulez bien me suivre, j'accepterai de répondre à toutes vos questions.

À contrecœur, tels des enfants frustrés de ne pas pouvoir se livrer à leur jeu favori, les journalistes s'exécutèrent.

Une fois qu'ils furent à une distance respectable, Chris leur fit face.

— Très bien, une question à la fois.

— Est-ce vrai que Justin a tué Clare pour ensuite retourner l'arme contre lui ? demanda Morag Doyle, un journaliste au bras long du *Irish News*.

— L'enquête suit toujours son cours, mais c'est une éventualité.

Un visage qu'il ne connaissait pas se dégagea du groupe, un jeune type avec des boucles épaisses et une expression avide.

— Est-ce vrai qu'il y aurait une troisième personne impliquée ? Et que ce serait elle qui aurait tué les deux autres ?

Chris pesta en lui-même. Il avait gardé l'espoir que cette information était restée secrète.

— Nous n'avons encore aucune preuve, mais nous restons ouverts à toutes les possibilités.

— Y a-t-il un lien entre ces meurtres et celui, plus récent, du campeur ?

Et puis quoi encore ? Mais où est-ce qu'ils pêchent leurs tuyaux ? se demanda Chris. *Il est absolument impossible de faire un rapprochement entre les deux affaires, à moins que...* Il maudit l'imbécile au département qui avait ouvert sa foutue bouche. On trouvait toujours un officier, après deux ou trois bières au pub le samedi soir, qui s'oubliait et fanfaronnait, lâchant autant de détails sur les affaires en cours que les autres clients voulaient en entendre.

— Il n'existe absolument aucune similarité entre les deux meurtres.

Le mensonge lui vint avec une aisance surprenante.

— C'est comment de travailler avec la nouvelle experte médico-légale ? Plutôt canon, vous ne trouvez pas ?

Chris ne put réprimer un sourire. C'était de nouveau le jeune journaliste.

— De qui parlez-vous exactement ?

— Reilly Steel. J'ai entendu dire que ses méthodes sont pour le moins surprenantes.

— Mais qui êtes-vous ?

— Ronan Cassidy, du *Clairon*.

— Eh bien, monsieur Cassidy, laissez-moi tout d'abord vous préciser que l'apparence physique de Mlle Steel n'a absolument rien à voir dans cette affaire. Ses résultats impressionnants au sein du F.B.I. sont en revanche bienvenus dans le cas présent.

Mais avant même que Chris n'ait fini sa phrase, il avait perdu son auditoire. La cérémonie venait de prendre fin et les journalistes se ruaient à présent sur la famille.

Morag Doyle tapota l'épaule de Chris en prenant congé.

— Bien tenté, Delaney, mais ce n'est pas avec des platitudes de ce genre que vous pourrez distraire ces gars-là.

Les vagues étaient parfaites, se cassant de gauche à droite à environ trente mètres de la côte et balayant la baie. Allongée sur sa planche, Reilly attendait la prochaine déferlante, se laissant tranquillement porter par la houle de l'océan. La voilà… Elle commença à ramer fort, sentant l'eau la soulever alors qu'elle prenait de la vitesse et elle se prépara à se mettre sur ses pieds.

Mais quelque chose n'allait pas. Malgré tous ses efforts pour ramer, elle n'avançait pas. La vague grossissait encore et encore, menaçante au-dessus d'elle, et elle restait coincée sur sa planche, incapable de se lever, incapable de la piloter.

Elle essaya encore plus fort, en vain. Elle leva les yeux : un grand mur d'eau, haut et vert, s'érigeait devant elle, la boucle blanche du brisant se formant déjà alors qu'il se refermait sur elle.

Dans un fracas, la vague l'engloutit, l'arracha à sa planche, s'empara d'elle pour la secouer dans tous les sens. Elle tournoyait, manquait d'air, à bout de souffle et aveuglée par la montagne d'eau salée et de sable.

Reilly s'assit dans son lit en haletant, surprise et désorientée. Elle parcourut du regard sa chambre, méconnaissable dans le noir. La sonnerie du téléphone la sortit de son cauchemar. Elle se saisit du combiné.

— Reilly Steel.

— Reilly ? Je vous réveille ? demanda Chris, de sa voix calme qui la ramena à la réalité.

— Chris ? Quelle heure est-il ?

— Un peu plus de 3 heures. Désolé de vous réveiller.

Elle repoussa ses cheveux en arrière, essayant d'effacer les images de sa noyade et de se concentrer sur ce qu'il disait. Un autre rêve perturbant. Pas bon, tout ça.

— Pas de problème, je le méritais bien, affirma-t-elle, sans rien laisser paraître de son trouble. Vous avez du nouveau sur l'un des meurtres ?

— Oui et non, lança-t-il d'un ton désabusé. On a un autre meurtre, et même si je déteste tirer des conclusions hâtives, il est assez bizarre pour être l'œuvre de notre tueur...

16

Reilly roulait dans les rues sombres, perturbée et désorientée, et ce n'était pas seulement parce qu'elle n'avait pas l'habitude de conduire de ce côté-ci de la route. L'étrangeté de l'affaire la déroutait. Elle fit l'inventaire de tout ce qu'ils avaient jusque-là sur les différents meurtres. Quel était le fil conducteur ? Qu'est-ce que le tueur avait en tête, qu'est-ce qu'il cherchait à leur dire ? Et si tout était gratuit ?

Avec le lien freudien, il était difficile de croire qu'aucun message ne se cachait derrière ces meurtres étranges. Mais si le tueur avait de nouveau frappé, et tellement vite, cela voulait dire qu'ils avaient encore un temps de retard et ne faisaient que réagir aux caprices d'un dément.

Elle trouva facilement la maison. Quatre ou cinq voitures de police éclairaient la rue de leurs gyrophares, inondant de lumière bleue un petit groupe de curieux, qui, malgré l'heure, avaient été attirés par la scène, espérant avoir la chance d'apercevoir quelque chose d'épouvantable. Elle ne doutait pas que la presse soit aussi dans les parages.

Reilly stationna sa voiture derrière le barrage de véhicules de police, s'empara de son sac à l'arrière et prit un moment pour regarder autour d'elle.

La maison était petite, au bout d'une rue résidentielle calme, dans une partie plus ancienne de la ville, sans doute habitée en majorité par des retraités : les jardins débordaient de rosiers, les pelouses étaient bien tondues et des rideaux fleuris démodés encadraient les fenêtres. Le numéro 47 se tenait seul au bout d'un cul-de-sac, une bâtisse en briques rouges avec un jardin bien entretenu, une grille en fer forgé noire et une étroite allée qui longeait un parterre de fleurs jusqu'à la porte d'entrée.

Les officiers en uniforme s'écartèrent pour la laisser passer. Chris l'attendait sur le pas de la porte.

— Hello, salua-t-il. Vous avez fait vite.

— Vous avez l'air fatigué, lança-t-elle après l'avoir observé.

— Et comment faire autrement ? Il n'est que 4 heures du mat.

Elle le suivit dans le couloir, calme et paisible, presque serein après le brouhaha de l'extérieur. Il referma la porte derrière eux, les isolant aussitôt du bruit et des lumières. Deux policiers montaient la garde devant une porte.

— Contrairement au dernier site, on a réussi à ne rien toucher.

— Les victimes sont mortes depuis un moment pourtant, rétorqua Reilly en humant l'air.

— Les officiers sont venus dans le cadre d'un avis de recherche. Ils ont regardé par la fente de la boîte aux lettres ; c'est l'odeur qui les a alertés, expliqua-t-il en la laissant passer. Une fois à l'intérieur, il leur a suffi d'un regard pour se dire que c'était pour nous.

Chris s'arrêta devant la porte et fit un signe de la tête aux policiers. Une main sur la bouche, l'un d'eux ouvrit.

La puanteur, déjà forte dans la maison, s'échappa de la chambre comme une rafale. Réprimant sa nausée, Reilly pénétra dans la pièce. Une lumière rouge criarde baignait la scène.

Un nouveau tableau insolite. La pièce n'était éclairée que par une cheminée électrique, qui produisait une chaleur étouffante, à l'origine sans doute de la décomposition rapide des corps. Ils étaient en effet à un stade avancé de putréfaction, à la fois bouffis et verdâtres.

Reilly se tenait sur le seuil, luttant pour ne pas vomir. Deux personnes étaient assises à une table, et malgré leur état, elle vit tout de suite que l'une d'elles était âgée : une vieille femme frêle avec des cheveux gris et fins. L'autre était aussi une femme, vêtue d'une blouse blanche, bien bâtie, à première vue la quarantaine, même si son âge n'était pas évident à établir.

Chris se tenait aux côtés de Reilly. Il semblait troublé.

— Selon les voisins, les victimes sont...

Reilly leva la main pour l'interrompre.

— Donnez-moi une minute. Je voudrais jeter un œil ici avant d'apprendre quoi que ce soit et avant qu'ils ne débarquent tous.

— D'accord, vous voulez que je... ? demanda-t-il en montrant la porte.

— Si cela ne vous dérange pas.

Il la laissa seule, refermant derrière lui. Elle fit lentement le tour de la pièce, la lumière rouge de la cheminée faisant danser son ombre sur le mur opposé. Ses sens à l'affût, elle s'imprégnait de la scène.

La vieille dame ne présentait aucun signe de traumatisme, pas de coup de poignard, ni de blessure par balle, rien qui permît d'identifier la cause de la mort. Elle n'avait même pas l'air affligée. En fait, son visage affichait une expression quasi paisible, comme si sa mort représentait un soulagement pour elle. Dans sa robe à fleurs et sa polaire bleu marine, elle ressemblait à des centaines d'autres vieilles qu'on pouvait croiser dans les rues de Dublin tous les jours.

La plus jeune des deux était penchée en avant, appuyée sur la table, les bras tendus le long de son corps, ses cheveux noirs cachant son visage. À y regarder de plus près, sa blouse blanche devait être celle d'une infirmière. Elle portait des chaussures à semelle en caoutchouc pour pieds sensibles, et pas de bijou.

Malgré la décomposition, Reilly put constater qu'elle avait été tuée d'une balle dans la tête, tout comme Justin Ryan. Mais cette nouvelle victime avait également une blessure par balle au pied. De quoi s'agissait-il ?

Elle recula de quelques pas, observa l'ensemble et poussa un soupir. Cette fois encore, les victimes n'avaient rien de criminels ou de drogués dont les activités frauduleuses mettaient leur vie en danger. Elles avaient plutôt l'air de personnes normales menant une vie simple qui avaient été forcées à jouer un rôle dans cette horreur indescriptible. Chris avait raison, l'aspect ordinaire des victimes suggérait que c'était bien leur tueur qui avait de nouveau frappé.

Gardant cela à l'esprit, elle balaya la pièce du regard, à la recherche de ce qui pourrait lier ces meurtres aux autres. N'importe quel indice freudien, par exemple.

Après quelques minutes, ses yeux se posèrent sur un canapé recouvert de photos. Reilly s'approcha. Elles semblaient très vieilles, des scènes de famille en noir et blanc d'une autre époque. Un père et sa fille qui marchaient dans une rue, les mêmes personnes élégamment vêtues pour un portrait de famille. En se penchant, elle vit que plusieurs des clichés étaient abîmés, déchirés, mutilés même. Quelqu'un ou quelque chose avait-il été retiré, évincé de la vie de la vieille dame ?

Les laissant là pour l'instant, elle se retourna vers la femme âgée avant de scruter une nouvelle fois la pièce. Elles se trouvaient clairement dans sa maison à elle. Tout ici le suggérait, depuis les rideaux en dentelle jusqu'aux meubles en bois sombre, en passant par la théière en porcelaine et les napperons sur la table.

Reilly s'avança vers la cheminée. Plusieurs photos encadrées en noir et blanc trônaient sur le rebord, certaines de la même collection que celles étalées sur le canapé. Il devait par conséquent s'agir de la famille de la vieille dame, sans doute des photos de son enfance, de ses parents.

— Chris, appela Reilly et elle attendit un moment qu'il revienne. Je crois que j'ai trouvé quelque chose.

Il avança dans la pièce et suivit son regard vers le canapé.

— Vous parlez de ces photos ? Qu'est-ce qu'elles ont ?

— Jetez-y un œil, mais veillez à ne rien toucher.

— Bien sûr.

Il s'exécuta.

— Qu'est-ce que je suis supposé y voir ?

— Eh bien, que voyez-vous ?

— De vieilles photos de famille, certaines très anciennes, d'autres cornées.

— Abîmées par l'âge ou à dessein, selon vous ?

— Maintenant que vous le dites, lança-t-il en y regardant de plus près, je pencherais pour la seconde hypothèse. Vous pensez qu'elles appartiennent à la vieille dame ? demanda-t-il en s'éloignant.

Elle imaginait l'effort qu'il devait faire pour ne pas les prendre.

— Je dirais qu'il doit s'agir de clichés de son enfance.

— Pourquoi ont-elles été déchirées comme ça ? Vous avez une idée ?

Reilly se dirigea vers la cheminée pour lui montrer un portrait de famille.

— Regardez, voilà la famille au complet, mais dans celles-là, quelqu'un a été retiré, affirma-t-elle en désignant les photos sur le canapé.

— La mère, lancèrent Chris et Reilly à l'unisson. La mère a été supprimée de toutes les photos, continua Chris seul.

— Exactement. C'est encore du Freud. L'un des piliers des théories psychanalytiques, c'est que l'enfance a des effets prédominants sur tout ce que nous faisons, notre façon de nous comporter adultes.

— Vous êtes sûre que ce n'est pas un peu tiré par les cheveux ? Je veux dire, vous ne forcez pas un peu la connexion ? Tout cela pourrait n'être qu'une coïncidence.

— Je sais, concéda-t-elle dans un soupir.

Elle avait pensé la même chose. Peut-être qu'elle cherchait trop de liens. Dieu sait que Daniel l'avait mise en garde contre ce genre de travers, contre la tentation de faire correspondre le crime aux circonstances plutôt que de l'aborder l'esprit libre et sans idées préconçues. C'était une erreur de débutante qu'elle n'avait plus le droit de commettre.

— Écoutez, on va prendre ça en compte, mais je ne vais pas automatiquement présupposer qu'on a affaire au même gars.

— Vous avez raison. C'est juste que... Enfin... Tout cela me met les nerfs en boule. Je n'aime pas qu'on se joue de moi.

— Je comprends, c'est pareil pour moi. Et je ne vous raconte même pas l'effet que ça a sur Kennedy.

Elle le gratifia d'un demi-sourire.

— Il est où d'ailleurs le pauvre bougre, ce soir ?

— À côté. Il interroge les voisins. Il vaudrait mieux que je vous prévienne tout de suite, il ne se réjouit pas de l'intervention de votre profileur. Il n'est pas ravi qu'on piétine nos plates-bandes...

— Ce n'est pas cela du tout, s'offusqua Reilly. Daniel ne compte piétiner les plates-bandes de personne. Et malgré ce que peut penser Kennedy, ou les autres, nos chances de coincer le tueur sont bien meilleures avec lui à nos côtés.

— Vous connaissez Kennedy, pas très à l'aise avec l'approche émotionnello-sensitive, plaisanta Chris.

Reilly se consola en pensant que Chris, lui, était moins sceptique. Ce qui était important puisqu'ils devaient travailler en équipe.

— Et en parlant d'approche sensitive, en supposant que cette histoire de mère supprimée soit vraiment liée à Freud, où cela nous mène-t-il ?

— Absolument nulle part, avoua Reilly, sentant le découragement l'envahir.

Bien plus tard, Chris et Reilly sortirent dans l'air frais de la nuit, tous deux soulagés de quitter l'atmosphère pestilentielle de la maison. Karen Thompson venait d'arriver.

— Courage, lança Chris.

La légiste lui adressa un regard interrogateur.

— La cheminée était allumée, expliqua-t-il en indiquant la maison d'un signe de la tête. On se croirait dans un sauna à l'intérieur. Ça a complètement faussé l'heure de la mort.

— À chaque cas ses difficultés, rétorqua Karen, philosophe. C'est ce qui rend ce boulot si amusant, non ? ajouta-t-elle, pince-sans-rire en jetant son sac par-dessus son épaule.

— Il a du mérite son mari, commenta Chris, une fois la légiste à bonne distance.

— Le mari de qui ? interrogea Reilly.

— Eh bien, si je me réveillais dans la nuit et que j'avais Karen Thompson à côté de moi, j'aurais peur qu'elle se mette à peser mes organes, si vous voyez ce que je veux dire...

— Je ne vois pas, non, rétorqua Reilly en souriant. Bon, que sait-on d'autre au sujet des victimes ? interrogea-t-elle, se demandant si les informations que lui apporterait Chris concorderaient avec ses premières impressions.

Il s'assit sur le capot de sa voiture pour consulter ses notes.

— La vieille dame s'appelait Vera Miles. 87 ans. La maison est à elle, ajouta-t-il avant de tourner la page. La jeune femme était sa nièce, Sarah Miles, 45 ans.

Il fourra son bloc-notes dans la poche de sa veste.

— Sarah est infirmière, on a signalé sa disparition il y a une semaine environ. Apparemment, un jour, elle n'est pas venue à l'hôpital.

— Mari, petit ami ?

— Non, célibataire, sans enfant. Elle vivait seule. Pas facile pour une enquête sur une personne disparue. Et la nuit dernière, quelqu'un a repéré sa voiture garée ici, expliqua-t-il en montrant derrière son épaule. Elle y était depuis plus d'une semaine, du coup les policiers sont venus vérifier.

Reilly balaya la rue du regard. Calme et résidentiel, le genre d'endroit où chacun reste chez soi.

— Les voisins ont vu quelque chose de suspect ?

— Personne ne sait rien, grommela Kennedy en arrivant derrière eux.

Il se hissa sur la voiture à côté de Chris et les suspensions râlèrent.

— Mme O'Shaughnessy, de l'autre côté de la rue, affirme que la voiture est là depuis des jours. Elle dit qu'au début cela ne l'avait pas alarmée, parce qu'il était déjà arrivé que Sarah la gare ici avant de partir en vacances. C'est une rue calme proche de l'aéroport, donc rien de surprenant. En fait, j'ai surtout entendu plein de foutaises : ce genre de chose n'arrive jamais par ici. Il n'y a pas de personnes plus gentilles, plus généreuses que les victimes, elles donnaient de l'argent aux œuvres caritatives et tout le monde les adorait. C'est drôle comme ces compliments ne ressortent qu'après la mort.

— Quand Sarah a-t-elle disparu ?

— Elle a été portée disparue par un collègue, il y a cinq jours, répondit Kennedy.

— Alors, ce qui s'est passé date sûrement d'avant. Peut-être une semaine ou plus. En tout cas, ça explique la décomposition.

— Vous avez trouvé quelque chose d'intéressant à l'intérieur ? interrogea Kennedy.

— L'équipe n'est pas encore arrivée, alors ce n'est pas facile à dire, mais juste à titre d'information...

Elle s'interrompit pour regarder Chris.

— Je pense qu'il pourrait y avoir un lien avec les autres meurtres, poursuivit-elle.

— Vous plaisantez ! lança Kennedy en fixant tour à tour Reilly et Chris. Vous pensez sérieusement que c'est le même tueur ?

— On ne peut pas exclure cette éventualité, affirma Chris sur un ton calme qui n'empêcha pas Kennedy de s'arracher les cheveux.

— Écoutez, Steel, vous pouvez dire que je suis de la vieille école, mais les preuves physiques, pour moi, priment toujours sur le reste.

Il se redressa et la regarda droit dans les yeux, le doute sur son visage accentué par la lumière orange des lampadaires.

— En fait, inspecteur... essaya-t-elle de dire avant qu'il ne la coupe.

— Tout ce que je dis, c'est qu'il y a un risque que l'enquête devienne trop étroite. Où en sommes-nous avec ces fragments de peinture et de poils ? On arrive à les identifier ?

— Je peux vous assurer que mes techniciens y travaillent d'arrache-pied. Nous étudions toujours les pièces à conviction du campeur, ce qui présente plus de difficultés parce que cela s'est passé à l'extérieur. Bien sûr, nous devrons également analyser les éléments sur ce site. Pour l'instant, ce que nous avons, c'est ce que j'ai réussi à établir lors de ma première observation.

Même si elle comprenait la perplexité de Kennedy, elle avait la conviction au fond d'elle-même que ce meurtre pouvait être attribué à leur tueur.

— D'accord, d'accord. C'est quoi cette fois ? demanda-t-il à contrecœur.

Elle lui expliqua pour les photos et ce qu'elles pouvaient signifier.

— Oui, je sais que ce n'est pas bien lourd et je ne vous en veux pas d'être sceptique. Laissez juste mon équipe inspecter les lieux de fond en comble pour voir ce qu'ils trouvent. On pourra trancher par la suite. Mais, lien ou pas, il pleut bien trop de cadavres par ici à mon goût, conclut-elle en fourrant les mains dans ses poches.

Encore une fois, ce fut grâce aux résultats de la légiste quelques jours plus tard qu'ils en eurent le cœur net.

On tapa discrètement à la porte de Reilly qui leva les yeux pour voir Karen Thompson passer la tête dans le bureau.

— Pourriez-vous m'accorder quelques minutes ?

— Bien sûr, entrez.

Vêtue toujours aussi sobrement, avec son tailleur gris, Karen fit quelques pas en avant. L'expression grave sur son visage s'assortissait parfaitement à sa tenue.

— Je voulais vous informer en personne que nous avons reçu les résultats toxicologiques pour Vera Miles et la cause de la mort semble être une overdose de barbituriques.

— La vieille dame est morte d'une overdose de médicaments ? s'étonna Reilly.

— Oui. Mais le plus intéressant, c'est qu'*a posteriori* je me suis rendu compte que cette substance était également présente dans les analyses des Ryan, Redmond et Watson.

— Quoi ?

— Pour être honnête, je suis vraiment furieuse qu'on ait laissé passer ça, mais les traces étaient vraiment très faibles chez les autres victimes, et ce n'est pas du tout le genre de chose qu'on s'attend à trouver...

— Qu'y a-t-il, Karen ? demanda Reilly, complètement bouleversée par ces révélations.

— Les barbituriques sont communs dans les somnifères et les antidépresseurs et les taux relativement bas chez les autres victimes ne m'ont pas alertée. Mais, comme nous avons constaté des similarités, j'ai demandé au labo de procéder à des analyses croisées de façon systématique pour tout ce qui se présente de nouveau. D'où ces résultats.

— Donc, vous voulez dire que le médicament qui a tué Vera Miles se trouvait également dans l'organisme des autres victimes ? C'est lequel ?

Karen ouvrit le dossier qu'elle glissa devant Reilly. Elle posa le doigt sur la partie concernée.

— Du pentobarbital.

Reilly leva la tête vers elle, au comble de l'effroi.

— Suffisamment pour tuer Miles, mais bien trop peu pour les autres. Je ne sais pas si vous en connaissez les effets, mais ça expliquerait certainement comment le tueur a pu contraindre les victimes...

Reilly n'avait pas besoin d'en lire plus pour savoir que Karen avait raison. Le pentobarbital était le choix idéal.

17

— Mais c'est quoi ça, pentobarbidule ? interrogea Kennedy, les sourcils froncés.

— Pentobarbital, corrigea Reilly, prudente. C'est un barbiturique. Il peut être utilisé comme drogue euphorisante. Apparemment, en petite dose, ça permet de planer, mais en général ce sont les vétérinaires qui s'en servent pour piquer les animaux.

Chris se pencha sur son siège pour regarder Reilly.

— Ça nous aide pour retrouver notre tueur ? Je veux dire, ce médicament est-il limité à l'usage des vétérinaires ?

— Pas particulièrement. Parfois, on l'utilise à l'hôpital comme anesthésiant, mais j'imagine que si quelqu'un voulait vraiment s'en procurer, il n'aurait qu'à en chaparder chez le vétérinaire du coin.

— Alors, comment l'administre-t-on ?

— Par injection. Karen relit chaque rapport d'autopsie pour voir si elle trouve des marques qui indiqueraient une piqûre d'aiguille. Si elle en trouve, et elle est sûre d'en trouver, alors nous aurons une preuve solide pour relier les différents meurtres.

Une fois la confirmation des résultats arrivée, Reilly se promit d'appeler Daniel pour l'informer de cette nouvelle découverte afin qu'il puisse établir son profilage en connaissance de cause. Elle imaginait bien que la dimension de « contrôle », même s'il passait par des substances chimiques, serait d'une importance capitale pour lui.

— Donc, ce médicament... Enfin, c'est grâce à ça qu'il a réussi à convaincre Clare et Justin Ryan de... ? demanda Chris sans finir sa phrase. Vous pensez qu'ils étaient conscients de ce qu'ils faisaient ?

— Je pense, oui. La contrainte semble être un élément principal dans le mode opératoire du tueur. Ça l'a certainement été dans ce cas-là, tout comme dans celui de Watson, et probablement dans le prétendu suicide de Redmond.

— Et pour les Miles ? Quel était l'intérêt de les droguer ? demanda Kennedy. Rien dans ce que j'ai vu ne suggère la contrainte.

— Je sais, je me posais la même question, acquiesça Reilly en sirotant son café, avant de regarder autour d'elle. Auriez-vous une pièce vide, un endroit isolé où nous pourrions être au calme ?

Chris la fixa, intrigué.

— On peut utiliser la salle d'interrogatoire au bout du couloir. Elle doit être vide à cette heure-ci. À quoi pensez-vous ?

— Si nous voulons comprendre comment ça s'est passé, je pense qu'il faudrait procéder à une reconstitution.

— Vous plaisantez ? s'insurgea Kennedy.

— Pourquoi ? Toi, tu vois parfaitement ce qui s'est passé ? intervint Chris. Tu pourrais nous le décrire ?

— Oui, enfin, tu sais...

— Alors, vas-y, on t'écoute, pressa Chris. Comment, même avec cette drogue, on peut obliger un grand type comme Watson à manger de la chair humaine ? Comment tu forcerais Jim Redmond à se suicider, toi ? Ou Clare et Justin à...

— C'est bon, j'ai compris, coupa-t-il avant de se tourner vers Reilly, maussade. Qu'est-ce que vous voulez qu'on fasse, alors ?

Quelques minutes plus tard, les inspecteurs étaient assis à une extrémité de la longue table, et Reilly se tenait debout à l'autre.

— Disons que vous êtes Gerry Watson...

— Je ne vais rien devoir manger, rassurez-moi, plaisanta Kennedy.

Reilly le gratifia sur-le-champ d'un regard d'institutrice en colère. Il leva les mains en l'air en signe de reddition.

— D'accord, d'accord, je suis Gerry Watson.

Elle ouvrit son sac à main pour en sortir son portable.

— Maintenant, imaginons que c'est une arme…

— Sacrés Américains, toujours besoin d'une arme !

Elle s'arrêta, perplexe.

— Je pensais que c'était une donnée de base. Comment, sinon, le tueur aurait-il pénétré dans la tente sans bagarre ?

— Eh ! Moi, je vous laisse entrer dans ma tente quand vous voulez. Vous n'aurez même pas besoin de pistolet, plaisanta Kennedy, une nouvelle fois.

Chris rit avec lui, mais ils s'arrêtèrent aussitôt en voyant l'expression grave sur le visage de Reilly.

— Quoi ? lança Chris.

— Mais c'est vrai, murmura-t-elle. Comment n'y ai-je pas pensé plus tôt ?

— Quoi ? répétèrent-ils en chœur, pas sûrs de comprendre où elle voulait en venir.

— Jusque-là, on supposait que le tueur agissait seul, mais peut-être a-t-il un complice, ou un coéquipier ? Quelqu'un qui l'aide avec les victimes, pour les choisir, les sélectionner. S'ils utilisent du pentobarbital, alors ils n'ont pas besoin d'être particulièrement costauds.

Sa remarque les plongea dans le silence. Chris et Kennedy échangèrent un regard, analysant l'hypothèse de Reilly.

— Et avec une femme pour complice, trouver les victimes serait beaucoup plus facile, suggéra Chris, tout à ses pensées. Dans le cas de Watson, c'est certain. Peut-on dissimuler ce médicament dans une boisson ?

Reilly hocha la tête, comprenant ce qu'il avait en tête.

— Vous pensez qu'il s'est fait draguer et que le tueur aurait pu verser la substance dans son verre ?

— C'est une possibilité, répondit Chris en haussant les épaules.

Ils réfléchirent un moment à la situation en silence.

— Et pour les deux autres, les Miles et les Ryan, en quoi une femme aurait-elle pu apporter quoi que ce soit ?

— On fait plus confiance aux femmes qu'aux hommes. Cela l'aurait aidée à s'introduire chez la victime, et une fois à l'intérieur...

— Celui qui fait le sale boulot intervient, termina Chris.

— C'est mon idée, confirma Reilly dans un soupir. Bien sûr, nous savons qu'au moins un des deux est armé.

— Intimidation ?

— C'est la meilleure méthode que je connaisse pour contrôler quelqu'un.

— Et sûrement le seul moyen pour contraindre Clare et Justin à faire ce qu'ils ont fait, ajouta Chris doucement.

— Et ça explique la blessure de Sarah Miles au pied. Peut-être qu'elle refusait d'obéir, déclara Reilly, tapant son propre pied contre le plancher.

— Vous pensez qu'il voulait la forcer à faire quoi ? demanda Kennedy. S'il a forcé les Ryan à faire des cochonneries, Redmond à se suicider et Watson à manger... enfin, vous savez... Alors, c'est quoi la torture pour ces deux dames ?

Reilly se posait la même question. Elle avait son idée là-dessus, mais elle espérait que la conversation d'aujourd'hui la contredirait.

— Pentobarbital, lança Chris au bout d'un moment, rompant le silence. Vous avez dit que les vétérinaires s'en servaient pour piquer les animaux ?

— En effet, confirma Reilly, impressionnée qu'ils soient sur la même longueur d'onde.

— Est-ce qu'il a les mêmes effets sur les humains ?

— Si la dose est forte, oui.

— Alors, imaginons qu'ils ont essayé de forcer Sarah à injecter cette drogue à sa tante. Infirmière, elle ne pouvait pas en ignorer les conséquences.

— Première règle de la médecine, « ne pas nuire », déclara Reilly, fixant l'inspecteur dans les yeux. Bien sûr ! Notre tueur a voulu que Sarah anesthésie la vieille dame.

18

Si Reilly était enthousiasmée par les progrès de l'enquête, elle ne le montrait pas. Suite à la révélation que la drogue avait dû être utilisée pour tuer Vera Miles, elle avait demandé à Rory de renseigner les autres sur le pentobarbital. Il se tenait à présent devant eux, solide et droit dans son pull noir, avec ses grosses mains feuilletant ses notes, clairement mal à l'aise.

— Les vétérinaires se servent du pentobarbital de sodium comme anesthésiant, mais pour euthanasier, ils l'utilisent soit seul, soit en combinaison avec d'autres substances telles que la phénytoïne, en solution injectable. On peut le trouver dans le commerce sous les noms d'Euthasol, Euthatal, Euthanal...

— Donc ils s'en servent pour tuer les animaux, interrompit Lucy.

— Oui. Ainsi que pour l'euthanasie des êtres humains dans les pays où c'est autorisé et dans certains États d'Amérique, répondit-il avant de jeter un œil à ses notes. En Chine, on l'utilise également parfois pour les injections mortelles, bien que...

— Les meurtres des Miles, ce n'est rien d'autre, intervint soudain Julius.

Il prenait si rarement la parole spontanément que tous les autres le fixèrent, ébahis.

— Comment cela ? questionna Lucy.

— L'euthanasie, affirma-t-il en posant le dossier ouvert sur le bureau. Sarah Miles était infirmière, et il est indiqué ici que Vera avait plusieurs problèmes physiques… Hypertension, angine de poitrine, emphysème…

— Donc, le tueur a obligé sa nièce, une infirmière, à la tuer ?

— Serment d'Hippocrate, lança Reilly, ravie qu'ils aient compris aussi vite. Première règle : ne pas nuire.

— Encore une fois, comme pour les Ryan et les autres, il oblige quelqu'un à commettre un acte qu'il lui répugne de faire, déclara Gary.

— Absolument, mais il y a un autre niveau à considérer, bien plus profond, et c'est là où Freud entre en scène.

— Les tabous, déclara Daniel.

— Pourquoi as-tu besoin de me dire ce que je viens de trouver ? questionna Reilly, mi-amusée, mi-agacée.

Le rire de baryton du profileur résonna dans l'appareil.

— Je n'avais pas tout de suite compris. Un homicide-suicide avec un inceste et une trajectoire de tir surprenante, un suicide forcé avec peut-être un homosexuel refoulé… et ensuite ce gars, comment s'appelle-t-il déjà ?

— Gerry Watson.

— C'est ça. Le pauvre gars a été forcé de jouer les Hannibal Lecter. C'était tellement cryptique… Tu as vraiment fait un boulot incroyable. La plupart des gens n'y auraient vu que des coïncidences.

— Merci, lança Reilly en souriant malgré elle.

Même maintenant, recevoir un compliment de son ancien prof lui donnait l'impression de redevenir une étudiante désireuse de se faire bien voir.

— Et il a de nouveau frappé. Déjà…

Elle avait presque l'impression de l'entendre se redresser pour écouter attentivement.

— Déjà ? Quatre meurtres distincts en deux semaines ? Il ne perd pas de temps celui-là !

— C'est encore un double homicide. Une infirmière a été contrainte de tuer sa tante.

Il mit un moment avant de réagir.

— Laisse-moi deviner, la tante était une vieille dame malade ?

— Exact.

— Donc, le tabou, cette fois, ce serait l'euthanasie.

— En effet, c'est à cela qu'on a pensé.

— Je crois qu'on aurait tous les deux besoin de revoir un peu nos classiques, suggéra Daniel. Vous avez entendu parler de *Totem et Tabou* ?

— Bien sûr.

Reilly savait bien que *Totem et Tabou* était un des plus célèbres livres de Freud. Publié en 1913, il s'agissait d'une application de la psychanalyse à l'archéologie, l'anthropologie et l'étude des religions. Freud y étudiait l'occurrence des tabous dans plusieurs régions du monde, s'interrogeant sur leur importance et leur pertinence à la fois pour les individus et pour la société.

Tabou... Le mot continuait à résonner dans la tête de Reilly.

— J'étais sur le point de t'envoyer un premier profil basé sur mes conclusions initiales, mais au vu de ces nouvelles informations et de ces nouvelles preuves, je pense qu'on peut clairement dire que c'est la même personne qui est impliquée dans tous ces meurtres.

Reilly se sentit soulagée qu'il confirme ses soupçons.

— En tout cas, le *modus operandi* est particulièrement malsain, commenta Reilly. Quand on y pense, cela ne lui suffisait pas de tuer ces gens, il les a également torturés en les forçant à commettre un acte hautement répréhensible et totalement inacceptable à leurs yeux. Quelque chose quc la société tout entière condamne.

— Comment parvient-il à les contraindre ? demanda Daniel. Ils ont franchi des limites que la plupart des gens refuseraient de dépasser même sous la menace.

— Je suis sûre que les barbituriques ont aidé, affirma Reilly en s'efforçant de ne pas bâiller.

Elle se rendait bien compte que la fatigue et la frustration transparaissaient dans sa voix.

— Et peut-être qu'il leur promet de les laisser en vie s'ils obéissent.

— Oui... La plupart des gens feraient n'importe quoi pour rester en vie, lâcha Daniel à mi-voix. S'ils avaient su...

— ... Qu'il les tuerait tout de même, oui...

— Donc, il a déjà utilisé l'inceste, le suicide, le cannibalisme et l'euthanasie. Qu'est-ce qu'il choisira la prochaine fois ?

— C'est ce que nous devons découvrir... et vite. C'est pour cela qu'on a vraiment besoin de ton aide.

— Les tabous les plus noirs de la société... marmonna-t-il, perdu dans ses pensées. On dirait que j'ai une longue nuit de lecture devant moi.

Après le coup de téléphone de Daniel, Reilly traîna un peu au labo, les idées se bousculant dans son esprit.

Elle essayait de passer le temps en se concentrant à contrecœur sur les autres affaires, mais elle ne pouvait penser à autre chose qu'à ce tueur de tabous. « Le tueur de tabous », elle lui avait enfin trouvé un nom. L'équipe avait évité de le faire jusque-là, comme si cela risquait d'encourager le meurtrier, de le rendre plus réel, mais il l'était déjà tellement à présent, qu'il ne servait plus à rien de prétendre le contraire.

Reilly se leva, s'empara de son cartable en cuir gris foncé et de ses clés. Elle enfilait son manteau quand le téléphone sonna. Jetant son sac sur son bureau, elle laissa son manteau retomber sur sa chaise.

— Police scientifique, Reilly Steel.

— Reilly, c'est Chris.

— Bonsoir, Chris.

— Vous avez pu parler à Forrest ?

— Oui, désolée, j'allais vous appeler. Daniel n'est pas encore prêt à envoyer son rapport. Mais il est tout à fait d'accord avec nos conclusions jusqu'ici.

— L'histoire des tabous ? Il pense que c'est une possibilité ?

— Oui.

Reilly savait que Chris et Kennedy en étaient presque à espérer que ses théories sur les meurtres ne riment à rien. Parce que, si elle avait raison, ils se voyaient confrontés à quelque chose d'énorme, un tueur en série. Et elle savait qu'ils n'en rencontraient pas si souvent à Dublin, encore moins avec ce type de mode opératoire macabre.

— Très bien, lança-t-il, et elle l'entendit respirer profondément. Écoutez, je me demandais, vous ne faites rien de spécial ce soir ?

Sa question l'intrigua. Il était nerveux, pas sûr de lui.

— En fait, je m'apprêtais justement à quitter le labo. Pourquoi ?

— Eh bien, je pensais... Je suis aussi sur le point de rentrer chez moi et je me disais que ça vous dirait peut-être de manger un bout. Pour qu'on parle un peu de la situation.

— Super. Vous pensiez à un restaurant en particulier ?

— Euh... Pourquoi pas le chinois en face du commissariat ? suggéra-t-il, comme s'il n'y avait pas vraiment réfléchi.

— Vous voulez dire celui qui a obtenu un certificat d'hygiène très discutable ? Et qui est rempli de nos collègues en uniforme ?

— Bien vu. D'accord, alors peut-être...

— Je vais vous dire, il y a cet excellent thaï, pas trop loin. Il s'appelle l'Orchidée ou quelque chose comme ça.

Cela faisait des années qu'on ne l'avait plus invitée à dîner, même s'il ne s'agissait pas d'un « dîner » à proprement parler, et c'était elle qui choisissait le restaurant. Donc, rien de sérieux ou de formel. En Californie, il lui était arrivé de sortir boire une bière ou manger une pizza avec son groupe de surfeurs, mais elle avait l'impression de ne plus être sortie depuis une éternité. En outre, elle appréciait la compagnie de Chris. Même s'il maîtrisait son travail à la perfection, il semblait toujours manquer d'assurance. Il n'affichait pas l'impudence et la frime de la plupart des inspecteurs.

— Je connais.

— On se retrouve là-bas dans vingt minutes environ ? proposa Reilly, se réjouissant à l'idée plus qu'elle ne l'aurait imaginé.

19

Quand Chris arriva au restaurant, Reilly l'attendait à l'intérieur, juste derrière la porte. Il retira son imperméable.

— Super temps, n'est-ce pas ? commenta-t-elle.

— Vous pensez que c'est de la pluie, ça ? Attendez l'été !

Le serveur les conduisit à leur table. Le restaurant accueillait une foule raisonnable, mélange de gens du coin et de touristes. De la musique orientale plongeait les convives dans une atmosphère feutrée, dominée par les silhouettes protectrices des bouddhas en or.

Reilly consulta le menu pour choisir immédiatement des nouilles de riz avec du tofu, mais Chris semblait perdu.

— J'ai plus l'habitude du chinois, avoua-t-il. Je me fais souvent livrer, mais dans les restaurants thaïs, je ne sais jamais quoi commander.

— Vous aimez le bœuf ? demanda-t-elle en examinant le menu.

— Bien sûr.

— Mon ami prendra le bœuf à la sauce de haricot noir, avec du riz cantonais maison et une assiette de légumes variés à côté, annonça-t-elle en se tournant vers le serveur.

Le serveur griffonna les commandes sur son carnet avant de s'en aller rapidement. Elle se tourna vers Chris qui la regardait en souriant.

— Quoi ?

— Vous êtes tellement américaine, lança-t-il en riant. Les Américains ont l'air toujours plus à l'aise et sûrs d'eux en toutes circonstances. Rien ne semble jamais vous décontenancer.

Elle sourit. *S'il savait !*

— Vous devriez me voir essayer de programmer l'heure de mon réveil sur mon portable. Je n'arrive jamais à me rappeler comment on fait.

Le serveur apporta leurs verres, une bière pour Chris et un jus de fruits pour Reilly. Il fit un signe de tête vers la boisson de Reilly.

— Même ça, c'est typiquement américain. Aucun Irlandais qui se respecte, homme ou femme, ne commanderait un jus de fruits avec son dîner. Je ne suis pas un gros buveur, mais tout de même, je n'irais jamais jusque-là.

— Quoi ? Je devrais prendre de la bière ?

— Après la semaine qu'on vient d'avoir, oh que oui !

Il leva sa chope.

— À la vôtre !

Il s'apprêtait à en prendre une gorgée, mais Reilly l'arrêta.

— Attendez.

Elle fit signe à un serveur qui passait à côté de leur table.

— Je voudrais une de vos bières, comment elles s'appellent déjà ?

— Chang.

— Oui, voilà, une bière Chang, s'il vous plaît.

— Oui, madame, acquiesça le serveur avant de repartir vers le bar.

— C'est mieux. Maintenant, on pourra porter un vrai toast irlandais.

— Avec une bière thaïe ?

— C'est l'intention qui compte.

Le serveur revint sans tarder avec la bière de Reilly, qu'elle souleva pour trinquer avec Chris.

— *Sláinte*, c'est bien comme ça que vous dites, vous autres ? Alors, on boit à quoi ?

— À nos succès à venir pour attraper les méchants.

Leurs plats arrivèrent, et ils se jetèrent dessus, échangeant leurs opinions sur l'affaire. Les bouteilles de bière s'accumulèrent rapidement sur la table, Reilly suivant sans difficulté le rythme de Chris. Petit à petit, ils se détendirent et la conversation se fit plus légère.

— Maintenant, si vous voulez bien m'excuser, lança Chris quand il eut fini son assiette. Avec toute cette bière...

Il repoussa sa chaise et se leva, laissant échapper un grognement involontaire, quand la douleur foudroya ses genoux et ses hanches.

Quand il revint, il se réjouit de voir qu'un café l'attendait.

— Comment saviez-vous que je voulais un café ?

— Vous êtes flic, non ? plaisanta-t-elle.

— Bien vu, acquiesça-t-il en souriant. Et vous avez tout bon : avec du lait, pas de sucre. Et ça, vous le saviez comment ?

— Je vous ai déjà vu boire du café au lait, répondit Reilly en haussant les épaules. Et à l'évidence, vous vous surveillez, alors j'imaginais bien que vous le preniez sans sucre.

— Sherlock Holmes en jupon. Je ferai attention à ce que je dis et ce que je fais en votre présence à l'avenir !

— C'est trop tard.

Il la regarda, s'attendant à voir un sourire moqueur s'afficher sur son visage, mais au contraire, il y découvrit une expression sérieuse.

— Que voulez-vous dire par là ?

— Je sais déjà tout ce que j'ai besoin de savoir à votre sujet.

Elle le gratifia d'un sourire énigmatique tout en sirotant son café.

Il se recula sur son siège et croisa les bras sur sa poitrine.

— Ah, oui, vraiment ? Allez-y, j'écoute.

— Vous êtes sûr de vouloir l'entendre ? demanda Reilly en l'observant par-dessus sa tasse de café, un sourire légèrement sarcastique au coin des lèvres.

— Je suis un grand garçon, je peux supporter, insista-t-il, toujours sur le ton de la plaisanterie. Mais allez-y mollo quand même... ajouta-t-il, un peu plus sérieux.

— D'accord, commençons par la famille, lança Reilly en posant sa tasse sur la table. C'est quelque chose de très important pour vous, bien que vos parents ne soient plus des nôtres.

Elle avait raison, mais Chris n'avait pas l'intention de lui rendre la tâche trop facile.

— Fastoche. Vous avez bien deviné, c'est tout.

Son père était mort l'an dernier, sa mère l'année d'avant. Même si on lui avait diagnostiqué un infarctus, Chris savait bien qu'en fait Tom Delaney avait eu le cœur brisé par le décès de sa femme. Il ne pourrait en convaincre personne, mais il savait, lui, à quel point ses parents avaient été proches.

Ignorant son commentaire, Reilly poursuivit.

— Vous êtes célibataire, non pas parce que vous n'aimez pas l'idée du mariage, mais parce que vous avez été échaudé par le passé, vous vous êtes brûlé les ailes et vous ne vous en êtes pas encore remis. J'ai raison ? demanda-t-elle en buvant une nouvelle gorgée de café.

Chris essayait de dissimuler sa surprise en cachant son visage derrière sa tasse de café.

— Intéressant, continuez.

— Votre travail est ce qu'il y a de plus important dans votre vie. Vous le prenez on ne peut plus au sérieux, vous êtes dévoué et très ambitieux, mais pas impitoyable.

Après avoir avalé la dernière goutte de son café, elle reposa la tasse sur la soucoupe.

— Et vous avez des soucis de santé dont vous ne voulez parler à personne.

Le dernier commentaire le laissa livide et sans voix. Il remua, mal à l'aise, sur sa chaise.

— Dommage, vous vous en sortiez très bien jusqu'ici, mais là, vous avez tout faux.

— Vous voulez me faire croire que vous ne souffrez pas, c'est ça ? interrogea Reilly, qui n'était pas dupe.

— Quelques douleurs ici et là, mais rien d'alarmant.

— J'ai peut-être bu…

Elle s'interrompit pour compter sur ses doigts.

— Disons trois ou quatre bières, mais je ne suis pas soûle, affirma-t-elle, le fixant d'un regard féroce. Pour un type en forme, adepte de la musculation, vous vous déplacez parfois avec bien trop de précaution.

Chris la regarda un moment avant de répondre. La musique résonnait doucement dans la salle.

— Vous avez l'air bien sûre de vous...

— J'avoue que pour une grande partie, je n'ai fait que deviner. Mais la douleur ? Là-dessus, je serais prête à parier très gros.

— Je ne sais pas quoi dire... lâcha-t-il, faisant bouger sa mâchoire de gauche à droite. Tout le monde dans la brigade est au courant que j'ai un problème ?

— J'en doute. Kennedy, peut-être. Il vous a déjà interrogé ?

— Non. Comme vous avez pu le remarquer, il ne tient pas une forme olympique. Il doit se dire que grogner en se levant d'une chaise est tout à fait normal.

— Alors, c'est quoi ?

— J'aurais bien aimé savoir, reconnut-il dans un haussement d'épaules. Ça fait six mois que ça dure. Aucune idée de ce que ça pourrait être.

— Et vous n'avez rien fait depuis le temps ? demanda Reilly, stupéfaite.

— Ce n'est pas si simple. Si je vais chez le médecin du travail et qu'il découvre quelque chose, ça passe directement dans mon dossier. Ils vont me coller derrière un bureau *illico presto*.

Elle hocha la tête, comprenant que pour lui, cela reviendrait à le condamner à mort.

— Quels sont les symptômes ?

— Des douleurs dans les articulations, les genoux et les hanches surtout. Et une fatigue insupportable. Certains matins, je dois littéralement m'arracher du lit. Mais, parfois, c'est moins terrible.

— Cela pourrait être beaucoup de choses, déclara Reilly, songeuse. Je vais vous dire ce qu'on va faire. Passez au labo demain matin et je vous ferai une prise de sang. On aura au moins une idée du problème. On peut le faire discrètement, personne n'a besoin de savoir.

— Vous feriez cela pour moi ? hasarda-t-il, conscient du service qu'elle lui rendait, service qui pouvait même être puni par la loi.

Il était touché par son inquiétude sincère, mais il finit par se convaincre qu'en habile enquêtrice elle voulait simplement connaître le fin mot de l'histoire. En tout cas, il n'allait pas refuser.

— À une condition.

— Laquelle ?

— Quoi que l'on trouve, vous devez me promettre de vous faire soigner.

— Ça marche, accepta-t-il après une rapide réflexion.

Le serveur arriva alors avec l'addition, et Chris s'en empara avant que Reilly puisse mettre la main dessus.

— Pas cette fois. C'est vous qui avez payé la dernière fois.

— On peut partager, proposa-t-elle.

— Non. Et si vous me faites une prise de sang demain, le moins que je puisse faire, c'est de vous inviter.

— D'accord.

Chris sortit trois billets de vingt de son portefeuille et les tendit au serveur.

— Venez vers 10 heures demain, c'est calme à cette heure-là, suggéra-t-elle.

— 10 heures, répéta Chris, pas si enchanté que ça. On ne va plus se quitter, lança-t-il, se reprochant sur-le-champ sa remarque déplacée.

— Si vous le dites, rétorqua Reilly, amusée.

20

Le lendemain matin, Reilly arriva au labo aussi tôt qu'à son habitude, espérant profiter du calme avant l'arrivée des autres.

Au cours du dîner, Chris l'avait informée que, vu la gravité de la situation, Jack Gorman allait être rappelé et devrait ainsi écourter ses vacances. Pour éviter tout reproche, elle voulait s'assurer qu'il ait un aperçu complet de l'enquête.

Et pour être honnête, elle voulait surtout être bien au fait pour ne pas que le vieil homme l'évince de cette affaire. Il était si vieux jeu qu'il piquerait sans doute une crise en apprenant que des techniciens aussi peu expérimentés que Gary et Lucy avaient eu accès aux sites des crimes. Et même si Reilly savait que leur travail était méticuleux, elle préférait prendre les devants et faire en sorte que personne ne trouve rien à redire à ses méthodes.

L'appel du gardien de la sécurité l'interrompit dans sa lancée vers l'ascenseur.

— Mademoiselle Steel ?

Elle se tourna pour le voir avancer vers elle, la soixantaine, bedonnant et des cheveux gris qui dépassaient de sa casquette à visière. Smithson... Simpson... Quelque chose du genre. Reilly l'avait déjà remarqué, notamment parce qu'il se montrait toujours avenant. Elle l'imaginait bien policier à la retraite.

Il se pressa vers elle, boitant lourdement, et lui remit une grande enveloppe.

— Un coursier l'a livrée pour vous ce matin.

— Merci beaucoup, monsieur… commença-t-elle, jetant un œil vers son badge. Simpson.

Il lui adressa un petit hochement de tête en retour, et elle repartit vers les ascenseurs, perdue dans ses pensées.

— Pas de quoi, lança Simpson qui revenait sur ses pas, en boitant toujours.

Reilly soupesa le paquet. D'un bon poids, il semblait contenir un classeur ou un épais dossier. Une fois dans la cabine, elle appuya sur le bouton du quatrième étage.

Dès que les portes se furent refermées, elle ouvrit l'enveloppe et en sortit un livre dont le titre lui coupa le souffle. *Une introduction à Freud*. Elle fouilla rapidement dans l'enveloppe. Aucune note, pas de carte, rien.

À la fois intriguée et effrayée, Reilly feuilleta à toute vitesse les pages. Comme elle l'avait espéré, elle trouva un marque-page et un passage surligné. Le titre, « Le petit Hans », ne lui dit rien.

L'ascenseur s'arrêta au quatrième étage. Serrant le livre contre elle, elle courut vers son bureau. Elle alluma la machine à café, jeta son manteau et son sac sur une chaise vide et s'installa en toute hâte pour lire.

> Hans était un petit garçon, sujet d'une étude précoce mais poussée de l'angoisse de castration et du complexe d'Œdipe par Freud.
>
> Hans développa une profonde phobie des chevaux, à tel point qu'il ne voulait plus sortir dans la rue. Il disait que s'il sortait, un cheval lui arracherait le pénis.
>
> Freud a interprété cette phobie comme la peur de son père, résultat de ce qu'il appelait le complexe d'Œdipe, processus par lequel les petits garçons acquièrent leur identité sexuelle, le sens d'être un garçon.
>
> Freud croyait que durant le stade phallique (entre 3 et 6 ans environ), les garçons développent un amour sexuel intense pour leur mère. De ce fait, ils voient leur père comme un rival qui veut se débarrasser d'eux.
>
> Cependant, comme le père est bien plus grand et plus puissant, le jeune garçon nourrit la peur que son père le voie lui comme un rival et qu'il veuille le castrer.

> Le seul moyen de résoudre cette angoisse de la menace de castration est d'adopter un mécanisme de défense, dans ce cas, ce que Freud appelait « identification avec l'agresseur ».
>
> Le garçon, dès lors, se met à accentuer et grossir tous les domaines dans lesquels il ressemble à son père. Il le fait en adoptant les attitudes de son père, ses manières et ses actions. Il développe ainsi son sentiment de masculinité, son identité sexuelle.
>
> Un processus similaire chez la femme se nomme le complexe d'Électre.

Reilly se redressa sur son siège. Qu'est-ce que tout cela voulait dire ? Et plus important, qui est-ce qui le lui avait envoyé ?

L'idée la frappa soudain. Cela devait provenir de Daniel.

Elle consulta sa montre avant de s'emparer du téléphone pour l'appeler. Visiblement, Daniel était d'avis qu'ils devaient approfondir leurs connaissances sur Freud, sans se soucier de l'heure. Sur la côte Est, c'était le matin, mais connaissant Daniel, il n'avait pas dû fermer l'œil de la nuit pour se familiariser avec tout ce qui touchait aux tabous.

Le téléphone sonna à plusieurs reprises.

— Reilly ? répondit-il, étonnamment ensommeillé. Qu'est-ce qui se passe ? Il y a eu du nouveau ?

— Non, je... lança-t-elle, gênée. Désolée de te réveiller, mais je pensais... C'est que, je viens de recevoir le livre que tu m'as envoyé.

— Comment ? Quel livre ?

Au ton de sa voix, Reilly comprit aussitôt qu'elle se trompait. Daniel ne lui avait pas adressé ce livre avec le passage soigneusement sélectionné. Alors, si ce n'était pas lui...

— Tu ne m'as pas envoyé un livre sur Freud ?

— Non. Tu as déjà bien assez à faire. Je me suis dit que c'était à moi de faire le travail de recherche. Pourquoi ?

Il était maintenant bien éveillé.

— On m'a livré un ouvrage sur Freud ce matin, avec un passage surligné. Je pensais qu'il venait de toi.

— Pas du tout, non.

Reilly sentit un frisson lui parcourir la colonne vertébrale.

— De quel passage s'agit-il ?

Elle essaya de faire un résumé, pressée de repartir à l'accueil pour se renseigner sur la façon dont ce livre était arrivé là.

— C'était au sujet d'un garçon, je crois. Le petit Hans.

Il mit un petit moment à réagir.

— D'accord, je m'en charge et je te rappelle plus tard. Et, Reilly... Sois prudente, d'accord ?

Promettant à Daniel de lui téléphoner plus tard, Reilly raccrocha pour pouvoir appeler l'accueil.

— Simpson à l'appareil.

— Monsieur Simpson, c'est Reilly Steel. Le livre que vous venez de me remettre, vous avez une idée de qui l'a apporté ?

— Je n'en suis pas certain... C'était un coursier, il avait un casque de moto avec une visière opaque. Il y a une pancarte, là, qui leur demande de retirer leur casque quand ils entrent dans le bâtiment, mais ils sont en général trop pressés pour en tenir compte. Je me souviens quand...

— Pourriez-vous m'en donner tout de même une description ? interrompit-elle. Un nom de compagnie ? Un logo ? Quelque chose de caractéristique ?

— Désolé, je n'ai pas fait attention, reconnut-il, penaud.

— Merci, lança-t-elle tout de même dans un soupir.

Elle était sur le point de raccrocher quand elle entendit de nouveau sa voix.

— Attendez, maintenant que j'y pense, il y avait quelque chose d'un peu inhabituel.

— Oui ? demanda Reilly, pleine d'espoir.

— Enfin, si je puis me permettre... dit-il, s'excusant presque. Eh bien, je dirais que c'était sans doute le coursier le plus sexy que j'aie jamais vu.

— Vous voulez dire que c'était une femme ? interrogea Reilly, essayant de ne pas laisser transparaître la surprise dans sa voix. Le coursier qui m'a livré le paquet était une femme ?

— Oui, mademoiselle. C'est rare, vraiment, même de nos jours.

Reilly se dirigea vers le laboratoire. Julius était déjà arrivé. Il travaillait seul, mélangeant et analysant des échantillons. Il leva les yeux quand elle entra.

— Bonjour, Reilly.

— Je voudrais que vous analysiez les empreintes digitales sur cette enveloppe et ce livre. Et tout de suite, ordonna Reilly, allant droit au but. Vous devrez prendre aussi les miennes pour les comparer. Oh, et aussi celles de Simpson, le garde de la sécurité à l'accueil. Si vous trouvez d'autres empreintes, venez me le dire immédiatement.

Quand Chris arriva au labo, un peu après 10 heures, Reilly se réjouit de cette interruption. Elle était épuisée de retourner les choses dans sa tête. Elle ne voulait pas réveiller Daniel encore une fois, et de toute façon, elle savait qu'il l'appellerait. L'occasion de parler avec la seule autre personne en phase avec ses théories la soulagea.

Dès qu'il entra, elle remarqua son air fatigué. Il marchait avec peine, des gros cernes marquaient ses yeux, et il avait les traits tirés et le teint terreux. Mais elle ne fit aucune réflexion.

D'accord, ils avaient pris quelques bières la veille, mais pas assez pour le mettre dans un tel état. S'il avait si mauvaise mine, elle imaginait comment il devait se sentir. Elle espérait qu'elle pourrait vite l'éclairer sur son état de santé.

Reilly l'entraîna dans l'intimité de son bureau, où elle gardait des seringues et quelques fioles prêtes à l'emploi.

Elle l'invita à s'asseoir.

Chris jeta un regard inquiet en direction de la seringue.

— L'instant de vérité. Vous n'allez pas me faire mal, hein ? plaisanta-t-il en remontant sa manche.

Reilly s'empara de la seringue et la lui montra.

— Allez, asseyez-vous et ne jouez pas les bébés.

Elle lui frotta le creux du bras, avant d'enfoncer avec soin la seringue. Tandis que son sang remplissait la fiole, elle l'informa des événements de la matinée pour distraire son attention.

— J'ai reçu du courrier intéressant aujourd'hui, commença-t-elle.

— Des forfaits montures et verres optiques, c'est tout ce que je reçois, moi, dans ma boîte aux lettres.

— En fait, je l'ai reçu par coursier. Un livre sur Freud, envoyé anonymement.

— Anonymement ? répéta-t-il, intrigué.

— Exactement.

— Vous pensez que c'est le tueur qui vous a envoyé ce livre ?

— Qui sait ? lança Reilly en changeant les fioles. Je pensais d'abord que c'était Daniel, mais il m'a détrompée. Je ne sais pas qui d'autre cela aurait pu être. Julius analyse les empreintes digitales.

— Vous n'espérez pas vraiment trouver quoi que ce soit, n'est-ce pas ? demanda Chris en observant sa collègue.

Reilly remplit la deuxième fiole avant de retirer la seringue.

— Non, en effet. Jusque-là, nous n'avons découvert que ce qu'il voulait bien qu'on découvre. Si cela vient de lui, je n'imagine pas qu'il aurait commis une telle erreur.

Reilly posa une petite gaze à l'endroit de la piqûre, qu'elle fixa avec du sparadrap.

— Il a pris un risque tout de même en vous envoyant un pli directement, contesta Chris en redescendant sa manche et en la boutonnant. Et très personnel, en plus.

Tout à fait de son avis, Reilly hocha la tête. Le tueur savait-il qu'elle se chargeait d'analyser les pièces à conviction dans cette affaire et qu'elle était l'une des enquêtrices principales ? Si c'était le cas, alors il la défiait personnellement de l'attraper.

— Même s'il n'est pas rare que les gars qu'on a coffrés envoient leur larbin pour nous pourrir la vie, c'est moins fréquent que ceux qui sont en liberté s'amusent de la sorte, remarqua Chris. Ils sont trop occupés à se faire de l'argent pour s'embêter avec ça.

— Vous voulez parler des trafiquants de drogue et des chefs de gang ?

— Oui. Ils friment un peu comme ça, mais je n'ai jamais rien vu de tel. Il se fait un peu trop intime à mon goût. Vous pensez que ce gars veut se faire pincer ?

Reilly s'installa derrière son bureau et se pencha en avant, le menton posé dans les mains.

— Pas particulièrement. Si on a affaire à un tueur en série, et je pense vraiment que c'est le cas, ce que nous savons à l'évidence, c'est que tuer excite ce genre d'individu. La raison pour laquelle il continue à tuer, c'est parce que c'est le seul moyen pour lui de ressentir la même excitation. Le problème, c'est qu'à chaque nouveau meurtre l'excitation baisse plus vite, alors pour retrouver le même niveau d'extase, il doit prendre plus de risques...

— En se moquant des enquêteurs par exemple ?

— Oui. En augmentant le risque, il augmente aussi les chances qu'on l'attrape. D'où une excitation accrue.

— Vous disiez que le livre est à propos de Freud ? demanda Chris en enfilant sa veste.

— Oui, confirma Reilly en lui expliquant le passage surligné. Le moins qu'on puisse dire, c'est que notre tueur n'est pas très subtil.

— Mais quel est le sens de tout ça ?

— Je n'en suis pas tout à fait sûre, reconnut Reilly, se demandant quelles seraient les conclusions de Daniel. Mais, au moins, nous avons quelqu'un de notre côté qui peut nous aider à déchiffrer le message caché.

21

Daniel Forrest avait passé beaucoup de temps à réfléchir sur le tueur aux tabous. Quand il appela Reilly plus tard dans la journée, il avait à la fois des questions et des observations à lui faire. Mais ce fut le dernier revirement de situation qui occupa la plus grande partie de la conversation.

— La partie surlignée sur le petit Hans, que penses-tu qu'elle signifie ?

— Daniel, je reconnais ce ton, lança Reilly en soupirant. Je ne suis plus une de tes élèves, alors ne joue pas à ce petit jeu-là avec moi. Déjà que j'ai l'impression que le tueur nous prend pour des imbéciles, vu la façon dont il se sent obligé de nous mettre le doigt sur les indices, je n'ai pas besoin que tu t'y mettes, toi aussi.

— C'est important, Reilly, très important, malheureusement, affirma-t-il d'une voix plus sérieuse.

— Tu connais cette analyse du petit Hans, alors ?

Il perçut la lassitude dans sa voix et s'inquiéta, conscient qu'elle se surmenait, que cette enquête la lessivait. Du Reilly tout craché, et Daniel enrageait pour elle, qu'elle ait traversé tout l'Atlantique pour échouer dans un nouveau cauchemar. Quand elle l'avait informé de sa décision, il s'était dit que c'était une bonne idée, qu'elle trouverait un rythme plus paisible, un mode de vie qui ne serait pas uniquement centré sur son travail. L'occasion de se retrouver avec son père en laissant le passé derrière eux, au lieu de toujours repousser ses propres limites, comme si elle essayait de prouver quelque chose.

— Eh bien, c'est un cas clinique très connu. Pour les psychologues du moins. Donc, cela comporte une signification cruciale pour le tueur et pour nous.

Il s'arrêta, prudent sur le choix de ses mots.

Il sentait qu'il abordait un sujet délicat pour Reilly, s'engageant sur des territoires qu'il aurait préféré laisser inexplorés.

— Reilly, l'histoire du petit Hans traite de l'identité sexuelle et de comment ce que font nos parents nous affecte pour le reste de notre vie.

Le silence de Reilly en disait long. Tel un petit caillou jeté dans une mare tranquille, il savait que les ondulations de sa remarque s'étendaient dans son esprit, ébranlant des pensées depuis longtemps refoulées.

Daniel se pencha en avant, parlant tout doucement dans le combiné, regrettant de ne pouvoir avoir cette conversation en face à face et de devoir passer par un appareil en plastique à des milliers de kilomètres de Reilly.

— Le tueur veut que nous comprenions que ce qu'il fait est profondément motivé par un incident, ou des incidents, de son enfance. C'est un sacré éclaircissement sur son *modus operandi*, sa façon de raisonner, en fait sur tout dans cette affaire.

— Un incident survenu dans son enfance ? Mais qu'est-ce que cela peut nous faire ?

— Comme tu le sais, ces gens ne sont pas vraiment rationnels. Nous savons déjà que le tueur se délecte de meurtres symboliques, d'où le recours gratuit aux tabous. Donc, avec le livre, il pousse le symbolisme encore plus loin et entre dans le domaine du personnel. Il s'adresse directement à ses poursuivants, à ceux qu'il considère comme ses ennemis, en d'autres termes, à toi.

— Mais pourquoi moi ?

— Clairement, et sans vouloir manquer de respect aux policiers chargés de l'affaire, parce qu'il t'a identifiée comme le cerveau de l'opération. Tu es l'experte médico-légale, celle qui a trouvé tous les indices et les a assemblés, peut-être bien plus vite qu'il ne l'aurait imaginé.

— Mais comment le saurait-il, bon sang ?

— À vrai dire, c'est un des autres points dont je voulais te parler. Je t'envoie un e-mail avec mes premières conclusions dans la matinée, mais honnêtement, je doute que ton tueur soit l'homme blanc typique qui agit seul.

— Tu crois qu'il pourrait avoir un complice ? C'est ce que je pensais, moi aussi. Et je pense même que ça pourrait être une femme.

— Il est encore trop tôt pour s'avancer à ce point. Mais, encore une fois, je trouve que tu gâches ton talent dans ce trou perdu, affirma Daniel, très fier de son élève.

— Ce n'était pas si sorcier. Le niveau d'organisation est particulièrement élevé et il semble y avoir deux parties distinctes dans le mode opératoire : d'abord, la contrainte, ensuite, le meurtre.

— Bien vu. Mais ne tirons pas de conclusions hâtives, avertit-il, sévère et professionnel. Il faut garder l'esprit ouvert, rester à l'écoute de toutes les possibilités jusqu'à ce qu'on trouve des éléments plus probants.

Reilly poussa un soupir, partagée entre le soulagement et la déception.

— Bien sûr, c'est juste que...

— Le temps presse, c'est toujours le cas, mais nous devons rester patients, affirma-t-il, en se radoucissant. De toute façon, quand je te dirai ce que j'ai découvert, tu comprendras que j'ai un peu triché pour le petit Hans.

— Quoi ? Tu veux dire qu'il y a plus ?

— Tu vas adorer, lança-t-il en souriant.

Même si elle lui avait reproché tout à l'heure sa propension à basculer dans le mode professoral, il savait que si elle lui demandait son aide, c'était en partie à cause de son style pédagogique.

— Je sens que je vais avoir droit à une nouvelle leçon, moi, plaisanta-t-elle.

— Une leçon ? répéta-t-il en riant. Non, je dirais plus une nouvelle occasion d'apprécier mon génie !

— Parfois, j'ai du mal à faire la distinction…

— Est-ce que tu as les dossiers de l'affaire sous la main ?

Il entendit un froissement de papiers à l'autre bout du fil, alors qu'elle étalait ses notes sur son bureau.

— Bien sûr. Qu'est-ce que tu veux que je cherche ?

— Le meurtre des Ryan. Ressors les photos.

— Ça y est, c'est fait.

Il regarda lui aussi les clichés en question pour trouver ce qu'il cherchait.

— Super. Maintenant, concentre-toi sur la table de chevet.

— Là où j'ai trouvé l'exemplaire du livre de Freud ?

— C'est ça, oui. Tu as une loupe sous la main ?

— Daniel, où veux-tu en venir ?

Il sentait bien au son de sa voix qu'il l'intriguait, mais il ne répondit pas.

— Attends une seconde, j'en ai une dans mon tiroir.

Il patienta le temps qu'elle trouve sa loupe.

— Je l'ai !

— Je voudrais que tu observes de plus près les livres sur la table de chevet.

— D'accord, je les regarde.

— Qu'est-ce que tu vois ?

Il s'efforçait de contenir le ton satisfait qu'il prenait parfois quand il montrait quelque chose qu'il avait découvert.

— Pas grand-chose d'autre que les éclaboussures de cerveau et…

— Évite de t'attarder sur l'arbre qui cache la forêt, pressa-t-il.

Le bref silence fut interrompu par une exclamation d'effroi. Il sourit.

— Oh, bon sang ! Comment ne l'ai-je pas vu avant ?

— Dis-moi ce que tu vois, demanda-t-il, prudent.

— Les livres sont tous de la même taille. C'est comme s'ils avaient été mis là dans un ordre systématique, pas du tout comme sur une table de chevet.

— Exact. Et donc ça voudrait dire…

— Soit que Clare était obsessionnellement propre et ordonnée, ce qui ne transparaissait pas dans le reste de l'appartement, soit que le livre de Freud n'est pas le seul à avoir été posé là à dessein.

— D'accord. Maintenant que tu as vu la forêt, observe les arbres plus attentivement.

— Je ne vois toujours pas où tu veux en venir, reconnut-elle.

— O.K., lança Daniel, taquin. Le livre de Freud est tout au bout. Quel est son titre ?

— *L'Interprétation des rêves.*

— C'est ça, oui, donc le titre commence par un *i*, si on oublie l'article. Maintenant fais la même chose pour tous les livres. Écris tous les titres dans l'ordre de gauche à droite.

En attendant qu'elle fasse ce qu'il lui demandait, il regarda ses propres notes.

Avant d'aller dormir
Crime et châtiment
Accident
Utopie
Le Silence des agneaux
Encore une danse
Dôme
L'Enfant
Tribord et bâbord
L'Ombre du vent
L'Interprétation des rêves

— Ça y est, j'ai terminé, annonça Reilly. Je ne vois toujours rien.

— C'est un acronyme ! expliqua-t-il, incapable de se retenir plus longtemps. Lis ce qu'il dit.

— Oh, mon Dieu ! s'exclama Reilly. Je vois maintenant. À cause de toi… c'est écrit « à cause de toi » ! Bon sang, Daniel !

— Intéressant, non ?

— Intéressant ? répéta Reilly dans un cri. Mais qu'est-ce que ça veut dire, nom de Dieu ?

— Ma théorie, c'est que le tueur essaye de nous expliquer qu'il n'est pas simplement motivé par la soif du sang.

Il semblait la réprimander et la mettre en garde à la fois.

— Il punit ses victimes pour ce qu'elles ont fait par le passé ? Peut-être qu'il se voit comme une sorte de justicier, suggéra Reilly, enthousiasmée par sa nouvelle vision du tueur. Dans ce cas, il nous faudrait étudier le passé de nos victimes. On y trouvera peut-être un point commun pertinent, quelque chose qui pourrait nous permettre de comprendre le lien entre elles.

Cette fois, Daniel ne rétorqua rien, ne désirant pas pour le moment partager son opinion sur une troisième possibilité. Une hypothèse tout aussi probable, mais bien plus inquiétante.

22

Chris se doutait qu'il faudrait un moment à Reilly pour obtenir les résultats de sa prise de sang. Il essayait de se rassurer en se disant que ce n'était rien. L'effet du surmenage sans doute. Pourtant, il faisait tout pour rester occupé et s'interdisait d'y penser.

Il se trouvait au poste, en train de lire le compte rendu d'un témoin sur une autre enquête en cours, quand le téléphone sonna.

— Inspecteur Delaney, répondit-il.

— Delaney ? C'est Jones de Donnybrook. Je viens de recevoir un appel de la femme du gars qui s'est suicidé.

— La femme de Jim Redmond ? Qu'est-ce qu'elle voulait ?

— Je n'étais pas là quand elle a téléphoné, j'ai juste trouvé un message qui demandait que je la rappelle. Et vu que vous vous intéressez à l'affaire…

— Pas de problème, donnez-moi le numéro, je vais lui téléphoner.

— Super ! s'exclama Jones, ravi de se débarrasser d'une conversation avec une épouse éplorée.

Chris raccrocha pour composer sans attendre le numéro de Debbie Redmond.

— Madame Redmond ? J'ai appris que vous avez essayé de contacter le commissariat de Donnybrook. Je suis l'inspecteur

Chris Delaney et c'est ma brigade qui se charge de la mort de votre mari. Que puis-je pour vous ?

— Mais je croyais... Bon, d'accord, lâcha-t-elle, surprise, mais s'accommodant de la situation.

— Alors, que pouvons-nous faire pour vous, madame Redmond ?

— Eh bien, je suis désolée de vous déranger, mais... hésita-t-elle, nerveuse, la douleur de la perte de son mari encore vive dans sa voix. C'est juste que... Quelque chose m'a perturbée... À propos de Jim. C'est sans doute sans importance, mais j'avais envie d'en parler à quelqu'un.

— Bien sûr. Si vous voulez, je peux passer dans l'après-midi, proposa-t-il, content d'avoir un prétexte pour quitter le bureau, exactement ce dont il avait besoin.

— Vous feriez ça, vraiment ? J'apprécierais beaucoup.

La maison des Redmond se trouvait dans un endroit chic de la ville, juste après Haddington Road, et Chris commença à se détendre en descendant l'avenue à trois voies. Il se gara juste devant la maison et sortit de sa voiture, en se retenant de grogner. La douleur semblait avoir empiré ces derniers jours, et il avait maintenant l'impression d'être Kennedy à chaque mouvement.

Debbie Redmond l'attendait sur le pas de la porte, très guindée dans sa jupe en tweed et son chemisier noir, alors qu'il remontait l'allée. Il était curieux d'entendre ce qu'elle avait à dire. Avoir un mari homosexuel qui menait une double vie n'avait jamais dû traverser l'esprit de cette pauvre femme.

À l'intérieur, Debbie prit son temps. Il fallait absolument qu'elle respecte les convenances en préparant à Chris une tasse de café. Une fois qu'elle l'eut servi, elle se mit à expliquer ce qui la perturbait.

— J'imagine que vous me trouverez sans doute idiote, inspecteur...

Chris sirotait son café sans rien dire, préférant ne pas la presser.

— C'est juste que je n'arrive pas à me sortir les événements de cette journée de la tête. Je n'arrête pas de me rejouer la scène de mon retour à la maison.

Sa voix se cassa et elle s'empara d'un mouchoir pour se tamponner les yeux.

— Je suis rentrée, m'attendant à trouver Jim dans le salon, en train de regarder le golf – il regarde toujours le golf. Regardait... se corrigea-t-elle, un sourire amer aux lèvres.

Elle s'essuya une nouvelle fois les yeux, tandis que Chris attendait patiemment.

— Il pendait là, c'était si... choquant. J'ai... Ça m'a pris une minute pour comprendre ce que je voyais.

— J'imagine, compatit Chris.

Elle ne reprit pas tout de suite, puisant dans ses réserves pour trouver la force de continuer.

— C'est si difficile d'accepter qu'une chose pareille ait pu se produire... Jim ne ferait pas de mal à une mouche... Il était d'une générosité incroyable, il donnait de l'argent à des œuvres de charité et se portait toujours volontaire pour aider. Je ne comprends pas pourquoi on aurait voulu lui faire du mal...

— Pour revenir à ce jour, de quoi vouliez-vous me parler exactement ?

— Voilà, je ne m'en étais pas rendu compte tout de suite, et je sais que vous allez penser que je suis folle, mais le drap, le drap avec lequel Jim s'est...

Elle prit une grande inspiration pour continuer.

— Eh bien, je suis pratiquement sûre qu'il n'était pas à nous. Je n'étais pas très lucide à ce moment-là, vous imaginez, mais je ne cesse de revoir la scène dans ma tête, et soudain, tard dans la nuit, la semaine dernière, ça m'a frappée.

Chris la fixa, ne sachant pas trop quoi penser.

— Je ne comprends pas. Est-ce que vous êtes en train de dire que le drap qu'a utilisé Jim ne vous appartenait pas ?

— Je ne l'avais jamais vu avant. Comme je l'ai dit, à l'époque, je n'avais pas remarqué les détails, mais à force de revivre l'épisode, je me suis rendu compte que nous n'avons jamais eu de drap pareil. Tout d'abord, il était blanc, et tous nos draps sont de couleur ou à motifs.

— Vous en êtes sûre ? Ce n'était pas un vieux drap que vous utilisiez comme housse ? Que vous auriez rangé au fond d'un placard ?

— Non, j'en suis absolument certaine, assura Debbie. Ce drap ne venait pas de cette maison, c'est sûr.

Reilly se pencha sur son microscope pour examiner un échantillon de sang. Elle s'était attendue à découvrir quelque chose de simple, de l'anémie peut-être. Mais là, ça dépassait de loin ses compétences. Elle vérifia une nouvelle fois la lame, avant de consulter le manuel médical sur son bureau.

Julius travaillait à côté.

— Julius, pourriez-vous venir ici une minute, s'il vous plaît ? appela-t-elle.

— Pas de problème, répondit-il en levant la tête.

— Vous avez travaillé dans un hôpital, n'est-ce pas ?

— Ne m'en parlez pas, lança-t-il, livide. Faire les mêmes analyses toute la journée, bon sang... Enfin, pardon pour le jeu de mots involontaire.

Reilly le gratifia d'un sourire. Elle n'avait pas souvent vu Julius tenter une plaisanterie.

— Je voudrais que vous jetiez un œil à ce que j'ai là, s'il vous plaît.

Julius se pencha à son tour, ajusta légèrement le grossissement et étudia l'échantillon un certain temps.

— Inhabituel. C'est le sang de qui ?

— C'est confidentiel pour l'instant, répondit-elle au bout d'un moment.

— Oh, je vois, lança Julius en regardant Reilly.

— Alors, vous en dites quoi ?

— Un test de saturation de la transferrine.

— Exact.

— Le taux est particulièrement élevé, trop élevé sans doute.

— C'est ce que je pensais aussi. Donc, à l'hôpital, si vous aviez affaire à un résultat pareil, quel test prescririez-vous ?

— Je ne pensais pas que mon séjour au Queen Hospital me serait utile un jour. Eh bien, comme la transferrine n'est pas vraiment fiable, je demanderais à ce que soit réalisé un dosage de ferritine plasmatique, c'est plus concluant. Vous voulez que je le fasse pour vous ? Je pourrai trouver un créneau cet après-midi.

— Je vous en serais très reconnaissante. Merci, Julius.

— Pas de quoi.

Elle lui tendit les fioles.

— Oh, et autre chose...

— Je le garde pour moi, ne vous en faites pas.

Reilly sourit en le suivant des yeux tandis qu'il se dirigeait vers son poste de travail. Elle remercia le ciel de lui avoir fourni une équipe aussi compétente et discrète.

Elle revenait dans son bureau quand le téléphone sonna. Elle regarda l'écran. Quand on parle du loup...

— Quoi de neuf, Chris ?

— Eh bien, je ne voudrais pas vous mettre la pression, mais...

Elle ne voulait pas reconnaître que les résultats étaient frustrants et peu concluants.

— Rien de définitif, mais je pense que vous allez au moins survivre les prochaines vingt-quatre heures.

— Quel soulagement, Reilly, merci, on peut compter sur vous pour être rassuré, plaisanta-t-il. En tout cas, merci beaucoup, mais je n'appelais pas que pour cela. J'ai une étrange nouvelle pour vous...

— Allez-y, lança Reilly en marchant dans la direction de son bureau.

— Je viens de quitter la maison des Redmond. Debbie Redmond m'a expliqué qu'elle s'était rejoué dans sa tête la mort de son mari encore et encore.

— On la comprend...

— Bien sûr. Mais elle s'est rendu compte d'une anomalie.

— J'écoute, dit Reilly, son intérêt éveillé.

— Elle affirme que le drap, celui avec lequel Jim est supposé s'être suicidé, ne lui appartenait pas, elle prétend ne l'avoir jamais vu avant.

Reilly se pencha sur sa table de travail.

— Comme nous savons maintenant que ce n'était pas un suicide, toute nouvelle information de ce type ne devrait pas nous surprendre.

— Pourriez-vous y jeter un œil ? Vous avez le drap avec vous au labo, non ?

— Oui, mais pour l'instant, je n'ai étudié que l'inventaire, pas le drap directement. Je peux le récupérer dans la salle des pièces à conviction pour y trouver des indices qui auraient pu nous échapper.

— Vous ne pensez pas que le tueur est assez bête pour utiliser ses propres draps, c'est ça ?

— On aurait beaucoup de chance. Mais, même si c'était le cas, on aurait besoin d'un échantillon comparatif pour s'en servir.

— Bien sûr.

— Mais ça vaut la peine de vérifier. J'y vais de ce pas.

Lucy suivit Reilly dans la salle où l'on stockait les pièces à conviction. Elle consulta la liste pour trouver le bon casier.

— Par ici.

Elles se dirigèrent vers les longues rangées d'étagères poussiéreuses en métal, la faible lumière fluorescente les plongeant dans une atmosphère lugubre.

— Pourquoi on fait cela exactement ? demanda Lucy.

— Parce que Mme Redmond s'est rendu compte que le drap qui a servi pour pendre son mari n'était pas à elle. On va faire quelques analyses supplémentaires.

— Ce n'est pas si surprenant, n'est-ce pas ? Son petit ami devait ramener des draps, quand ils... Vous voyez ce que je veux dire.

— Vous avez sans doute raison, acquiesça Reilly.

— C'est ici, annonça Lucy en s'arrêtant au bout d'une rangée.

Reilly la suivit jusqu'au bon carton que Lucy souleva de son étagère pour l'emporter vers la table au bout de la rangée.

Elle sortit un petit couteau de sa poche et trancha le Scotch de sécurité qui fermait la boîte.

— Même si le drap n'est pas à eux, il risque de ne pas nous apporter grand-chose. En tout cas, jusque-là, on n'a rien trouvé de particulier.

— Sans doute que non, en effet, confirma Reilly en soulevant le couvercle.

Elle fouilla à l'intérieur et tomba rapidement sur le drap. Elle le sortit pour l'examiner et fronça les sourcils.

— Qu'est-ce qu'il y a ? demanda Lucy, qui avait remarqué son changement d'expression.

Reilly ne dit rien, se contentant de fixer le drap qu'elle tenait dans la main, son cerveau fonctionnant à plein régime.

— Reilly ? Que se passe-t-il ?

— Étrange... murmura la jeune femme, pour elle-même. J'ai l'impression que je reconnais ce tissu...

Chris prit une grande inspiration, choisissant prudemment ses mots.

— Vous en êtes absolument sûre ?

— Oui.

À la demande de Reilly, il s'était rendu au labo sur-le-champ, pour discuter de leur dernière découverte.

— Parce que moi, je ne peux pas distinguer un drap blanc d'un autre.

— Mais je suis très difficile en linge de lit, confia Reilly. Et celui-ci est un drap italien de qualité supérieure, 600 fils par centimètre carré. Je trouve les miens seulement chez Scheuer Linens à San Francisco.

Ce qui signifiait que d'une pièce à conviction sans grand intérêt, ce drap pouvait devenir un indice clé, facile à traquer.

— On peut se les procurer en Irlande ?

— Je n'en suis pas sûre. Lucy appelle Brown Thomas et d'autres grandes boutiques de literie dans le pays, mais ne nous y trompons pas, le tueur nous offre ici un vrai cadeau.

— Donnez-moi une minute, je vais appeler Debbie Redmond, voir si ça lui dit quelque chose.

Il sortit et parla brièvement à la femme de la victime avant de revenir.

— Elle dit n'avoir aucune notion du compte des fils dans un tissu. Elle achète ses draps chez Debenhams ou House of Fraser et en général surtout en fonction de l'apparence.

À cet instant, Lucy revint dans la pièce.

— Brown Thomas nous faxe la liste de leur collection. Il nous la promet pour demain en fin de journée. Mais, pour trouver les autres fournisseurs, cela prendra plus de temps.

— Il faut tout de même creuser dans cette direction, affirma Reilly, satisfaite d'avoir enfin quelque chose à quoi se raccrocher.

Si le tueur avait utilisé ce drap pour tuer Redmond sans savoir que ce type de linge était peu commun, alors ils auraient une indication sur lui et peut-être sur l'endroit où il se cachait.

— Et les hôtels ? suggéra Chris, apparemment sur la même longueur d'onde.

— Ça vaudrait la peine d'aller faire un tour au Four Seasons, indiqua Lucy. D'autant qu'il se situe juste au coin de la rue des Redmond.

— Parfait. Alors, on va essayer là, ainsi que dans les autres hôtels de luxe de la ville. Si l'un d'eux utilise ce genre de drap, on peut demander la liste de leurs clients pour voir si on trouve quelque chose d'intéressant.

— Je m'en charge, déclara Lucy.

— Le labo procède à des tests ADN dessus, en ce moment même, mais cela m'étonnerait qu'on trouve autre chose que le profil de Jim Redmond.

— Bravo en tout cas, pour le drap, complimenta Chris. C'est peut-être la clé qu'il nous fallait.

— Ne me remerciez pas, répondit Reilly en grimaçant. Remerciez plutôt la femme du pauvre homme qui s'est retrouvé mêlé à tout cela.

23

La maison en bois était sombre et calme, blottie dans un coin isolé au bout d'un pâté de maisons dans une banlieue de San Francisco. Une maison parmi des milliers d'autres, toutes semblables.

Reilly était assise sur le canapé, les jambes ramassées sous elle, ses devoirs éparpillés un peu partout. Elle regardait la télé tout en étudiant.

Une silhouette passa sans bruit dans l'obscurité de la cour à l'arrière, appuyée sur le mur de la maison.

Reilly coupa le son de la télé et tendit l'oreille. Rien.

Elle remonta le volume et reprit ses devoirs.

La silhouette se glissa le long d'un mur et partit sur la pointe des pieds sous le porche, se déplaçant en silence vers la porte de derrière. Une main tourna doucement la poignée, qui ne résista pas, et la porte s'ouvrit vers l'extérieur. La silhouette avança discrètement dans la cuisine, passant devant une bande de lumière qui venait de l'étage.

Reilly était plongée dans ses livres, ignorant l'intrus. Il arriva dans le salon, pour l'épier.

À pas de loup, il s'approcha de plus en plus du canapé.

— T'as intérêt à être bien plus discret que ça si tu veux me surprendre, déclara Reilly en se tournant.

— Bon sang, tu as une ouïe incroyable ! s'exclama l'adolescent, sautant par-dessus le dossier du canapé sans se soucier des livres.

— Tommy, fais attention à mes devoirs ! gronda-t-elle.
— Allez, tu t'en fiches ! taquina-t-il. J'ai un autre type de devoirs pour toi...
Ils s'enlacèrent, leurs lèvres scellées, ignorant le temps qui passait. Au bout d'un long moment, ils se dégagèrent pour reprendre leur souffle.
— Quand est-ce qu'il rentre, ton père ?
— Qui sait ? Sans doute quand les gens arrêteront de lui offrir des verres ou quand on le mettra dehors...
— Génial ! s'exclama Tommy, revenant à la charge.
Il se remit à l'embrasser, essayant de lui retirer son pull. Elle se laissa faire avec passion, et ils se retrouvèrent à moitié nus, leurs mains parties en exploration.
Un bruit interrompit soudain Reilly. Elle se rassit et se concentra pour vérifier si elle l'entendait encore, ses yeux à l'affût du moindre mouvement.
— Qu'est-ce qui se passe ? demanda Tommy, peu disposé à s'arrêter.
— Je crois que j'ai entendu quelque chose. Jess a le sommeil très léger.
— Qui est Jess ?
— Ma petite sœur.
— Et alors ? On s'en fiche, affirma Tommy en lui caressant la nuque.
Elle frissonna quand il l'embrassa.
— Mais elle risque de nous voir...
— Et alors ? Elle pourrait même apprendre quelque chose...
Il commença à déboutonner le jean de Reilly.
Elle essaya de l'arrêter.
— On ne devrait pas. Pas ici, pas maintenant.
— Allez, bébé, insista Tommy. Tu sais que je t'aime, dit-il en riant. On a 17 ans, c'est ce qu'on est censés faire.
Reilly hésita, mais Tommy, connaissant son point faible sur la nuque, reprit son offensive.
— Je t'aime, murmura-t-il, descendant légèrement son jean.
— Je t'aime aussi, céda-t-elle, s'allongeant pour laisser Tommy finir de la déshabiller.

— Qu'est-ce que tu fais ? demanda une petite voix tout près d'eux.

— Bordel de... sursauta Tommy.

Reilly se redressa pour voir Jess les fixer, ses cheveux blonds attachés en une queue-de-cheval, une expression bizarre sur le visage.

— Jess, tout va bien, lança Reilly, rassurante.

— Qu'est-ce qu'il te fait, Reilly ? Il te fait mal ?

Tommy souriait désormais, regardant Jess avec intérêt.

— Eh bien, regardez-moi ça ! Tu ne m'avais jamais dit que tu avais une si jolie petite sœur, Reilly.

Reilly se tourna vers lui, mal à l'aise. Elle ne comprenait pas ce qui, chez sa petite sœur, rendait tous les hommes fous.

— Reilly ? lança Jess en la regardant incrédule. Tu le faisais... avec lui ?

— Non, Jess, tu ne comprends pas, on était juste...

— On s'amusait un peu, termina Tommy en s'asseyant et en reboutonnant sa chemise.

Jess continuait à fixer Reilly comme si elle l'avait trahie. Et bizarrement, c'était ce qu'elle ressentait aussi. Jess l'admirait, la considérait un peu comme sa mère, et Reilly avait pris sur elle de la protéger.

— Voilà, confirma-t-elle en remontant son jean avant de se lever du canapé. Ce n'était rien, Jess.

— Tu le faisais avec lui ! accusa Jess, son visage se durcissant. Tu es comme elle ! Tu es une putain, et je te déteste !

Médusé, Tommy l'observait.

— C'est quoi ce bin's ?

— Jess, lança Reilly, d'une voix douce mais bouillonnant de colère contenue. Tu n'as aucun droit de me parler comme ça. Maintenant, retourne dans ta chambre.

— Je vais le dire à papa, défia Jess. Je vais dire à papa que tu le faisais avec un gars dans notre salon, alors que tu devais t'occuper de moi ! Tu es comme elle, Reilly. Et comme elle, tu vas finir par nous quitter !

Reilly se redressa sur son lit, désorientée. Le rêve était si réel, elle avait vraiment l'impression que Jess se tenait dans sa chambre.

Frissonnant, elle observa la pénombre. Chaque ombre la menaçait, attendait tapie, prête à lui sauter dessus.

Elle lança des regards inquiets dans la pièce, vers la petite penderie dans le coin, la fenêtre avec ses rideaux en dentelle qui laissaient passer la lumière jaune de la rue, avant de se rallonger sur son oreiller. Elle tenta de fermer les yeux et de se détendre pour se laisser emporter par le sommeil.

— Bon sang ! s'exclama-t-elle en se rasseyant.

À quoi bon ? Elle était tout à fait réveillée à présent et ne parviendrait plus à dormir. Elle sortit du lit et s'enveloppa dans une robe de chambre, avant de se diriger vers le salon.

Elle alluma la lumière du plafond, chassant immédiatement les ombres et les fantômes qui avaient hanté ses rêves. L'affaire la perturbait plus qu'elle ne voulait l'admettre, déterrant de son inconscient des souvenirs et des émotions qu'elle pensait enfouis depuis longtemps.

Elle resta sur le seuil du salon, essayant de décider ce qu'elle allait faire, maintenant qu'elle était réveillée. Incapable de penser à autre chose, elle s'assit sur le canapé devant la table basse et alluma son portable. Autant avancer.

Pendant que l'ordinateur se mettait en marche, elle regarda autour d'elle dans l'appartement. Il était propre, mais vraiment petit, et malgré tous ses efforts pour lui apporter des touches personnelles, elle ne s'y sentait toujours pas chez elle.

Nostalgique, elle repensa à sa maison en Californie à quelques minutes de la plage, avec ses grandes fenêtres en bois qui laissaient entrer la lumière chaude et l'air frais de l'océan. Mais, soudain, elle se figea alors que ses yeux se posaient sur la bibliothèque.

Quelque chose ne semblait pas comme d'habitude.

Elle se leva pour aller voir de plus près. Elle avait beau essayer, elle ne trouvait pas ce qui la dérangeait. Il manquait quelque chose, peut-être, ou alors quelque chose avait été déplacé. Mais quoi ?

Elle secoua la tête, mettant son trouble sur le compte de son rêve. Pourtant, les conseils du Dr Kyle avant qu'elle ne quitte la Californie résonnaient dans sa tête : « Si vous vous sentez fragile, n'ayez pas peur de demander de l'aide. La vulnérabilité, ce n'est pas de la faiblesse. »

Était-ce le retour des rêves qui la déstabilisait ? Non, ce n'était rien de plus que ça, des rêves. Ils ne pouvaient pas la blesser et certainement pas la fragiliser. De toute façon, chacun avait ses angoisses et ses inquiétudes qu'il essayait de cacher au reste du monde. Elle repensa à Chris et à son refus entêté d'admettre ses faiblesses. Oui, tout le monde avait ses démons, se convainquit Reilly et elle n'était pas différente des autres.

Elle retourna sur son canapé pour s'emparer de son ordinateur. Le posant sur ses jambes, elle ouvrit Google et tapa le mot « tabou ».

Quelques heures plus tard, Reilly fut réveillée par un bip, une douleur dans la nuque et dans le dos. Elle était encore sur le canapé et se sentait sonnée. Le bip venait de son ordinateur pour lui annoncer que la batterie était à plat. Elle le ferma, s'assit et passa une main dans ses cheveux.

Dans la lumière grisâtre du matin, tout paraissait parfaitement normal et sans danger. Difficile de croire qu'elle essayait de se mettre à la place de quelqu'un d'assez malade pour utiliser les plus sombres tabous de la société comme moyen de terreur. Comme si menacer et tuer ne suffisait pas, il leur faisait aussi subir une torture psychologique.

Reilly regarda sa montre. Bon sang, déjà 7 h 15 ! Il fallait qu'elle soit au labo de bonne heure aujourd'hui pour préparer la réunion interdépartementale, et elle savait qu'elle devrait être à la hauteur pour affronter les inévitables questions de O'Brien plus tard.

Elle se leva avec peine et rejoignit la salle de bain où elle retira sa robe de chambre. Réglant le robinet, elle se glissa sous la douche, laissant l'eau tiède la réveiller.

Ensuite, elle s'habilla en toute hâte et coiffa ses cheveux en une queue-de-cheval. Le petit déjeuner attendrait. Elle pourrait toujours prendre quelque chose à la cantine des employés.

Elle prit sur la table de l'entrée son sac à main, son téléphone portable et ses clés, mais s'arrêta clouée sur place. Où était passé son badge de la police scientifique ? Elle le laissait toujours sur la table. Elle essayait de se remémorer les événements de la veille après qu'elle était rentrée chez elle. Pas évident, les jours se confondaient tous. Se disant qu'elle avait dû le laisser au labo, elle sortit.

— Ben, d'où sortez-vous comme ça ? demanda Simpson, de service ce matin également, en gratifiant Reilly d'un sourire amusé, alors qu'elle se précipitait dans le hall du bâtiment de la police scientifique.

Elle s'arrêta, surprise.

— Je ne suis pas si en retard, rétorqua-t-elle, alors qu'elle continuait vers l'ascenseur, mais il l'arrêta.

— Comment ça, « vous n'êtes pas si en retard » ? s'étonna Simpson.

— Quoi ? Mais de quoi parlez-vous ? interrogea Reilly en se retournant.

Simpson lui adressa un regard stupéfait et lui tendit le grand registre bleu pour qu'elle voie par elle-même.

— Regardez, vous avez déjà signé ce matin.

Reilly se dépêcha d'aller vérifier.

Son nom apparaissait à 7 heures. Elle leva les yeux vers Simpson.

— Je ne sais pas qui a signé ici, mais en tout cas, ce n'était pas moi.

Simpson retira sa casquette et gratta son crâne dégarni.

— Peut-être que vous êtes passée en coup de vent pour prendre un café, ou quelque chose comme ça...

— Non. Je viens juste d'arriver.

— Alors, qui était-ce ?

Son estomac se convulsa quand elle repensa à son badge qu'elle n'avait pas trouvé ce matin.

— Vous pouvez me décrire la personne qui a signé ? interrogea-t-elle, essayant de ne pas laisser la panique transparaître dans sa voix. La personne que vous avez prise pour moi ?

— En fait, je n'étais pas encore de service à cette heure-là, j'ai pris mon poste il y a une demi-heure seulement. Ce doit être le garde de nuit qui vous a enregistrée.

Il avait l'air inquiet, se doutant que cette histoire lui attirerait des ennuis.

— C'est sûrement une erreur, hasarda-t-il. Je ne me ferais pas de souci, si j'étais vous.

Mais Reilly ne voulait pas en entendre davantage, elle courait déjà vers l'ascenseur.

— Il y a un intrus dans le bâtiment et il pourrait même s'agir d'un suspect dans une affaire de meurtre, prévint-elle par-dessus son épaule. Appelez du renfort.

Elle appuya plusieurs fois sur le bouton, impatiente que l'ascenseur arrive. Après ce qui lui sembla une éternité, une petite sonnerie annonça l'arrivée de la cabine, et Reilly fit un pas à l'intérieur.

— Et si vous voyez quelqu'un de louche, ne tentez pas de l'arrêter seul !

Dans l'ascenseur, elle pesta de ne pas être aux États-Unis, car elle aurait largement préféré être armée. Même si l'intrus était sans doute déjà parti, avoir sur soi un pistolet apportait un sentiment de sécurité indéniable. D'autant que son entraînement avait été en grande partie basé là-dessus. Au lieu de cela, elle devrait recourir à ce que Daniel encourageait de la part de ses recrues : utiliser son instinct.

En sortant de l'ascenseur, elle regarda rapidement à gauche et à droite, aucun mouvement, rien que le scintillement faible des néons. Le couloir était plongé dans un silence de mort à cette heure de la journée. Les autres n'arrivaient pas avant 8 h 30, 9 heures. Qu'est-ce qu'elle devait vérifier en premier, son bureau ou le laboratoire ?

Elle opta pour son bureau, c'était son espace personnel, et donc une meilleure cible potentielle pour le tueur, si c'était bien de lui qu'il s'agissait. Elle enleva ses chaussures pour ne pas faire de bruit dans le couloir.

Elle s'efforçait de contrôler sa respiration et de rester calme. Sa formation l'avait préparée à de telles situations. Elle jeta un coup d'œil aux mocassins noirs qu'elle tenait à la main.

Ses moniteurs à Quantico seraient partagés entre le rire et les larmes s'ils la voyaient, sur le point d'appréhender un dangereux suspect, munie seulement d'une paire de chaussures italiennes en cuir.

Elle ralentit à l'approche de son bureau et s'arrêta devant la porte, tendant l'oreille pour savoir si l'intrus se trouvait à l'intérieur. Le bâtiment grognait doucement, le chauffage central gazouillant et ronronnant, mais aucun bruit ne venait du bureau, rien qui suggérât la présence de quelqu'un. Une chaussure brandie telle une arme, Reilly entra dans son bureau.

Dès le premier regard, elle sut que quelqu'un était passé par là. La nuit dernière, en vérifiant sa bibliothèque, elle s'était demandé si rien ne manquait. Maintenant, c'était clair !

Au milieu de sa table de travail, s'étalait un album photo... *son* album photo. Mon Dieu ! Le tueur s'était-il introduit chez elle ? Comment et surtout... pourquoi ? Se rappelant sa nervosité de la veille et le mauvais pressentiment qu'elle avait réussi à refouler, elle eut la chair de poule. Que se passait-il au juste ?

L'album était tourné dans l'autre sens, Reilly dut donc faire le tour de son bureau pour voir à quelle page il était ouvert.

Une photo de famille, datant d'au moins quinze ans. Une autre époque, une autre vie. Le clan Steel était encore innocent, heureux. Leur mère était partie pour de bon, les graines de l'avenir étaient déjà semées, mais tous les trois semblaient encore heureux, Mike et ses deux filles.

Halloween. Reilly entourait d'un bras protecteur sa sœur qui la regardait, admirative. C'étaient les déguisements qui rendaient le cliché si lourd de sous-entendus et révélateur. Reilly n'avait jamais aimé cette fête, les sorcières, les démons et les vampires dont les autres gamins raffolaient. Par conséquent, en général, elle enfilait un déguisement qu'elle avait cousu elle-même, une sorte d'ange-fée aux ailes diaphanes. *Tous les psys auraient été intarissables en voyant ça,* se dit-elle.

Jess, en revanche, avait toujours adoré se déguiser. Elle rayonnait, vêtue de rose, sa couleur préférée, un joli bouquet de fleurs à la main.

Mais le plus déconcertant était le Post-it collé sur la photo : « Famille heureuse. »

Reilly le fixa un moment, oubliant un instant qu'un dangereux criminel pouvait se trouver dans le bâtiment. Soudain, elle ressentit une profonde nostalgie pour ce temps perdu où Jess et elle s'aimaient, où leur père ne buvait pas et où ses plus grandes craintes étaient de ne pas avoir le temps de finir ses devoirs ou d'avoir encore un bouton sur le visage pour la fête du samedi.

À contrecœur, elle quitta des yeux la photo et se concentra de nouveau sur la sinistre réalité du temps présent. Qu'est-ce que tout cela signifiait ? Le tueur savait-il pour Jess et pour ce qui lui était arrivé ? Mais comment le saurait-il ? Personne n'était au courant, à part elle et son père...

Reilly secoua la tête pour remettre de l'ordre dans ses idées, essayer de comprendre. Le tueur avait pénétré dans son appartement et dans son bureau, aucun doute là-dessus, mais maintenant, où était-il ?

Elle chercha autour d'elle une arme plus convenable – son mocassin ne faisait pas le poids. Elle balaya du regard des revues, des magazines et des livres, pour finalement s'arrêter sur une bouteille de vin sur une étagère, un cadeau de Noël qu'elle avait oublié de rapporter à la maison.

Reilly jeta ses chaussures à côté du bureau et s'empara de la bouteille. La tenant par le col, elle l'agita dans les airs. C'était mieux tout de même, plus lourd. Elle tendit l'oreille une nouvelle fois, avant de partir vers le laboratoire.

Le terne couloir ne lui avait jamais paru menaçant auparavant, mais à présent chaque ouverture semblait pouvoir abriter un danger. Reilly se colla contre le mur, avançant tout doucement et vérifiant derrière toutes les portes. Chaque fois qu'elle en ouvrait une, son cœur bondissait, craignant que les charnières ne grincent et que quelqu'un ne lui saute à la gorge.

S'arrêtant devant un bureau, elle songea qu'elle ne savait même pas ce que le tueur pouvait bien faire ici. L'album photo prouvait qu'il avait été dans son appartement, ce qui était déjà largement assez effrayant, mais il aurait aussi bien pu le laisser ostensiblement ouvert là-bas. L'effet aurait été tout aussi spectaculaire, et il aurait pris moins de risques.

Reilly comprit alors qu'elle tenait la clé du mystère. Le tueur se pavanait. Il montrait à la police qu'il était au courant de tous leurs faits et gestes. Et cela voulait dire aussi qu'il pouvait avoir accès à son dossier, aux pièces à conviction...

Reilly referma le bureau pour continuer sa progression dans le couloir, espérant que Simpson l'avait écoutée et avait appelé des renforts.

Elle arriva enfin au labo. Elle s'arrêta et essaya de se faire une représentation mentale de l'intérieur : les coins où le tueur pourrait se dissimuler, ce qu'il cherchait...

C'était une grande salle avec plusieurs endroits où se cacher, des bancs, des bureaux, des casiers, de l'équipement. Nom de Dieu, on aurait pu y camoufler toute une brigade d'intervention ! Reilly prêta l'oreille encore une fois, avant de se faufiler à l'intérieur.

Les lumières étaient éteintes, mais une vague lueur provenait du couloir. Elle regarda autour d'elle : aucun mouvement. Et un silence total. Respirant doucement, elle se pencha et se guida à l'aide d'un banc en bois qui menait vers le bout du laboratoire, habité des ombres projetées par les équipements électriques.

En approchant du fond, elle s'aperçut que l'intrus était entré ici aussi. Plusieurs des gros classeurs gris étaient ouverts et les dossiers de l'affaire du tueur aux tabous recouvraient le bureau.

Certaine que plus personne n'était dans la pièce, Reilly se releva lentement et posa la bouteille de vin, sa seule arme, sur le comptoir. Elle parcourut la salle du regard avant de s'arrêter sur les dossiers, éparpillés sur la table, les photos rangées en ligne, les papiers en désordre. *Le tueur cherchait-il quelque chose de précis ? Qu'est-ce qu'il avait pensé de tout cela ?* se demanda-t-elle. *Avait-il pris ou modifié quoi que ce soit ?*

Essayant de chasser de son esprit les doutes et la peur, Reilly scruta une nouvelle fois le dessus du bureau.

Ses pensées furent interrompues par un léger bruit derrière elle, à côté de la porte. Elle pivota assez vite pour apercevoir une silhouette se glisser hors de la pièce et courir dans le couloir.

Bon sang ! Il avait été là tout ce temps, à l'épier. Comment avait-elle été assez stupide pour se laisser aller à fouiller dans les dossiers, alors qu'elle n'avait pas vérifié autour d'elle ?

Poussée par l'adrénaline et la colère, Reilly s'élança à la poursuite de l'intrus, son collant la faisant glisser sur le lino. Elle franchit la porte à temps pour voir quelqu'un entrer dans la cage d'escalier. Reilly courut derrière lui, dérapant, maudissant son impuissance : pas de renfort, de talkie-walkie ni d'arme, tout ce sur quoi elle aurait pu compter aux États-Unis. Au moment où cette idée traversa son esprit, elle se dit que le tueur devait être au courant de son manque de moyens.

Arrivée à la porte de la cage d'escalier, Reilly l'ouvrit grand et se jeta droit sur le canon d'un 38 mm.

24

Chris poussa les portes battantes de l'immeuble de la police scientifique et tomba sur un Simpson particulièrement inquiet.

— C'est tout ? gronda le gardien.

— Quoi, c'est tout ? interrogea Chris sans comprendre.

— C'est vous les renforts ?

— Quels renforts ? s'enquit Chris en fixant le garde de la sécurité comme s'il était devenu fou. Je suis juste venu voir Reilly...

— C'est elle qui m'a dit d'appeler les renforts, déclara Simpson à la hâte. Elle a dit qu'un intrus se trouvait dans le bâtiment.

— Et elle vous a demandé de prévenir la police ?

— Elle a dit que cette personne était dangereuse et m'a bien averti de ne pas essayer de l'arrêter tout seul.

— Alors, où est-elle ? demanda Chris, sentant l'inquiétude monter.

— Mlle Steel ? Elle est montée à l'étage.

Chris n'y comprenait rien. Ça n'avait pas de sens. Il se dépêcha de prendre une décision.

— Je monte pour vérifier que tout va bien, affirma-t-il, se dirigeant vers l'ascenseur. Vous avez bien appelé la police ? lança-t-il par-dessus son épaule.

— Bien sûr ! Ils envoient une patrouille au plus vite.

J'espère vraiment qu'ils ne traîneront pas, songea Chris, soucieux. Le problème était que ni le vigile, ni la police du coin n'avaient la moindre idée de l'urgence de la situation. Le bâtiment médico-légal était relativement récent, et personne ne s'attendrait à avoir à combattre un dangereux criminel dans son enceinte. Pourtant, si les soupçons de Reilly étaient fondés, il priait pour que la cavalerie arrive le plus vite possible, pour Reilly autant que pour lui.

— Dès qu'ils seront là, racontez-leur tout ce que vous m'avez dit, d'accord ?

Quand l'ascenseur arriva enfin, il bondit à l'intérieur.

— Et surtout ne faites pas d'erreur, cet individu est très dangereux !

Au quatrième étage, il sortit à pas lents de la cabine, regardant autour de lui. Pas un bruit. Dégainant son pistolet, il tourna dans le couloir. S'il s'agissait bien du tueur, il devait être armé, et prêt à faire feu.

Chris se dirigea vers le bureau de Reilly, s'arrêtant un instant pour regarder par la petite lucarne aménagée dans la porte de la cage d'escalier. Ce qu'il vit lui glaça le sang. Reilly gisait sur les marches. Elle ne bougeait pas.

— Bon sang !

Chris se précipita vers elle et pressa les doigts contre son cou, cherchant son pouls. Il perçut une très faible pulsation sous ses doigts.

— Reilly, Reilly, ça va ? appela-t-il, essayant de la réveiller.

Mais elle ne réagit pas. Malgré la douleur sourde dans ses articulations, Chris la prit dans ses bras et se leva lentement.

Reilly se noyait. L'eau montait à toute vitesse et elle était prise au piège, les pieds retenus par les fonds terreux. Elle luttait de toutes ses forces pour se tirer vers le haut, mais elle n'arrivait pas à arracher ses pieds à la boue.

L'eau tourbillonnait autour de son visage. Elle levait le menton, s'efforçant de garder la tête hors de la marée aussi longtemps que possible, mais l'eau progressait inexorablement. Elle lui léchait la nuque, le menton, les oreilles pour arriver jusqu'à ses lèvres.

Reilly n'avait jamais eu peur de l'eau, elle s'y était toujours sentie à l'aise, la recherchant même comme compagnon de jeu, mais cette fois, c'était différent. Cette eau était froide, boueuse, tournoyant autour d'elle en montant, la glaçant de l'intérieur.

Elle ferma la bouche, consciente pour la première fois de sa vie de l'importance de l'air. Ne respirant plus que par le nez, elle leva les yeux vers le ciel lugubre, menaçant d'exploser.

Les nuages assombrissaient l'atmosphère, pesant sur sa vie, sur ses rêves. Mais l'espace d'un court instant, juste avant que les eaux recouvrent son nez et ses yeux, elle vit une ouverture dans la couche de nuages, un tout petit point de lumière qui essayait de percer l'obscurité sans fin.

Soudain, la marée la recouvrit et elle renonça, laissant le calme et la douce pénombre l'envahir et l'emporter.

Tout devint paisible. Elle ouvrit les yeux mais ne put rien voir dans les eaux troubles. Elle les referma, sentant la pression augmenter dans ses poumons alors que le niveau de dioxyde de carbone s'élevait et que son besoin de respirer se faisait plus pressant.

Mais elle ne répondit pas à l'appel. Elle combattit son instinct, se força à se détendre. L'eau l'enveloppait, la berçait, virevoltant autour d'elle, la soutenant, l'apaisant. Plus besoin de se battre, juste le calme et la paix…

— Reilly ? Reilly ! Ouvrez les yeux !

L'obscurité l'invitait. Si elle pouvait juste s'endormir… Plus de travail, plus de souci, plus…

— Reilly !

La lumière revint, plus claire encore, interrompant sa tranquillité, la tirant d'un long sommeil paisible.

— Reilly, ouvrez les yeux, mon petit.

Telle une feuille portée par le vent, Reilly sentit les deux forces opposées l'appeler. Le calme, l'obscurité et la félicité de l'eau d'un côté, la lourde voix insistante et la lumière vive de l'autre.

Ses yeux s'ouvrirent d'un coup. Elle regarda autour d'elle, ébahie, cherchant à se raccrocher à quelque chose de connu, quand une douleur aiguë lui saisit le bras. Elle essaya de la soulager en frottant la source du mal, mais une puissante main l'arrêta.

Lentement, luttant pour contrôler ses muscles et pour y voir clair, elle distingua à son côté un secouriste qui maintenait fermement en place une perfusion.

— Qu'est-ce que... articula-t-elle avec peine, incapable de formuler une question.

Sa bouche refusait d'obéir, ses yeux se perdaient dans le vague, alors que l'ambulance fonçait dans les rues de la ville.

C'en était trop. Tout était tellement mieux dans l'eau ! Elle referma les yeux, désirant désespérément se rendormir, retourner dans le calme et la profondeur des eaux froides.

— Reilly, allons. Restez parmi nous.

Quelque chose dans cette voix lui fit rouvrir les yeux. De l'autre côté de la civière sur laquelle elle reposait, elle vit un autre visage. Elle le reconnut, sans parvenir à le situer.

Des noms jaillirent dans son esprit, tels des souvenirs enfouis, Jess... Mike... Tommy, aucun ne sonnait juste. Qui étaient ces gens ? Et soudain, elle comprit.

— Chris ! lâcha-t-elle en tendant une main vers lui.

— C'est bien, complimenta-t-il en souriant.

Elle n'avait qu'une envie, refermer les yeux, mais il la maintenait éveillée et consciente par la force de son regard.

— Concentrez-vous sur moi, Reilly, ordonna-t-il.

Elle laissa échapper un profond soupir, revenant enfin au présent et fit un effort pour reprendre le contrôle de ses sens. Elle tenta de soulever un peu la tête pour regarder autour d'elle. Elle se trouvait dans une ambulance, mais ne comprenait pas pourquoi.

— Où suis-je ?

— Je vous ai trouvée dans la cage d'escalier, répondit Chris, d'une voix douce. Simpson a dit que vous l'aviez prévenu de la présence d'un intrus.

Dès qu'il prononça ces mots, tout lui revint. Le tueur. Le tueur était là, dans le bâtiment. Comme si elle revoyait le film des événements en accéléré, une série d'images jaillit dans son esprit : l'album photo dans son bureau, elle et Jess dans leurs déguisements de Halloween, les papiers éparpillés sur le comptoir dans le laboratoire, et pour finir la cage d'escalier. Elle se souvint d'avoir vu un pistolet, le choc froid du métal, et ensuite... Quoi ? Sa mémoire lui jouait des tours.

— Qu'est-ce qui s'est passé ? demanda-t-elle, la bouche sèche.

— Vous étiez toute froide quand je vous ai trouvée, répondit Chris, inquiet. Je suppose qu'on devra vous faire quelques examens pour savoir...

Soudain, la dernière image surgit dans l'esprit de Reilly. Seringue hypodermique.

— Du pentobarbital !

Chris la fixa, intrigué.

Reilly s'humecta les lèvres. Parler lui était encore pénible.

— Il était là, Chris. Il était dans le bâtiment. Il voulait jeter un œil au dossier, je l'ai interrompu et il m'a injecté du pentobarbital.

— Comment a-t-il pu pénétrer dans le labo ?

— Il est entré par effraction chez moi et m'a volé mon badge. Je ne l'ai pas trouvé ce matin, et ensuite Simpson...

Une idée la coupa dans son explication. Comment le gardien de nuit aurait-il pu la confondre avec une personne qui ne lui ressemblait pas du tout et qui était probablement un homme ?

— En fait, non ! Ce n'est pas possible que ce soit lui qui m'ait agressée. Quelqu'un d'autre doit être mêlé à tout ça !

25

Reilly se reposait dans son lit d'hôpital, pendant qu'une infirmière bien en chair s'affairait à ses côtés. Quand elle se penchait sur elle, Reilly sentait un agréable parfum de jasmin et peut-être aussi de menthe. *Jo Malone*, reconnut Reilly. Très populaire de ce côté-ci de l'Atlantique.

Elle avait somnolé toute la journée, et maintenant elle se sentait mieux. L'infirmière changea sa perfusion, tapota les oreillers, avant de lui glisser les draps tout frais et propres sous les bras. Elle fit un pas en arrière et observa Reilly.

— Ça va, mon cœur ? demanda-t-elle avec son accent du nord de Dublin, qui donnait à Reilly envie de sourire.

— Je vais bien. Quelle heure est-il ?

L'infirmière consulta sa montre, accrochée à sa blouse.

— Près de 16 heures, informa-t-elle.

— 16 heures ? J'ai dormi presque toute la journée ? balbutia-t-elle. Eh bien, après tant de sommeil, je pense que je suis plus fraîche que la plupart des matins !

L'infirmière la regarda un moment avant de hocher la tête.

— Il y a un monsieur qui attend dehors depuis un certain temps. Vous êtes en état de recevoir de la visite ?

— Bien sûr ! Je serais ravie d'un peu de distraction.

— Je le fais entrer, annonça-t-elle, lançant à Reilly un sourire complice. Il n'est pas mal du tout...

Elle sortit, et un instant plus tard, Chris fit son apparition, un joli bouquet de lys tigrés à la main. Il les brandissait tel un trophée, pas très sûr du protocole à suivre.

— Comment allez-vous ? C'est pour vous.

— Elles sont superbes, merci. Vous pouvez les poser là, dit-elle en indiquant sa table de chevet. Je vais demander à l'infirmière qu'elle les mette dans l'eau.

Chris s'exécuta avant d'approcher une chaise pour s'asseoir à côté du lit.

Une fois installé, il balaya du regard les autres patients dans la chambre. Un mélange de jeunes et de personnes âgées, certains endormis, d'autres redressés sur leur lit à regarder la télévision.

— Alors, comment vous sentez-vous ? demanda-t-il une nouvelle fois. Bon sang, vous nous avez fait une sacrée frayeur !

— Oui, j'imagine à quel point Kennedy a dû se faire du souci, plaisanta-t-elle.

— Il vous salue. En fait, c'est lui qui m'a dit de vous apporter des fleurs.

Malgré son ton jovial, l'anxiété se lisait sur son visage. Il l'observait intensément, comme s'il cherchait le trouble dans ses yeux.

Elle se sentit étrangement touchée par sa sollicitude.

— Je suis encore fatiguée, mais ça va. J'ai cru comprendre d'après ce que m'a expliqué l'infirmière que c'est à vous que je dois d'être arrivée si vite aux urgences ?

— C'est vrai que quand je vous ai trouvée dans l'escalier, je me suis demandé si je ne ferais pas mieux de vous laisser là. Avec tout votre surf et votre natation, je me disais que vous deviez au moins peser une tonne de muscles…

Reilly baissa les yeux sur sa blouse d'hôpital à manches courtes et banda le biceps.

— Oui, une vraie haltérophile, c'est certain.

— Mais j'ai quand même réussi à vous soulever pour vous ramener dans l'entrée de l'immeuble.

— Merci, lança-t-elle, le gratifiant d'un sourire chaleureux. Je suis sincère.

Cela n'avait pas dû être facile, dans son état.

— Une fois que les ambulanciers sont arrivés, je suis retourné à l'intérieur pour voir s'il était encore là, enfin, lui ou elle. J'ai remarqué quelque chose sur votre bureau.

— L'album photo ? demanda-t-elle, n'y ayant plus repensé.

Chris hocha la tête.

— On me l'a pris dans mon appartement. J'imagine qu'il doit s'agir d'une sorte de message...

— Quel genre ? J'ai vu la photo, cliché de famille classique.

— Si seulement je savais...

La présence d'un objet si personnel l'avait profondément ébranlée. En plus de pénétrer dans son appartement et d'envahir son intimité, à quoi le tueur jouait-il avec cette photo ?

— Un vrai casse-tête, reconnut Chris, soupirant profondément. C'est du sérieux. Quelqu'un est entré par effraction dans votre appartement, a volé votre badge et l'album photo. Il aurait très bien pu vous tuer, et maintenant, vous devez élucider ces énigmes.

— Je sais.

— Une tasse de thé, ça vous dit, mon cœur ?

Surpris par l'interruption, ils se retournèrent tous les deux pour accueillir la dame du thé qui faisait sa tournée. Elle lançait un regard interrogateur à Reilly.

— Non, ça va, merci.

Elle dégageait une chaleur maternelle avec son tablier, visiblement déterminée à ce que tous reçoivent le réconfort d'une tasse de thé au moins deux ou trois fois par jour. Mais Reilly ne reconnut pas son parfum. Une sorte de mélange fleuri et certainement pas une eau de toilette, plutôt une crème pour le corps ou le visage.

— Et votre mari ? demanda-t-elle en se tournant vers Chris. Ça vous ferait plaisir, mon cœur ?

— Je ne suis pas, enfin, je veux dire... bredouilla Chris en regardant Reilly qui essayait de ne pas rire. J'adorerais une tasse de thé, merci, finit-il par répondre.

Ils se turent pendant qu'elle versait le liquide chaud et éclatèrent de rire une fois la dame partie servir le patient suivant.

— Bon sang, j'ai vraiment l'air d'être rangé ? protesta Chris.

— Si elle savait ! ironisa Reilly.

Il but une gorgée de son thé.

— En tout cas, ça fait du bien.

— À votre santé. Vous savez, en Amérique, on n'a pas de gentille bonne femme qui vous sert du thé quand on est à l'hôpital.

— Oui, j'ai entendu dire qu'on vous facture tout là-bas, même l'aspirine.

Reilly se tut. Elle était consciente que leur petite conversation anodine ne servait qu'à repousser le poids de la réalité sinistre qui pesait sur eux. Chris sirotait son thé, attendant qu'elle lui en dise davantage sur l'album photo.

Elle se redressa, remontant les couvertures sur elle.

— Sur la photo… C'est mon père, ma petite sœur, Jess, et moi. Ma mère nous a quittés quand nous étions petites, Jess n'était qu'un bébé, alors c'est moi qui l'ai pratiquement élevée.

— Vous avez combien d'années d'écart ?

— Cinq ans.

— C'est jeune pour devenir mère de substitution.

— Papa était toujours au travail, il n'y avait personne d'autre.

— Tout de même, ça n'a pas dû être facile.

Reilly l'observait. Elle n'en était pas entièrement certaine, mais elle se demandait s'il n'en savait pas plus sur sa situation familiale qu'il ne le laissait entendre. *Et mince…*

— Donc, le rôle d'élever votre petite sœur vous est revenu ?

— Oui. Mon père… Bon, au début, il travaillait beaucoup… Mais, ensuite, il s'est mis à boire beaucoup aussi.

— Vous m'avez dit qu'il vivait ici, à Dublin, n'est-ce pas ?

Elle fit oui de la tête.

— Et votre sœur ? Vous êtes toujours en contact ?

Reilly leva les yeux vers lui, certaine qu'il la testait, mais non, son expression ne cachait aucun sous-entendu, comme d'habitude.

— Non, répondit-elle, doucement.

— Alors, c'est quoi, tout ça ? Pourquoi ce gars s'intéresse tant à vous et à votre famille ? Quel est le rapport avec les meurtres ?

Reilly regarda la perfusion dans son bras.

— Je ne suis pas encore sûre...

Elle leva les yeux et tomba sur une infirmière qui passait dans la salle.

— Excusez-moi ? appela-t-elle.

L'infirmière la vit et lui fit signe de patienter.

— Qu'est-ce qui vous arrive ? interrogea Chris, intrigué par son changement soudain de comportement.

— Vous avez raison, on doit découvrir ce qui se passe et on a déjà perdu trop de temps, affirma-t-elle en sortant de son lit.

— Reilly, qu'est-ce que vous faites ? protesta Chris en essayant de la retenir. Vous avez reçu une dose potentiellement mortelle d'anesthésiant. Vous devez donner à votre corps le temps de récupérer ! Vous devez vous reposer !

— Oui, eh bien, aujourd'hui, j'ai fait le plein de repos pour toute ma vie.

Reilly retira la perfusion de son bras.

— Là, tout de suite, il faut que je parle à Daniel.

Reilly dut patienter. Forrest n'était pas dans son bureau quand elle l'appela, elle ne put que lui laisser un message. Mais elle savait que ce qu'elle avait laissé sur le répondeur l'obligerait à se manifester rapidement. « Nous pensons que le tueur est entré dans le labo et m'a agressée. Je dois te parler. »

— Si avec ça il n'appelle pas, il n'appellera jamais, lança-t-elle à Chris.

Quand il fut évident pour tout le monde qu'elle était décidée à quitter l'hôpital quoi qu'on fasse ou dise, Chris insista pour l'accompagner au labo, ne voulant pas la laisser seule. Il ne s'était pas encore remis de la vision de Reilly évanouie dans l'escalier, ni du trajet en ambulance, quand il avait cru la perdre.

Dès que la nouvelle du retour de Reilly circula, son équipe se pressa autour d'elle pour s'assurer qu'elle allait bien.

Ce fut Julius qui se montra le dernier. Après l'échange de rigueur sur l'état de santé de Reilly, il reprit son ton professionnel, déposant le compte rendu de l'étude des pièces à conviction pour l'affaire Miles.

— La bonne nouvelle, c'est qu'on a trouvé des éléments communs avec les sites de Ryan et de Watson.

— Quelque chose d'intéressant ? demanda Reilly en s'emparant du rapport.

— Peut-être bien. Regardez le cinquième article.

— Sulfate de calcium, lut-elle tout haut pour Chris. Du gypse.

— C'est quoi ? demanda Chris, pressé d'entendre un détail susceptible de résoudre cette série de meurtres, d'autant plus que leur meurtrier semblait décidé à frapper de plus en plus fort.

Inutile d'avoir un diplôme de profileur pour comprendre qu'entrer par effraction chez Reilly et l'attaquer dans son labo revenait à indiquer clairement ses intentions, voire à affirmer son contrôle de la situation.

— Techniquement, c'est une espèce minérale qui a de nombreuses applications dans la vie de tous les jours : craie pour tableaux noirs, plaque de plâtre, plâtre de Paris...

— Je me disais que le plâtre de Paris, avec le pentobarbital et les poils d'un animal appuyaient la thèse du vétérinaire, suggéra Julius.

— Vous pensez que notre homme pourrait travailler dans une clinique vétérinaire ? demanda Chris.

Julius se tourna vers Reilly pour confirmation.

— C'est en effet une possibilité, très utile d'ailleurs. Mais il pourrait également s'agir de la craie d'un instituteur, d'un prof ou même d'un technicien de laboratoire...

Chris la regardait réfléchir aux multiples éventualités.

— Merci, Julius, conclut Reilly. Cela va nous permettre d'avancer.

— Pas de problème. Euh...

Mal à l'aise, il s'attarda un peu.

— Vous vouliez ajouter quelque chose ?

— Eh bien, j'ai également reçu les examens de sang que vous m'aviez demandés... Pour l'autre affaire, affirma-t-il un papier dans la main, n'osant pas regarder Chris. Je me disais que vous voudriez y jeter un œil, mais je peux les ramener plus tard si vous préférez.

— Super. Non, c'est parfait maintenant, merci.

— Voilà, bon... Et comme je vous le disais, on est tous contents que vous alliez bien, bredouilla-t-il avant de disparaître.

— Des résultats d'analyse de sang ? Se pourrait-il que ce soit... ?

— Et si vous fermiez la porte ? suggéra-t-elle, à voix basse.

Chris s'exécuta avant de s'asseoir en face d'elle, sans être sûr de vouloir savoir. D'un côté, cela le soulagerait d'entendre ce qui n'allait pas, pour enfin l'appréhender et pouvoir le traiter. Mais, d'un autre côté, il espérait que tout allait bien, qu'il ne souffrait que d'une grosse fatigue qui se résorberait d'elle-même avec le temps. Il fixait Reilly, essayant de déchiffrer son visage comme on lit un rapport. Elle affichait un air préoccupé.

— Alors ? pressa-t-il, incapable de refréner plus longtemps son impatience. C'est le cancer, c'est ça ?

Ses yeux ne trahissaient aucune information.

— Chris, pour être honnête, je ne sais pas encore. Les résultats initiaux se sont révélés inhabituels, par conséquent, j'ai demandé à ce qu'on procède à des tests complémentaires, mais...

— Inhabituels ?

— Certains chiffres étaient au-dessus de la normale, mais là, ils redeviennent corrects, déclara-t-elle en laissant échapper un profond soupir. Écoutez, je ne suis pas médecin, et il y a des limites à ce qu'on peut faire dans ce laboratoire, vous devez aller voir un spécialiste, qui examinera l'ensemble des symptômes. Une prise de sang, ce n'est pas suffisant.

Il hocha la tête, essayant de ne rien laisser paraître de sa déception. À en croire la frustration qui se lisait sur le visage de Reilly, il en allait de même pour elle.

— Merci d'avoir essayé, en tout cas. J'apprécie.

— Je suis désolée de ne pas avoir pu vous rassurer. Mais, Chris, il faut que vous consultiez. Vous ne pourrez pas fermer les yeux éternellement.

— Vous avez raison, concéda-t-il. Même si, venant de quelqu'un qui vient de s'enfuir de l'hôpital contre avis médical...

— C'est différent, protesta-t-elle, un faible sourire aux lèvres. Nous avons du pain sur la planche. Et d'ailleurs, merci de vous être occupé de moi toute la journée, mais maintenant il faudrait que vous me laissiez travailler. Je voudrais lire le dernier rapport pour voir si je peux...

— Impossible, désolé, interrompit-il en pliant et rangeant les papiers dans sa poche.

— Quoi ? s'indigna Reilly.

— Reilly, écoutez, pour vous, c'est peut-être la routine, mais ce qui s'est passé aujourd'hui au labo est d'une gravité absolue. Nous devons vous interroger.

— Nous ?

Le hasard faisant bien les choses, on frappa à la porte.

Kennedy passa la tête dans l'entrebâillement et les gratifia d'un sourire niais.

— Prêts là-dedans ? Je meurs d'impatience de commencer.

Même si elle n'était pas d'humeur à parler de son agression, Reilly en comprenait la nécessité. En fait, ce ne fut qu'en s'asseyant face aux deux inspecteurs qu'elle se rendit compte à quel point tout cela l'avait remuée.

Il était tard à présent, et pendant son passage à l'hôpital, son équipe s'était chargée d'examiner les lieux de l'agression, le laboratoire et son bureau.

Malgré le côté personnel de l'affaire, elle se doutait bien que ce qu'ils avaient collecté était répertorié de façon aussi froide et détachée que pour tous les autres crimes.

Kennedy était d'humeur inhabituellement conciliante. Bien qu'il se fût montré par le passé sceptique quant aux méthodes de Reilly, il semblait avoir compris la nécessité de mettre de l'eau dans son vin. Il la guida étape par étape pour qu'elle lui décrive tout le scénario de la matinée, à partir du moment où elle avait poussé les portes du bâtiment de la police scientifique jusqu'à son évanouissement.

— Mais vous ne vous souvenez pas d'avoir vu l'agresseur ?

— Non, répondit-elle dans un soupir de frustration. J'ai été frappée à la tête dès que je suis entrée dans la cage d'escalier, je n'ai pas eu le temps de comprendre ce qui m'arrivait. Mais je parierais que c'était une femme. Sinon, comment le garde de la sécurité aurait-il pu nous confondre ?

— Oui, il faudra qu'on tienne compte de cela, affirma Chris. Dommage qu'il n'y ait pas de caméra de surveillance dans le bâtiment.

— Ouais, quel est le taré qui a décidé ça, déjà ? s'offusqua Kennedy.

— J'avais soulevé la question en arrivant ici, mais on m'a rétorqué que cela ne figurait pas dans les priorités. Je n'ai pas insisté et j'ai eu tort.

Kennedy referma son bloc-notes avec un claquement et s'installa sur une chaise.

— Donc, qu'avons-nous appris avec tout cela ?

— Nous savons à quel point le tueur est effronté, commença Chris. Se rapprocher ainsi...

— Mais où est-ce que ça nous mène, Reilly ? interrogea Kennedy. C'est vous l'experte.

Elle s'adossa à sa chaise et passa une main dans ses cheveux.

— C'est toute la question...

— D'accord, alors commençons avec une plus facile, suggéra Kennedy. Que ce soit notre tueur ou une complice, pourquoi s'être risqué à pénétrer ici ? Pourquoi s'exposer ainsi ?

— Parce qu'il s'amuse et qu'il veut qu'on le sache, hasarda Chris.

— Exact. Il veut qu'on sache que c'est lui, qu'on pense à lui. Cela lui donne l'impression d'être spécial, important, omniprésent dans nos esprits.

— Il cherche à attirer l'attention, c'est ça ? Un vrai gamin dans une cour de récréation ! pesta Kennedy.

— Comment ça ? demanda Chris.

— Tu n'as pas d'enfant, tu ne peux pas comprendre, affirma-t-il avant de s'adresser à Reilly. Vous, vous allez comprendre ce que je veux dire, vous vous y connaissez en psychotruc.

— Je vous écoute...

— Quand nos enfants commencent l'école, les instits nous expliquent qu'une des choses qui les aident à s'y faire, à ne pas avoir peur et tout ça, c'est de leur assurer qu'on continuera à penser à eux.

Il avait l'air mal à l'aise de se confier de la sorte.

— Alors, c'est ce qu'on fait. Chaque matin, quand je déposais les filles à l'école, je leur rappelais les photos d'elles que j'avais toujours sur moi dans mon portefeuille. Et ça marchait.

— Elles avaient l'impression que vous transportiez toujours une partie d'elles avec vous, lança Reilly, songeuse.

— C'est ça.

— Il faut vraiment qu'on parle à Daniel, déclara-t-elle, les lèvres serrées, au comble de l'inquiétude.

26

Reilly se réveilla d'un sommeil profond. Elle regarda autour d'elle, effrayée, imaginant quelqu'un au-dessus d'elle, une seringue à la main. La sonnerie aiguë de son téléphone la ramena à la réalité.

Elle jeta un œil vers son réveil. 2 h 25. Elle s'empara du combiné.

— Bonjour, Daniel.

— Reilly, je te réveille ?

Le simple fait d'entendre sa riche voix de baryton mâtinée du doux accent de la Virginie l'apaisa.

— Oui, mais ce n'est pas grave.

— J'étais dehors tout à l'heure. Je viens de revenir et j'ai entendu ton message, expliqua-t-il en laissant échapper un soupir. Quelle journée, hein ? Tu vas bien ?

Elle se redressa dans son lit, emportant comme toujours les couvertures avec elle, et dégagea les cheveux de son visage. Elle était tout à fait réveillée à présent.

— Ça va, je vais bien.

— Ton mail suivant était informatif, mais sec.

— Quoi, tu voulais avoir des preuves que je pleurais en tapant sur mon clavier ? demanda-t-elle en riant.

— Allez, honnêtement, comment te sens-tu ?

Elle prit une seconde pour réfléchir. Plus tôt dans la journée, elle avait été trop occupée pour se demander à quel point elle avait été affectée... Elle s'était contentée de faire avec.

— Je... J'imagine que j'essaye encore de comprendre le sens caché de tout ça.

— Réponse typique de miss Reilly Steel, plaisanta Daniel.

— Comment ça ?

— Je t'ai demandé comment tu allais. Ça, c'est une question qui touche aux émotions. Et toi, tu me parles de comprendre. C'est une réponse d'ordre intellectuel...

Reilly fixait le ciel recouvert de nuages.

— Je ne voulais pas esquiver la question, Daniel, sincèrement. J'essaye vraiment de comprendre ce que cela signifie. La photo, celle-là et pas une autre, et la note... Qu'est-ce que ça veut dire ? C'est comme si le tueur me connaissait, savait pour Jess, mais comment ? J'ai peur de ce qu'on risque de découvrir...

À cet instant, la carapace de plomb se fêla. Reilly ne put maintenir la froideur professionnelle qu'elle affichait toujours, et de grosses larmes se mirent à couler le long de ses joues.

Daniel, à des milliers de kilomètres, entendit les sanglots étouffés et comprit aussitôt sa douleur. Il se sentait impuissant à la réconforter. Tout ce qu'il pouvait faire, c'était rester là à l'écouter, conscient qu'elle avait plus que tout besoin de pleurer.

— Ce n'est rien, Reilly, ce n'est rien, murmura-t-il.

Elle s'agrippa au téléphone, rassurée par sa présence à l'autre bout du fil, tandis que des images de Jess et de sa jeunesse se succédaient dans son esprit. Il savait mieux que quiconque le traumatisme qu'elle avait subi, combien elle essayait de s'en distancier, de laisser toute cette horreur derrière elle. Mais, maintenant, que cela revienne la hanter, et surtout ici...

Petit à petit, les larmes diminuèrent. Reilly se tamponna les yeux avec un mouchoir et se reprit.

— C'est embarrassant, renifla-t-elle.

— Pas du tout, assura Daniel, compréhensif. J'avais juste peur que ton téléphone soit tellement trempé que ça coupe.

Elle rit, se sentant déjà mieux.

— Merci. Sincèrement. Tu es le seul à qui je peux en parler. Les gars avec lesquels je travaille ne savent rien, du moins je crois, nuança-t-elle, repensant aux gentilles questions de Chris à l'hôpital.

— Ça n'a aucune importance. Ce qu'il faut découvrir, c'est ce que sait notre tueur et s'il utilise ces informations pour essayer de t'ébranler. C'est mon avis en tout cas. Après tout, de nos jours, il n'est pas sorcier de se renseigner sur les gens grâce aux moteurs de recherche.

Reilly acquiesça. Bien sûr, n'importe qui aurait pu dénicher de vieux journaux de l'époque. Et si on essaye d'atteindre son point faible…

— Nous savons déjà que les jeux psychologiques tiennent une importance considérable dans son *modus operandi*. Il doit prendre son pied à jouer au plus malin avec un agent du F.B.I. Les vieux flics irlandais aux gros pifs rouges ne sont pas aussi séduisants, tu ne crois pas ?

Elle sourit, comprenant qu'il citait la première description qu'elle avait faite de Kennedy.

— Donc, en supposant qu'il m'ait choisie comme adversaire, et ait repéré Jess comme mon talon d'Achille, qu'est-ce que je fais ?

— Traite cette affaire comme n'importe quelle autre. Ignore tout ce qu'il y a de personnel, pour ne pas lui laisser l'avantage, et ne lui accorde aucun traitement de faveur.

Mais quelque chose dans la voix de Daniel lui laissait penser qu'il nourrissait une autre théorie.

— Tu penses vraiment que c'est aussi simple ? Qu'il essaye de prendre le dessus sur l'enquête en me déstabilisant ?

— C'est l'option la plus probable, oui.

Le rasoir d'Occam…

— Et l'autre ? Parce que je te connais depuis assez longtemps pour savoir que tu as autre chose en tête, Daniel. Quelque chose que tu me caches.

— Qu'est-ce qui te fait dire cela ? demanda Daniel, d'un ton posé. Le tueur t'a clairement désignée. Il a ressorti des infos sur ton passé et il s'en sert contre toi. Point final.

D'accord, il ne veut pas encore partager ses idées, conclut Reilly. En tout cas, pas avant d'en avoir le cœur net. Mais Daniel était sur une autre piste, elle en était convaincue. Elle espérait seulement que cela ne nécessiterait pas qu'elle retourne fouiller dans les drames de son passé.

Deux jours plus tard, Reilly se réjouissait de retourner travailler. Son chef l'avait contrainte à s'arrêter pour se remettre de l'attaque, et même si elle lui avait certifié qu'elle n'en avait pas besoin, il n'avait rien voulu savoir.

Elle détestait devoir ronger son frein à la maison quand un tueur agissait à sa guise dans les rues de la ville. Elle en profita tout de même pour faire quelques recherches sur Freud et la question des tabous. Ce matin, elle était pressée de retrouver son labo et d'étudier les pièces à conviction collectées par son équipe après l'agression. Mais O'Brien l'avait convoquée à une réunion matinale. Elle ne pouvait tout de même pas refuser après ce qui s'était passé, il était essentiel que la communication et les relations entre les différents acteurs de l'enquête soient solides.

Pourtant, personne n'ignorait l'amitié entre O'Brien et Jack Gorman, l'expert médico-légal en chef de la police scientifique qui risquait de trouver les méthodes de Reilly aussi déconcertantes que lui. Il restait à espérer que Chris et Kennedy seraient présents pour la soutenir.

Armée d'un café serré et d'une pile de dossiers, elle se dirigea vers la salle de conférences du commissariat, mais fut prise d'un haut-le-cœur en entrant. Malgré l'interdiction de fumer qui datait de deux ans au moins, des années de tabac s'étaient incrustées dans la moquette et les meubles en plus de tacher le plafond jaune. La pièce empestait littéralement.

Comme à son habitude, Reilly arriva la première. Elle avait bien dix minutes d'avance, ce qui lui donna le temps de choisir une chaise tout au bout de la salle et d'organiser ses dossiers.

O'Brien fit son entrée quelques minutes après 8 h 30, Chris et Kennedy sur ses talons. Reilly étudia l'homme alors qu'il s'installait. La cinquantaine, il portait ses cheveux poivre et sel un peu trop longs pour son âge. Il avait sans doute dû garder la même coupe depuis les années soixante-dix, s'amusa-t-elle à remarquer. Malgré son visage rond et son apparence débonnaire, Reilly se doutait qu'il devait être implacable. On n'atteignait pas un poste aussi haut placé sans une certaine dose de dureté. Il fallait une sacrée carrure et des talents politiques incontestables pour en arriver là.

Il gratifia Reilly d'un sourire charmant.

— J'ai entendu dire que vous aviez eu une semaine chargée, mademoiselle Steel. Comment vous sentez-vous ?

— Je vais bien, merci.

— Vous avez du nouveau sur l'agression, vous autres ? demanda-t-il en se tournant vers les deux inspecteurs.

— Non, le gars a juste filé comme un putain de fantôme, répondit Kennedy.

— Pas de caméra de surveillance au niveau de la rue ?

— Nous avons réussi à extraire vingt secondes environ de l'enregistrement de la rue. L'intrus a quitté le labo et s'est rendu directement dans le café d'en face. Personne qui correspondait n'est réapparu.

— Il était sûrement préparé, intervint Reilly.

— Comment cela ? demanda O'Brien.

— En supposant qu'il s'agissait bien de notre suspect, c'est quelqu'un de très méthodique, les meurtres nous le prouvent, affirma-t-elle en se penchant pour appuyer ses arguments. Cette petite visite devait être planifiée depuis longtemps. J'imagine qu'il gardait des affaires de rechange quelque part dans le café, ou qu'il est passé par-derrière.

— On a vérifié, il y a en effet une porte dans les toilettes, à l'arrière. Le café était bondé de *traders* qui prenaient leur petit déjeuner, n'importe qui aurait pu passer inaperçu.

— Elle mène où cette porte ?

— Elle donne sur une ruelle, sans caméra de surveillance. De là, on peut aller n'importe où.

— Je n'arrive pas à croire que notre suspect nous a filé entre les doigts comme ça, pesta O'Brien. Dans notre propre bâtiment !

— Du calme, chef, rétorqua Kennedy, sur la défensive. Il était armé, avait pris ses repères et bénéficiait de l'effet de surprise…

Le reste de la phrase fut noyé dans un fracas, tandis que O'Brien laissait tomber bruyamment une pile de journaux sur la table. Vu le gros titre que Reilly parvint à déchiffrer, la presse avait à l'évidence adopté la théorie d'un tueur en série.

— Regardez-moi cette merde ! tonna O'Brien. Le tueur aux tabous ! Ils lui ont même trouvé un nom, à cette ordure ! Et laissez-moi vous dire quelque chose, si on découvre qu'il s'est introduit dans le bâtiment de la police scientifique, on sera encore plus dans la merde, parce que le public pensera qu'il se fout vraiment de nous !

— Monsieur...

— Et les victimes ? interrompit-il, montrant les photos en première page de Gerry Watson et Clare Ryan.

C'était une chance pour Mme Miles et sa nièce qu'ils fussent plus jeunes et plus séduisants qu'elles. En tout cas, on ne parlait pas de Jim Redmond. Soit ils n'avaient pas vu le lien, soit le meurtre n'était pas assez spectaculaire pour les intéresser.

— Mais quel est le rapport ? Comment est-ce qu'il les choisit ?

— On ne le sait pas encore, répondit Reilly en lançant un regard à Chris. Mais, selon les indices que nous avons récoltés, il se peut qu'il travaille dans une clinique vétérinaire, ou peut-être un laboratoire. Nous avons trouvé des traces de sulfate de calcium...

— De la craie ? se moqua le policier. Le pays a déboursé des millions pour le matériel dernier cri de la police scientifique, et c'est tout ce que vous trouvez ? De la craie ?

— Avec le respect que je vous dois, chef, intervint Kennedy, sans Steel, on n'aurait peut-être jamais fait le lien entre les deux premières affaires.

Reilly le fixa, stupéfaite. Croisant son regard, il lui adressa un clin d'œil discret.

— Ce qui fait de vous de plus gros crétins encore ! les insulta O'Brien, en jetant son stylo sur le tas de journaux. Dites-moi, lança-t-il sur un ton toujours plus dur, si vous en savez autant au sujet de ce malade, comment se fait-il que vous ne l'ayez toujours pas arrêté ?

Il fixa tour à tour les trois enquêteurs, s'arrêtant finalement sur Reilly. Elle s'y était attendue.

— Il semble que nous en savons beaucoup, mais...

— Il semble ! répéta O'Brien, indigné. On paye votre profileur une fortune, bordel ! On a besoin encore de combien de foutues informations ?

— Le rapport de Daniel va arriver en fin de journée, assura Reilly, sur un ton calme.

Du moins, elle l'espérait.

— Mais ce que je m'apprêtais à dire, c'est qu'il semble que nous en savons beaucoup pour une bonne et simple raison : ce que nous savons, c'est lui qui veut bien nous le révéler, ni plus ni moins. Il n'a commis aucune erreur, aucune bévue. Les analyses des pièces à conviction sont nos meilleures chances d'en apprendre plus. Où il travaille, les endroits qu'il fréquente, où il peut se cacher, ce genre d'information. Tout le reste, ce sont des indices qu'il a semés à dessein. Comme je vous l'ai dit, le rapport officiel de notre profileur ne va plus tarder, mais sachez que dans l'intervalle, mon équipe et moi travaillons d'arrache-pied.

O'Brien continua à la fixer un moment, avant de détourner le regard vers les deux inspecteurs.

— Donc, si le labo n'a rien d'utile à nous apprendre, où en êtes-vous de votre côté ?

— On suit une ou deux pistes, répondit Kennedy avec un haussement d'épaules résigné. Surtout en rapport avec les familles des victimes, mais à part ça...

— En gros, on n'est pas plus avancés qu'après la découverte des Ryan ? conclut le chef de la police.

— Je ne suis pas sûr que ce soit très juste de résumer ainsi la situation... commença Chris.

— Ah, vraiment ? s'énerva O'Brien. Alors, dites-moi, inspecteur Delaney, cracha-t-il comme un juron. Qui est notre gars ? Et où compte-t-il frapper la prochaine fois ? Vous pouvez répondre à ces questions ?

Un silence de plomb envahit la pièce. O'Brien sirota bruyamment son café en promenant ses yeux de l'un à l'autre.

— Laissez-moi vous dire quelque chose. Avec une affaire aussi médiatique, il n'y a que les résultats qui comptent. Je me fiche de savoir combien vous vous trouvez intelligents ou ce que vos résultats de labo et votre profileur vous disent. Tout ce qui m'intéresse, c'est voir cette ordure les menottes aux poignets. Le reste, je m'en contrefiche !

On frappa discrètement à la porte. Il se leva et les foudroya encore une fois du regard.

— Vous avez vraiment intérêt à obtenir des résultats concrets fissa, parce que la façon dont vous menez cette enquête ne me plaît pas du tout. Et ça n'a pas l'air d'aller en s'arrangeant.

Il se dirigea vers la porte et sortit dans le couloir. Les autres restèrent là à se dévisager, comprenant que ce n'était pas une simple réunion de mise au point.

— Aller en s'arrangeant, qu'est-ce qu'il entend par là ? demanda Chris.

— J'ai l'impression que le laïus qu'on vient d'entendre n'était que pour les caméras, remarqua Kennedy.

Des murmures de conversation leur parvinrent de derrière la porte. O'Brien semblait encore furieux, mais il s'efforçait de baisser la voix.

Il finit par revenir, suivi par deux hommes. Ses manières respectueuses à leur égard montraient clairement qu'ils étaient ses supérieurs.

Il attendit qu'ils s'assoient et se dépêcha de leur servir une tasse de café. Reilly reconnut l'un des deux : le commissaire divisionnaire Armstrong, qui avait participé à son recrutement. C'était un immense bonhomme avec de grosses mains et une mâchoire solide. Sous son élégant costume sombre, on pouvait distinguer sa carrure imposante. Avec ses cheveux gris coupés court, elle lui aurait donné entre 50 et 60 ans.

L'autre était plus âgé. Petit, fringant, dans son costume gris immaculé avec sa cravate, sa pochette assortie, et sa coupe de cheveux hors de prix, il affichait un air calme de supériorité.

Armstrong fit un signe de tête en direction des deux inspecteurs alors que O'Brien s'installait enfin.

— Je vous présente les inspecteurs Kennedy et Delaney, et l'experte médico-légale en charge de cette enquête, Reilly Steel. Et voici le commissaire Patrick Moloney.

Moloney les salua l'un après l'autre d'un hochement de tête, laissant son regard se poser sur Reilly un peu trop longtemps.

— Mademoiselle Steel, j'ai entendu beaucoup de bien à votre sujet.

Reilly ne savait pas quoi répondre.

— Merci, monsieur, finit-elle par articuler, un peu gênée.

Moloney but une grande gorgée de son café et observa un moment chaque interlocuteur. Il s'exprimait calmement, choisissant ses mots avec soin.

— Cette odieuse affaire a pris une tournure pour le moins... inattendue, n'est-ce pas ?

Aucune réponse.

— Un dangereux individu agresse une de nos coéquipières dans l'enceinte même de notre laboratoire, résuma-t-il, reprenant une gorgée de café. Ce qui veut dire qu'on se laisse un peu déborder, si j'ose dire.

Il laissa échapper un soupir, comme si tout cela l'ennuyait profondément.

— Quand quelque chose d'aussi grave se produit, on ne peut plus envisager l'enquête comme une affaire locale.

Kennedy avait raison, se dit Reilly, ils engageaient désormais l'artillerie lourde, et à en croire l'expression sur le visage de O'Brien, sans son consentement.

— On gère tout à fait, riposta ce dernier. À vrai dire, on a même rappelé de vacances un de nos enquêteurs en chef pour qu'il prenne les choses en main.

Reilly tiqua en entendant la nouvelle. Alors, Jack Gorman allait vraiment revenir plus tôt qu'elle ne le prévoyait. Bon sang !

Moloney esquissa sur ses lèvres le sourire d'un crocodile sur le point de dévorer sa proie.

— Je n'en doute pas, inspecteur, affirma-t-il, jetant un œil à l'assemblée pour s'assurer qu'il avait l'attention de tous. Cependant, comme je vous l'ai expliqué, cette affaire est devenue la priorité nationale.

— Elle l'était déjà, riposta Kennedy, fusillé du regard par Moloney et O'Brien à la fois.

— Nous avons un tueur qui court les rues de Dublin, décimant ses habitants à un rythme effrayant. Bien évidemment, cela préoccupe fortement le public, le ministre et le gouvernement irlandais.

Il se tourna vers Reilly.

— Et sans vouloir minimiser votre expertise, nous nous sommes dit qu'il vaudrait peut-être mieux que vous bénéficiiez de l'aide d'un spécialiste du travail de terrain.

Tout le monde était captivé. Reilly se demanda où il voulait en venir. O'Brien ne semblait pas se réjouir de tout cela.

— J'ai cru comprendre que vous aviez commencé à coopérer avec Daniel Forrest du F.B.I. ? continua Moloney à l'intention de Reilly, qui sentit une boule se former dans son estomac. Eh bien, ses supérieurs ont cru bon de le dépêcher ici, pour qu'il nous aide le plus vite possible à appréhender le meurtrier.

— Ici, à Dublin ?

— Oui. Inutile de vous préciser que le ministre et moi-même sommes avides de recevoir toute l'assistance qui permettra de fournir à cette... situation une conclusion rapide et satisfaisante.

En d'autres termes, avec le public qui réclame du sang, ils ont la pression, reformula Reilly pour elle-même.

Elle grimaça. Aucune chance que Daniel accepte de quitter Quantico à cause des caprices d'un gouvernement, même dans des circonstances extrêmes. En fait, cela devait forcément venir de lui. Il accourait à sa rescousse après son agression et sa crise de larmes au téléphone. Qu'est-ce qui lui avait pris de baisser ainsi sa garde et de se laisser déborder par ses émotions ?

Oui, Daniel était derrière tout cela, elle le savait. Mais ce qu'elle n'avait pas encore compris, c'est s'il venait pour l'aider ou la protéger.

27

Une fois la réunion terminée, Reilly se rendit directement au labo, pour apprécier les progrès de son équipe sur l'intrusion de leur suspect.

— Bonjour, comment allez-vous ? demanda Lucy.

Reilly examina leurs visages, touchée par leur évidente sollicitude. Elle afficha un petit sourire, mais préféra se mettre tout de suite au travail.

— Je vais bien, ne vous en faites pas. Alors, qu'est-ce qu'on a ?

— Nous avons ratissé la plus grande partie du sol, commença Gary. Lucy s'est occupée de votre bureau, Rory, du laboratoire et moi, de la cage d'escalier.

— Bien joué.

Elle était fière d'eux. Même sans sa supervision, ils avaient procédé comme il le fallait.

Lucy lui tendit quelques papiers.

— L'élément principal dans votre bureau, c'est l'album. On s'est dit que vous deviez comprendre la signification de la photo.

Reilly revit dans sa tête le petit mot qui l'accompagnait. *Famille heureuse.*

— Pas vraiment, mais nous pouvons au moins supposer que, quel que soit le message qu'il essaye de faire passer, il est personnel.

— J'ai également analysé la petite note, affirma Lucy, l'air embêté. Mais c'est un Post-it classique, qui s'achète partout et qui aurait même pu être pris dans votre tiroir. Aucune piste.

— Et sinon ? demanda Reilly, n'ayant pas espéré beaucoup plus.

— Je me suis chargé du laboratoire, intervint Rory. À l'évidence, c'est le dossier qui a attiré notre individu. Des papiers s'étalaient partout sur la table au fond de la pièce, comme vous l'avez probablement vu.

Elle ne s'en souvenait que trop bien.

— Oui, c'est ce qui m'a distraite, quand il est passé derrière moi.

Rory sortit une grande photo d'une chemise.

— En étudiant ce qu'il avait fait des différents rapports, l'ordre dans lequel il les avait mis, on a commencé à chercher un modèle.

— Un modèle pour les meurtres ?

— Oui.

Reilly étudia la photo. Un rapport de labo pour chaque crime avait été clairement mis en rang, dans l'ordre chronologique, en commençant par les Ryan, puis Redmond, Watson, et enfin Sarah et Vera Miles. Mais il y avait aussi un trou, un espace vide entre le meurtre des Miles et la photo de Watson.

— Qu'est-ce que vous en dites ? demanda Reilly en levant les yeux vers Rory et Gary.

Gary prit la parole, posé et réfléchi, comme d'habitude.

— Le premier meurtre, les Ryan, était frappant, choquant, la garantie absolue d'attirer l'attention du public. Il aurait pu les tuer de n'importe quelle façon, mais il a choisi un pistolet : bruyant, qui ne passe pas inaperçu. Cela lui garantissait qu'on trouverait immédiatement les corps.

— Bien vu. Quoi d'autre ?

— Eh bien, pour Jim Redmond, c'est plus ou moins pareil. Nous savons que notre tueur traque ses victimes de très près, donc il devait connaître les allées et venues de Mme Redmond et savait qu'elle n'allait pas tarder à le découvrir.

— Encore une fois, aucun intervalle de temps entre le meurtre et sa découverte, ajouta Lucy.

— Exact. Et une fois sa carte de visite connue, son petit jeu avec Freud, viennent les meurtres des Miles et de Watson. Les deux réalisés de sorte qu'on mette plus de temps à tomber dessus. Watson dans un lieu isolé et les Miles, une famille discrète qui sortait peu.

— Donc, quand on a vu un trou dans les rapports, on s'est demandé ce que cela voulait dire.

— Qu'on en a raté un ? conclut Reilly, sentant un frisson d'effroi la parcourir.

— Tout à fait. Nous savons quand les Miles ont été tuées, s'interrompit-il pour consulter ses notes. Le 28. On a alors demandé à la police de vérifier toutes les personnes portées disparues la semaine d'avant.

— Bravo, félicita Reilly en se promettant d'en parler à Chris et Kennedy. Vous avez dit que vous aviez également couvert la cage d'escalier ? demanda-t-elle en se tournant vers Gary, dont le sérieux semblait impossible à perturber, qu'il discute cuisine à la cantine ou meurtres sinistres.

Elle appréciait cette qualité chez lui et était convaincue qu'il ferait un excellent enquêteur.

— Oui.

— Qu'avez-vous trouvé ?

— Notre intrus n'a pas laissé grand-chose. Aucune trace de l'arme, et pour tout indice, il n'a semé que ceci.

Il lui tendit un petit sac en plastique transparent.

— Incroyable !

Reilly le tourna dans tous les sens. À l'intérieur, s'étalait une longue mèche de cheveux blonds et lisses.

— Des vrais ou une imitation ? interrogea-t-elle, se demandant si l'intrus avait utilisé une perruque et s'était déguisé en femme pour passer la sécurité.

— Vrais, à 100 %. C'est une des premières choses que j'ai vérifiées.

Reilly contempla la mèche de cheveux. Vu l'intérêt de l'intrus pour les dossiers, il ne faisait aucun doute qu'il était lié aux meurtres. Alors s'agissait-il encore d'une pièce à conviction laissée à dessein pour leur faire faire fausse route, ou se pouvait-il que la personne qu'ils recherchaient fût en fait une femme ?

Plus tard dans la soirée, Reilly quitta le labo pour se diriger vers le centre-ville. Le moment était venu de rendre la petite visite de rigueur à son père.

En vérité, elle redoutait de le voir. Après leur dernière conversation, elle avait essayé à plusieurs reprises de l'appeler, mais il n'avait jamais décroché son téléphone. Rien d'étonnant, Mike passait son temps à boire et à cuver son alcool sans se préoccuper des convenances sociales telles que communiquer avec sa fille. Elle ne pouvait que supposer qu'il allait bien.

Reilly contemplait les rues lugubres. Même si le printemps faisait ses premières apparitions – elle avait vu des jonquilles à Phoenix Park –, dans les rues crasseuses, on ne voyait que la grisaille, le béton froid et le ciel terne et humide.

Elle sonna à la porte de Mike, tendant l'oreille en quête d'un signe de vie. Rien, comme d'habitude. Elle mit sa clé dans la serrure et ouvrit la porte.

— Papa, c'est moi, appela-t-elle en pénétrant dans l'appartement.

Silence.

Elle se planta dans le couloir, les sens en alerte. Le calme régnait à l'intérieur, mais une forte puanteur lui agressa les narines. Malgré son dégoût, Reilly avança vers le salon.

Ce qu'elle trouva là ne la surprit pas. Mike dormait, plongé dans un semi-coma, au milieu d'une mare de vomi, entouré de canettes vides.

Reilly compta au moins neuf bières, plus quelques bouteilles d'alcool. Visiblement, la veille, il s'était lancé dans une entreprise de taille, interrompue uniquement quand son organisme avait atteint la limite.

Elle enjamba son corps inerte pour aller ouvrir les rideaux. La faible lumière de la rue ne changea pas grand-chose, mais une fois qu'elle eut ouvert quelques fenêtres, la pestilence commença à s'atténuer.

En dépit de sa force, Reilly dut user de toutes ses ressources simplement pour le soulever et l'asseoir sur un des fauteuils. Comment pourrait-elle le traîner dans la salle de bain afin de le nettoyer ?

Elle recula pour regarder son père comateux : une baraque d'au moins quatre-vingt-quinze kilos. Et quatre-vingt-quinze kilos de viande, ça fait lourd à déplacer.

Reilly sortit alors son portable de son manteau.

— Chris, c'est moi. Vous êtes toujours au poste ?

— Malheureusement oui. Que se passe-t-il ?

— Écoutez, je sais que vous êtes fatigué en ce moment, mais j'ai besoin que vous me rendiez un service.

— Bien sûr. De quoi s'agit-il ?

Elle jeta un nouveau regard à son père qui ronflait bruyamment.

— Vous avez partagé un secret avec moi, à mon tour...

Chris est exactement le gars qu'il faut dans ce genre de pétrin, se dit Reilly. Il arriva à l'appartement en moins d'une demi-heure.

Il contemplait le désastre, s'arrêtant sur les canettes vides de Mike.

— Il aime bien boire, on dirait, commenta-t-il.

— C'est le moins qu'on puisse dire.

— En effet, acquiesça-t-il, en se tournant vers le vieil homme qui ronflait. Qu'est-ce que vous voulez faire de lui ?

— Je me disais qu'on pourrait le transporter dans la salle de bain pour le mettre sous la douche. L'eau va le réveiller et le nettoyer en même temps.

— Bonne idée.

Le prenant chacun par un bras, ils le traînèrent dans le salon jusqu'à la minuscule salle de bain. Au bout de plusieurs tentatives, ils parvinrent à le hisser dans la cabine de douche. Reilly s'effondra sur la cuvette des toilettes. Chris semblait éprouvé également.

— Désolée de vous imposer cela, surtout dans votre état.

— Pas de problème, sérieusement.

— Vous avez pris rendez-vous avec un médecin ?

— Je n'en ai pas encore eu l'occasion. Peut-être quand l'enquête sera bouclée...

— Je n'attendrais pas aussi longtemps à votre place, déclara-t-elle, d'un ton grave.

Mais elle savait qu'il ne servait à rien de le forcer. Elle avait fait ce qu'elle pouvait, maintenant, c'était à Chris de prendre la décision. Elle ne voulait pas trop s'impliquer.

— Allez, occupons-nous de lui, lança-t-elle en ouvrant le robinet.

L'eau froide le fit trembler violemment, puis tousser, avant qu'il parvienne à s'asseoir en agitant la tête.

— Qu'est-ce qui se passe ? hurla-t-il, avant d'apercevoir Reilly. Ah ! J'aurais dû m'en douter !

— De rien, lâcha-t-elle.

— Et qui vous êtes, vous ? demanda-t-il à Chris. Un nouveau petit ami ?

— C'est un collègue. Il m'a aidée à traîner ta vieille carcasse jusqu'ici.

Mike était encore adossé contre le rebord de la douche, avec les pieds qui dépassaient. Il lança un regard de reproche à Reilly.

— On peut même pas se soûler tranquille dans sa propre maison !

Il se souleva, essayant d'atteindre le robinet.

— Vous pouvez pas couper l'eau, non ?

Reilly mit un moment à s'exécuter.

— Je t'apporte des vêtements propres, annonça-t-elle avant de tourner le robinet et de quitter la salle de bain.

La voix de Mike la suivit.

— Et allume la bouilloire ! Maintenant que tu m'as réveillé, c'est le moins que tu puisses faire !

Quelques minutes plus tard, Chris et Reilly, perchés sur des tabourets de bar, sirotaient leur café. Elle avait nettoyé un peu le vomi, jeté les canettes et les bouteilles, et remis les coussins sur les fauteuils.

Pâle et tremblant, les cheveux mouillés, son père se tenait sur le pas de la porte de sa chambre, mais au moins, il était propre et habillé.

— Ton café t'attend.

— Je vois, oui.

Il avança vers eux, toujours instable sur ses jambes.

— Je peux vous aider, monsieur Steel ? proposa Chris en se levant.

— Je ne suis pas handicapé, bordel ! pesta-t-il en s'installant péniblement dans un fauteuil.

— Je devrais peut-être vous laisser, suggéra Chris, gêné.

— Bonne idée, grommela Mike.

— Papa ! Ne sois pas aussi grossier.

Mike s'empara prudemment de sa tasse, parvenant à l'enlacer de ses deux mains et la porta sans se presser à ses lèvres. Il fit une pause avant de boire une première gorgée.

— C'est lui qui veut partir, je le mets à l'aise, c'est tout.

— Non, vraiment, il vaut mieux que je parte, insista Chris.

— Attendez quelques minutes, je viens avec vous. Je ne reste pas non plus, affirma-t-elle avant de se tourner vers son père. Papa, si je suis venue aujourd'hui, c'est pour te mettre en garde, quelque chose d'étrange est en train...

— Me mettre en garde ? grommela Mike dans son café. Me mettre en garde contre quoi ? L'alcool est mauvais pour la santé ?

Il éclata d'un rire amer.

— Non, c'est un peu tard pour ça, tu ne crois pas ? Sérieusement, je travaille sur une affaire avec l'inspecteur Delaney et je crains que notre meurtrier puisse représenter un danger.

— En quoi ça me concerne ?

— L'individu que nous recherchons a menacé Reilly, monsieur Steel, des menaces personnelles. Par conséquent, il serait bon que vous fassiez attention à vous.

— Mon gars, j'ai déjà eu affaire à plus d'une ordure dans ma vie, et c'est pas un rejeton de trafiquant de drogue irlandais qui risque de s'en prendre à moi.

Son discours était teinté de dérision.

— Cet homme est différent, papa. Ce n'est pas le genre d'ordure habituelle. Et il a l'air d'en savoir beaucoup sur moi... Sur nous, notre famille...

Jetant un regard à Chris, elle décida que ce n'était pas trop en dire en sa présence. Avec un peu de chance, son père saisirait la référence à Jess, et elle savait qu'il n'en parlerait pas devant Chris. Mike n'avait jamais accepté de repenser à ce qui était arrivé à sa cadette, et encore moins d'en discuter.

Cette fois, son père écouta.

— Comment ça ? Qu'est-ce que ça a à voir avec nous ?

— Je ne sais pas encore, répondit Reilly, regrettant maintenant d'avoir abordé le sujet. Comme je te l'ai dit, fais attention à toi et préviens-moi si tu as l'impression qu'on te surveille. Ce type est dangereux, papa, et je ne veux pas qu'il t'arrive du mal.

— Trop tard, grogna Mike.

Sentant la tension, Chris s'était approché de la fenêtre, afin de leur donner un peu d'intimité.

— Et puis merde ! lança Mike, agitant un bras dans les airs. Si tu le dis, je ferai attention, promit-il, levant les yeux et rencontrant ceux de Reilly pour la première fois depuis des années. Et toi aussi, fais attention à toi. J'ai déjà perdu une de mes filles, je ne le supporterais pas si ça se reproduisait.

28

Reilly avait l'impression d'avoir débarqué sur une autre planète. Moins de quarante-huit heures après l'annonce de son arrivée, Daniel Forrest se tenait dans la salle de réunion, s'adressant à l'équipe d'enquêteurs. Le profileur avait tout d'abord hésité à le faire, ne voulant pas fouler les plates-bandes de quelqu'un d'autre, mais elle l'avait convaincu que c'était la seule façon d'agir.

Elle examina les visages attentifs au discours de Daniel. Son doux accent du Sud aux sonorités chaleureuses captivait les officiers. Encore une astuce qu'elle avait apprise de lui : ne pas fanfaronner, garder sa voix basse pour que votre auditoire soit forcé de tendre l'oreille.

Chris et Kennedy ne perdaient pas un mot de ce qu'il avait à dire. Même si, au début, ils n'avaient pas apprécié l'idée d'une intervention extérieure, désormais, ils comprenaient que l'homme était une sommité mondiale et représentait une chance incomparable de percer le mystère. Kennedy portait son masque habituel de froideur, mais il prenait des notes. L'inspecteur O'Brien fixait Daniel, tout ouïe. C'est Chris qui paraissait le plus détendu, il écoutait, tout en semblant penser à autre chose, et Reilly se dit qu'il aurait sûrement des questions à poser.

— Par définition, la nature de cette affaire a changé quand l'individu s'est introduit dans le laboratoire, expliquait Daniel.

Jusque-là, tout ce que vous aviez, c'était un meurtrier avec une obsession pour Freud. Une fois que le contact direct a été établi, et par là, je veux dire, viser directement Reilly et vous signaler un meurtre que vous n'aviez pas vu, il apparaît qu'il vous a orientés sur une fausse piste.

Daniel s'interrompit pour que tous s'imprègnent du poids de sa remarque, espérant que quelqu'un réagirait.

— Tout ça semble très négatif, dites-moi ! lança Kennedy. Comme si vous baissiez déjà les bras.

— Inspecteur Kennedy, je suppose ?

Ce dernier hocha la tête.

— Bien sûr, nous devons toujours garder l'espoir d'attraper ce tueur. Mais pourquoi une simple chasse à l'homme ne suffira-t-elle pas, à votre avis ?

Il balaya l'auditoire du regard et aperçut Chris en train de hocher la tête.

— Vous avez une idée ? On dirait que vous êtes de mon avis.

— Parce que ce gars n'est pas prêt à ce qu'on l'attrape ?

Daniel échangea un rapide coup d'œil avec Reilly.

— Exact.

— Tout ce qu'on a obtenu jusque-là, c'est lui qui nous l'a fourni, ajouta Chris, et Daniel acquiesça de nouveau.

— Mais, à l'évidence, que Reilly l'interrompe dans le laboratoire était une erreur de sa part, affirma O'Brien, presque déçu que le grand Daniel Forrest ne leur ait pas encore livré leur homme sur un plateau. On lui donne peut-être trop de crédit.

— Peut-être, en tout cas, c'était un risque qu'il était prêt à prendre. Après tout, ce n'est pas comme s'il avait dû passer une armée de gardes et une barrière de sécurité à la pointe de la technologie. Ce que nous savons sur les criminels aussi bien organisés que notre tueur aux tabous indique qu'il sera extrêmement difficile de mettre la main sur lui. Comme vous le savez sûrement, ces types-là n'agissent pas d'après les mêmes codes que vous et moi. En général, les tueurs en série ont des problèmes en société. Ce sont des asociaux. Techniquement, cela veut dire qu'ils présentent les troubles suivants : premièrement, ils ne se conforment pas aux normes sociales, par exemple en continuant de perpétrer des actes qui les entraîneraient à se faire arrêter. Deuxièmement, ils sont fourbes, ils mentent sans cesse, utilisent des noms d'emprunt et escroquent les autres par plaisir ou par besoin. Le portrait commence-t-il à vous rappeler quelqu'un ?

Tous hochèrent la tête, sérieux.

— Ils ont également tendance à ignorer leur propre sécurité et celle des autres. Ils n'éprouvent pas de remords, n'ayant aucun mal à rationaliser la douleur qu'ils ont infligée.

— Donc, ce que vous dites, c'est que notre gars fera tout pour obtenir ce qu'il veut, intervint Kennedy. Pour atteindre son but.

— Exactement. Mais, vu l'escalade récente, non seulement des meurtres, mais également du contact personnel, il n'a pas encore terminé. Et jusque-là, tout lui est permis, conclut-il, l'air sombre.

— C'est effrayant, commenta Reilly, prise d'un frisson.

— En effet, on peut le dire, confirma Daniel. Ce qui nous amène à parler de notre position à nous. Nous avons deux objectifs à ce stade, annonça-t-il avant de se tourner vers Reilly. Tout d'abord, anticiper sa prochaine action. Et ensuite, d'après ce que tu m'as dit sur l'arrangement des dossiers, trouver le crime manquant.

— On ferait mieux de se mettre au travail, déclara alors O'Brien en se levant. Delaney et Kennedy, vous vous occupez des personnes disparues, voyez si quelque chose ressort des derniers rapports. Autant chercher une aiguille dans une botte de foin, mais si c'est tout ce qu'on a pour le moment...

— En fait, il y a autre chose, affirma Chris, attirant l'attention vers lui. On a reçu un appel ce matin de quelqu'un qui pense avoir reconnu Clare Ryan et Gerry Watson dans les journaux.

— Les deux ? s'étonna Reilly.

— Oui.

Elle sentit son cœur arrêter de battre. Si cela se confirmait, alors ce qui n'était encore qu'un lien hypothétique entre les deux victimes ne serait plus contestable.

— Alors, qu'est-ce que vous fichez encore le cul sur votre chaise ? rugit O'Brien. On se bouge !

— C'est ce qu'on était sur le point de faire, quand on a été convoqués ici pour rencontrer l'agent Forrest, rétorqua Kennedy, sardonique, en se levant. Donc, si vous avez terminé...

— Fermez-la et magnez-vous le train ! gronda l'inspecteur avant de se tourner vers Reilly. Steel, vous, vous faites le point sur tout ce qu'on a jusque-là et vous pressez un peu votre équipe. Vérifiez que vous n'avez rien loupé qui nous permettrait de coincer ce gars.

— Et la piste d'un complice ? demanda Reilly.

Elle leur avait parlé des cheveux blonds et de ses soupçons selon lesquels le tueur n'agissait pas seul.

— Pour ce genre de spéculation, il faut que vous vous adressiez à l'agent Forrest, lâcha O'Brien, d'un ton brusque. Pour le moment, on ne peut travailler qu'avec ce qu'on a.

— Merci de m'avoir écouté, salua Daniel en direction des officiers présents. Je vous garantis que je ferai de mon mieux pour vous aider à aboutir à une conclusion satisfaisante.

Reilly rassembla ses affaires. Même si elle était soulagée de compter désormais Daniel parmi eux, elle se demanda comment, avec tant de morts, cette affaire pourrait être conclue de façon « satisfaisante ».

29

Chris et Kennedy ne savaient pas trop quoi penser de ce que leur expliquait Mick Kavanagh, ce clochard de 50 ans, dans le refuge de Saint-Vincent-de-Paul, qui leur racontait comment il connaissait Gerry Watson et Clare Ryan.

— Ils ont été gentils avec vous, répéta Kennedy, au comble de la frustration.

— Oui, et c'est pas le cas de tout le monde, vous savez, affirma Kavanagh, sur la défensive, fixant les inspecteurs.

Chris n'en revenait pas qu'il les ait contactés. Dans le monde des S.D.F., on se méfiait bien trop des forces de l'ordre, et même une question sans conséquence n'offrait en général aucune réponse. Alors, aller proposer son aide, sans qu'on vous la demande personnellement... Mais cette affaire faisait sensation.

— Ce n'est pas dans mes habitudes de me mêler de ce genre de chose, mais ce qui arrive à ces gens ordinaires... C'est terrible.

— Vous avez raison, acquiesça Kennedy. Parlez-nous de Clare Ryan.

— La blonde ? C'était une sentimentale, elle... Vous savez, le genre à essayer de me convaincre de reprendre contact avec ma famille et de décrocher de la bouteille. Pauvre petite, elle ne savait pas grand-chose du monde extérieur. Enfin, maintenant si, ajouta-t-il en secouant la tête, morose. C'était une gentille môme quand même, et j'aimais taper la causette avec elle. Elle me rappelait la mienne à son âge.

— Et Gerry Watson ? demanda Chris en lui montrant une photo du jeune campeur.

— Ce gars, il disait pas grand-chose, mais s'il me croisait sur O'Connell Street le matin, il revenait toujours avec une tasse de café.

Chris se souvint que Watson faisait une thèse au Dublin Institute of Technology, situé sur la rue principale de la ville.

— Mais il ne m'a jamais donné d'argent.

— Donc, Clare Ryan essayait de vous sauver, et Gerry Watson vous apportait du café ? résuma Kennedy, platement, le ton de sa voix indiquant clairement à Chris qu'il considérait cet interrogatoire comme une magistrale perte de temps.

— Ouaip. Bien sûr, je préfère les billets, mais tout est bon à prendre. Et les gens qui vous marquent, c'est pas tant les gens qui sont gentils avec vous que les gens qui vous regardent. Vous voyez ce que je veux dire ? Certains vous balancent une ou deux pièces, mais seulement parce qu'ils se sentent coupables et d'autres vous fuient comme la peste.

— J'imagine, ponctua Chris en sortant des clichés de Jim Redmond et des Miles. Vous les reconnaissez ?

Kavanagh observa avec attention, mais Chris vit à son expression que ces visages ne lui disaient rien.

— Je crois pas, finit par répondre l'homme.

— Vous en êtes sûr ? insista Kennedy.

— À moins qu'ils fassent partie de ceux qui ne font que me lancer leur monnaie, mais je ne les reconnais pas, vous voyez ?

Chris voyait bien en effet, et même si c'était déjà quelque chose d'apprendre que Gerry Watson et Clare Ryan avaient tous les deux été assez généreux pour aider quelqu'un dans la misère, cela n'établissait aucun lien concret entre eux et les autres victimes.

Après avoir remercié Kavanagh, ils quittèrent le refuge.

— Qu'est-ce que tu en penses ? demanda Kennedy en allumant une cigarette. On pourrait aller poser deux ou trois questions dans le coin, montrer ces photos aux autres pour savoir si toutes nos victimes faisaient preuve de la même charité.

Chris se figea en entendant ce mot. *Charité...*

La femme de Jim Redmond n'avait-elle pas parlé des bonnes actions de son mari ? Son esprit marchait à cent à l'heure. Et comme Sarah Miles était infirmière, il n'aurait pas été surprenant d'apprendre qu'elle était impliquée dans une organisation caritative d'une nature ou d'une autre. En fait, maintenant qu'il y pensait, il se souvenait de ce que Kennedy lui avait rapporté au sujet des témoignages des voisins des Miles. Elles étaient décrites comme des femmes généreuses au grand cœur.

La théorie ne tenait pas à grand-chose, pourtant, c'était la seule pour l'instant qui reliait toutes les victimes entre elles.

— C'est à creuser, acquiesça Kennedy. Mais, même si toutes nos victimes débordent de bonté, ça ne nous dit toujours pas comment coincer notre malade, dit-il en tirant fort sur sa cigarette. Sauf si, de nos jours, la gentillesse est devenue taboue.

Chris lui emboîta le pas, alors qu'il retournait dans le refuge, ses articulations le torturant. Reilly avait raison, il fallait qu'il consulte au plus vite, sous peine de voir son état s'aggraver. Si la journée était calme demain, il essaierait de trouver un créneau pour aller voir le médecin dans la matinée. Il donnerait un faux nom et une fausse adresse. Ce subterfuge ne le réjouissait guère, mais pour garder son travail, il n'avait pas le choix. Et sans cela, sans la seule chose qui donnait un sens à sa vie, Chris craignait bien de devenir aussi paumé que les habitants de ce refuge.

Daniel Forrest examinait les photos prises sur les lieux des crimes à travers une loupe. Il se déplaçait sur l'image avec lenteur et méthode pour ne perdre aucun détail.

Reilly l'observait, admirant sa rigueur, sa patience et son attention sans bornes. Elle se croyait bonne enquêtrice, et extrêmement rigoureuse, mais face à Daniel, elle n'était qu'une novice impatiente. Heureusement, ce qui lui manquait en patience, elle le compensait par son instinct aiguisé et sa capacité à voir des motifs là où les autres ne percevaient qu'un vague fouillis.

Il leva les yeux et la surprit en train de le regarder. Il sourit.

— Ça t'a toujours rendue folle, hein ?

— Je n'arrive pas à comprendre comment tu arrives à rester concentré aussi longtemps, reconnut-elle.

Il lui tendit une photo. Celle de Jim Redmond pendu.

— Tu dois trouver des moyens de réveiller les indices chaque fois que tu les observes. Tiens, essaye.

Il retourna la photo pour qu'elle la voie à l'envers.

— Elle te paraît différente, maintenant ?

Elle se pencha et plaça la loupe à la bonne distance. Elle essaya de regarder l'image avec un œil neuf.

— Tu m'as donné celle-là pour une raison en particulier ? demanda-t-elle.

— C'est celle qui m'intrigue le plus.

Elle abandonna, posant la loupe sur la table.

— Pour moi, c'est le crime le plus clair.

— Exactement.

— Oh, alors peut-être qu'on n'en a pas fait assez cas ? suggéra Reilly.

— Je ne sais pas, mais il reste que ce meurtre ressort par ce qui manque.

Il fit un signe de tête en direction de la photo. Jim Redmond pendant à une poutre de sa maison luxueuse, le drap en coton italien autour du cou.

— Le tueur a prouvé à plusieurs reprises qu'il est tout à fait capable de maîtriser deux personnes à la fois, alors pourquoi pas Jim et son petit ami ensemble ? Il aurait pu faire passer les crimes pour un pacte entre amants, un double suicide.

Reilly réfléchit un moment sans quitter la photo des yeux.

— Le tueur ne savait peut-être pas...

— Pour son homosexualité ? demanda Daniel, dubitatif.

— Oui. C'était peut-être juste une coïncidence, un fait que nous avons découvert et que le tueur ne connaissait pas.

Chris et Kennedy avaient fait des recherches auprès des contacts de Redmond pour essayer de retrouver un amant éventuel, sans succès. Bien évidemment, l'homme aurait tout aussi bien pu fréquenter des bars gays, sans entretenir de relation suivie. Mais même là, ils n'avaient rien trouvé. Pourtant, si le tueur avait eu connaissance de sa vie cachée, cela l'aurait aidé à pousser Redmond à se suicider.

Daniel jeta de nouveau un œil à la photo.

— C'est un tableau solitaire. Dans une grande pièce, qui plus est. Comme si le tueur avait voulu souligner la solitude... La solitude du suicide.

Reilly ne dit rien, le laissant élaborer les conclusions nécessaires à l'établissement d'un profil clair.

— Et que penses-tu de la possibilité d'un complice ? demanda-t-elle enfin, anxieuse que sa théorie ne colle pas.

— Selon moi, ce n'est rien de plus qu'une possibilité, affirma Daniel, ne laissant transparaître aucune émotion. Et pour les cheveux... Tu n'as jamais envisagé qu'il puisse s'agir des tiens ?

Comme une enfant qu'on vient de gronder, elle fixa Daniel.

— Mon Dieu !

Elle s'était tellement concentrée sur les preuves récoltées qu'elle en avait oublié sa propre présence sur les lieux. Elle se sentait complètement idiote de ne pas y avoir pensé plus tôt.

— Pourquoi ? Je vais demander au labo de vérifier avec mes données, affirma-t-elle, pensant au test sanguin et à l'échantillon d'ADN qu'on demandait à tous les membres de la police scientifique.

— Cela pourrait être une bonne idée.

Était-ce son imagination ou Daniel se forçait-il à paraître détaché ?

Elle feuilleta une pile de papiers sur son bureau, chagrinée à l'idée que sa bévue ait pu le décevoir.

— Alors, raconte-moi comment est la vie à Dublin, lança-t-il, sortant à dessein du cadre professionnel.

Reilly eut ainsi la confirmation qu'elle l'avait déçu, ou du moins qu'elle avait failli à son image.

— Sympa, moins calme que ce que j'attendais, s'efforça-t-elle de plaisanter. Je pense que j'ai un peu agacé au début...

— Tu veux parler de l'inspecteur Kennedy, j'imagine.

— Oui, mais en fait, c'est un gars sympa.

— Et le plus jeune, l'inspecteur Delaney ? Il a l'air assez fin.

— En effet.

Reilly se demanda s'il tiendrait parole et consulterait un médecin.

— En fait, tu es peut-être la bonne personne à qui poser la question...

Reilly fut interrompue par quelques coups frappés à la porte.

— Reilly ? Excusez-moi de vous déranger, lança Julius en adressant à Daniel un petit hochement de tête. Je voudrais vous voir au sujet des résultats ADN des échantillons de poils trouvés sur les lieux des crimes.

— Pas de problème, on vous suit.

Ils sortirent tous les trois dans le couloir.

Une fois dans le laboratoire, il l'invita à regarder dans le microscope.

— Qu'est-ce que c'est ? demanda-t-elle.

— *Sus scrofa*, répondit-il. Notre mystérieux animal.

— Ça fait un moment que je n'ai plus parlé en latin... affirma-t-elle, intriguée.

— Un sanglier. Cela m'a pris un moment à l'identifier parce qu'ils n'étaient pas dans leur état naturel.

— Des poils de sanglier ?

Elle avait tout de suite compris que ce n'étaient les poils ni d'un chien ni d'un chat, mais elle avait imaginé qu'ils appartenaient à un animal domestique, un cochon d'Inde ou un hamster.

— Comment notre suspect a-t-il pu entrer en contact avec des poils de sanglier ?

Elle se tourna vers Daniel pour le prendre à témoin et le vit à l'autre bout de la pièce, en train de parler à Lucy qui le regardait, partagée entre respect et adoration. Reilly connaissait bien cette expression, elle avait l'impression de se revoir à son âge. Pour quelqu'un de si jeune, la chance de travailler avec un profileur d'un tel talent et d'un tel renom tenait de l'expérience religieuse.

— Je suis désolée, vous parliez d'état naturel ? demanda-t-elle en s'adressant à Julius.

— Oui, et c'est pour cela que j'ai mis du temps à mettre le doigt dessus. La classification me perturbait, alors je me suis attardé sur le sujet, et j'ai réussi à trouver que, même s'il s'agissait bien de poils de bête, ils avaient été transformés sans doute par un procédé industriel.

Il chaussa ses lunettes et les ajusta sur son nez avec son index.

— Un procédé industriel, mais pour quoi faire ?

— Les poils de sanglier servent à certains pinceaux. Surtout pour la peinture à huile, comme le vernis et la laque.

— Vous voulez dire qu'on a affaire à des poils de pinceau ?

— Je crois bien, oui. Accompagnés de particules de peinture qu'on a recueillies en même temps sur les lieux des crimes. De la peinture à huile qu'on peut se procurer dans n'importe quel magasin de bricolage...

— Cela voudrait dire que soit notre tueur a fait un peu de décoration, soit il fréquente un endroit en rénovation.

— C'est ce que je pensais aussi, mais je voulais votre opinion à ce sujet.

Elle repensa au sulfate de calcium, dont O'Brien s'était moqué en le qualifiant de « poussière de craie ». Mais maintenant qu'elle y pensait, cela n'avait peut-être rien à voir avec de la poussière de craie, mais plutôt avec une sorte de gypse utilisé pour des enduits en plâtre, ce qui appuierait la thèse d'un local en rénovation.

Se souvenant du rasoir d'Occam, elle jeta un nouveau regard en direction de Daniel qui discutait toujours avec Lucy.

— Bon travail, Julius. C'est grâce à ce genre de raisonnement qu'on pourrait finir par trouver où travaille notre homme, ou alors où il se cache.

— Merci.

Elle vit que Daniel lui faisait signe.

— Qu'est-ce qui se passe ? demanda-t-elle en s'approchant du poste de travail de Lucy.

— Eh bien, une de vos brillantes coéquipières a découvert quelque chose qui a des chances de s'avérer fort précieux.

Lucy rougit en entendant le compliment.

— De quoi s'agit-il, Lucy ? demanda Reilly, bien plus intéressée par ce que la jeune fille avait trouvé que par la flatterie de Daniel.

— Eh bien, je viens d'expliquer à l'agent Forrest, en rapport avec le... l'échantillon de nourriture recueilli sur le site de Watson... J'espère que cela ne vous dérange pas, mais je me suis permis de contacter le cabinet du Dr Thompson.

— Vous parlez de la chair humaine ?

— Oui. Au début, je me suis demandé si le tueur avait fait manger à la victime sa propre chair, mais je me suis dit que cela aurait été trop risqué. Il n'aurait pas laissé des traces d'ADN aussi évidentes. Donc, si elle ne provenait pas du tueur, où s'était-il procuré cette chair humaine ?

— Bien vu.

— Alors, j'ai poussé les analyses et je me suis penchée sur les résultats de plus près, reconnaissant ce qui me paraissait être des fibres cristallines latentes...

— Des fibres cristallines ?

— Oui. Qui se sont révélées plus tard être, comme je m'y attendais, des cristaux d'eau, ce qui suggère que la nourriture n'était pas nécessairement fraîche, mais avait sans doute été congelée.

— Excellente observation ! complimenta une fois de plus Daniel, intarissable.

Reilly acquiesça d'un hochement de tête. Et ce qui l'impressionnait encore plus, c'était que Lucy avait agi de sa propre initiative sans consulter ses supérieurs. De très bon augure pour son avenir d'enquêtrice dans la police scientifique.

— Du coup, j'ai demandé au cabinet de la légiste de vérifier dans les rapports d'autopsie de Redmond et de Ryan, au cas où le tueur aurait extrait une partie de chair des victimes pour ensuite la congeler en attendant de l'utiliser, expliqua-t-elle, ses yeux brillant d'excitation. Vous savez, vous nous avez dit de ne jamais rejeter une intuition, même si elle paraît complètement loufoque.

— Très bon conseil, ponctua Daniel en souriant.

— Vous avez très bien fait, Lucy, renchérit Reilly. Alors, vous avez obtenu quelque chose ? L'échantillon provenait-il d'une des victimes ?

— Oui, on dirait bien. Mais, bizarrement, pas de celles auxquelles je pensais. Le Dr Thompson m'a appelée ce matin.

J'allais vous en parler, mais je voulais d'abord tout coucher sur le papier...

— Comment ça, pas de celles auxquelles vous pensiez ?

Lucy semblait très contente d'elle.

— Eh bien, j'ai signalé dans ma demande les cristaux d'eau et quand le Dr Thompson m'a appelée pour me poser des questions à ce sujet, je lui ai dit ce que j'avais en tête.

— Et ?

— Ce matin, elle m'a dit avoir demandé à ses techniciens d'élargir le spectre des recherches et ils ont trouvé que les échantillons correspondaient à la victime d'une autre enquête en cours : un corps démembré et non identifié retrouvé il y a deux semaines dans une rivière. Je crois que Kennedy et Delaney étaient sur l'affaire.

Reilly n'en revenait pas, mais était ravie du résultat.

— C'est fantastique, Lucy, ce que vous avez découvert ! Ils vous en seront sûrement très reconnaissants.

— Merci, même si je suppose que cela veut dire qu'on a une autre victime du tueur aux tabous, affirma la jeune fille, soudain plus grave.

— Mais c'était de l'excellent travail, mademoiselle, commenta Daniel.

— Absolument, confirma Reilly. Je vais de ce pas appeler les inspecteurs pour les informer. Continuez comme ça, Lucy.

Arrivée à la porte, elle se tourna vers Daniel, qui semblait songeur.

— Tu ne viens pas ?

— Je te rejoins. Je voudrais parler à ton équipe, voir s'ils peuvent m'apporter d'autres éléments utiles pour mon profil.

— D'accord, lança Reilly, en haussant les épaules.

Quittant le laboratoire, elle repartit vers son bureau, pressée de donner à Chris et Kennedy les dernières nouvelles. Même si cela n'allait pas résoudre l'enquête, ils avaient désormais un nouvel éclairage sur le monde du cinglé qu'ils traquaient.

O'Brien avait tort. Ils en apprenaient de plus en plus sur leur homme à mesure qu'ils avançaient, et Reilly était bien décidée à faire en sorte que, très bientôt, le tueur aux tabous n'ait plus d'endroit sûr où se cacher.

30

Chris ne rappela Reilly que le lendemain matin malgré les nombreux messages qu'elle avait laissés.

— Reilly, désolé, je suis rentré tard. Je viens seulement d'écouter vos messages.

Il avait l'air fatigué, et elle se demanda ce qu'il avait fait. Peut-être qu'ils étaient allés boire avec Kennedy, mais elle se rappelait qu'il lui avait dit ne pas boire beaucoup. *Étonnant pour un inspecteur de police, et irlandais de surcroît,* pensa-t-elle, se reprochant aussitôt le stéréotype facile.

— Eh bien, tout d'abord, j'ai des informations sur votre mystérieux corps flottant et nous pensons en savoir plus sur lui...

— J'allais justement vous dire que nous pensons avoir retrouvé le crime qui manquait.

— Quoi ? Où cela ?

— Deux officiers en uniforme ont signalé quelque chose à côté de l'aéroport plus tôt dans la matinée. Kennedy est en route et moi, j'ai... enfin, j'irai après.

Au ton hésitant de sa voix, elle comprit qu'il avait fini par se décider à consulter. Mais il ne pouvait pas se confier devant ses coéquipiers.

— Je comprends. Bonne chance.

Du coin de l'œil, elle vit Daniel entrer dans la pièce.

— Je réunis une équipe et on se retrouve sur les lieux plus tard.

— Oui, je voulais annuler, mais mon témoin ne peut me recevoir que ce matin, affirma Chris, essayant clairement de justifier son absence pour quelqu'un qui devait se trouver à côté de lui.

— D'accord, alors faites ce que vous avez à faire. Je suis sûre que Kennedy pourra se débrouiller seul le temps que vous arriviez. Vous pourriez me dresser un tableau de ce que je dois m'attendre à trouver ? Je parle du meurtre.

À ses mots, Daniel leva un sourcil intéressé.

— Un couple d'adolescents. Ils ont été portés disparus il y a au moins deux semaines. Tout le monde pensait qu'ils s'étaient enfuis à Londres ou quelque chose du genre.

— Ils auraient dû, on dirait.

— Oui. Bon, je dois y aller. Je pense vous voir là-bas, mais sinon, on se rejoint plus tard.

— Attendez une minute, l'arrêta-t-elle, voyant Daniel gesticuler à côté d'elle. Daniel est ici avec moi, je crois qu'il veut vous toucher deux mots.

— D'accord, passez-le-moi.

— Inspecteur Delaney ? salua le profileur, de sa voix douce. Je termine mon rapport officiel et j'aimerais discuter avec vous avant de le boucler. Je sais que vous êtes débordé en ce moment, mais j'apprécierais si vous vouliez bien me consacrer un moment.

— D'accord. Vous n'avez qu'à passer tout de suite. Je dois partir à une réunion à 11 heures, mais je trouverai bien quelques minutes avant cela.

— Merci, si cela ne vous dérange pas. C'est juste que je voudrais votre opinion sur quelques points de l'enquête en particulier.

Reilly comprit qu'il demandait à parler en tête à tête avec Chris dans le seul but que personne ne se sente mis sur la touche par sa présence. Même s'il avait l'habitude de discuter avec les enquêteurs avant de conclure son profil, Reilly savait bien qu'elle lui avait fourni tous les détails dont il avait besoin sur le tueur. Ce n'était qu'une habile façon de montrer qu'il coopérait et ne leur volait pas leur travail. Mais, surtout, elle était persuadée que Chris s'en réjouirait et que, plutôt que de se croire menacé par Daniel, il n'en serait que plus favorable à sa participation.

— D'accord. À tout de suite.

— Merci, inspecteur. J'arrive de ce pas, conclut Daniel avant de raccrocher.

— Bien joué, Forrest, plaisanta Reilly, pour qu'il sache qu'elle n'était pas dupe.

— Qu'est-ce que tu veux dire ? rétorqua-t-il en souriant. Je ne fais que mon boulot en mettant tout le monde dans le même bateau.

La scène du crime offrait un spectacle aussi peu attrayant qu'à l'accoutumée. On avait retrouvé les deux adolescents dans une vieille Ford Transit bleue qui appartenait à l'un d'eux. Cela faisait un moment qu'ils étaient morts, et malgré l'air frisquet du printemps dublinois, l'état de décomposition avancé de leurs corps rendait l'intérieur de la camionnette suffocant.

Quand Reilly arriva, elle vit Karen Thompson discuter avec Kennedy.

— On dirait que la mort remonte à plusieurs jours, affirmait-elle.

— Vous avez déjà établi le moment du décès ?

— Pas encore. Les corps sont en trop mauvais état... Rien de très net, mais des marques de piqûre, ce qui voudrait dire qu'on a encore affaire à notre amoureux du pentobarbital. Je serai en mesure de vous le dire avec certitude une fois que j'aurai les résultats toxicologiques.

— Merci, grommela Kennedy, désolé.

Karen ramassa son sac.

— Je fais passer les tests en priorité et je vous avertis dès que j'ai quelque chose.

— Super ! intervint Reilly. On y va ? lança-t-elle à l'intention de Kennedy.

La camionnette avait miraculeusement survécu à trente ans de labeur et de négligence. Entre la rouille, les bosses et les coups de peinture mal appliqués sur la carrosserie, elle faisait peine à voir. Le véhicule parfait pour des ados, bien décidés à en user et en abuser.

Plutôt que d'entrer directement, Kennedy fit le tour lentement, Reilly à ses côtés.

— Vous pensez que c'est notre gars ?

— La légiste semble de cet avis, répondit Reilly en haussant les épaules.

Ils s'arrêtèrent pour regarder l'avant de la camionnette avec son pare-brise fêlé et ses deux dés noirs et blancs sales suspendus au rétroviseur.

— Des gamins, des hommes d'affaires, des personnes âgées, c'est quoi le lien ? demanda Kennedy, après l'avoir mise au courant de ce qu'il avait appris en parlant au clochard. Il rencontre ces gens avant, ou quoi ?

— Je ne suis pas sûre qu'il y ait de lien, déclara Reilly en se rappelant qu'elle devait parler à Daniel de la thèse de la charité. Je crois qu'il s'en prend juste à quelqu'un qui correspond à ses critères. Daniel pense que c'est un voyeur, ajouta-t-elle en se remémorant leur conversation, plus tôt dans la journée.

— Super ! Alors, ça veut dire que cette ordure pourrait être en train de nous épier à cet instant précis.

Dans le pare-brise, Reilly regarda le reflet des bâtiments autour d'eux. Ils se trouvaient dans une zone industrielle à l'abandon pleine d'entrepôts déserts, dont les fenêtres cassées les fixaient tels des clochards sans dents.

— J'espère que non, répondit-elle en posant une main gantée sur la poignée de la porte. Allons voir à l'intérieur.

Les techniciens de la police scientifique attendaient patiemment depuis un moment déjà. Ils savaient qu'il valait mieux ne pas déranger Reilly pendant qu'elle s'entretenait avec un inspecteur.

— Lucy, vous vous occupez de l'extérieur de la camionnette. Vous, Gary, vous vous chargez des alentours, c'est plutôt vide par ici.

Elle leva les yeux machinalement vers les fenêtres avant de revenir à lui.

— Prenez un policier avec vous et vérifiez si l'un de ces bâtiments est ouvert.

— Je cherche quoi ?

— Un endroit accessible qui donne sur ce site. Si vous trouvez, cherchez tous les signes qui prouveraient que quelqu'un y est entré.

— Compris.

Gary alla s'adresser à l'un des officiers présents sur les lieux pour lui expliquer ce qu'il attendait de lui. Reilly le regarda et ne put s'empêcher de sourire. Il avait choisi le plus costaud des policiers. Entre-temps, Lucy avait ouvert son kit et prenait des photos de la camionnette.

— Vous les avez bien formés, remarqua Kennedy, d'une voix calme.

Elle se tourna, touchée par le compliment inattendu.

— C'est un bon groupe.

— Oui, mais ils avaient vraiment besoin qu'on leur apprenne.

— Ils avaient juste besoin qu'on leur montre comment réveiller leur instinct, nuança-t-elle.

Ils jetèrent un œil à l'intérieur de la camionnette. Les deux garçons étaient nus, empilés l'un sur l'autre. Si c'était l'œuvre de leur tueur, il n'y avait pas d'ambiguïté sur ce qu'il les avait forcés à faire.

— Bon sang, comment arrive-t-il à obliger les gens à faire ce genre de chose ? commenta Kennedy, écœuré. J'ai déjà croisé des mecs convaincants, mais lui, il remporte vraiment la palme !

— La peur de se faire tuer, ça peut être très convaincant, lança Reilly en grimpant dans la camionnette, Kennedy derrière elle.

— Vous voulez que j'attende dehors pendant que vous allez renifler un peu là-dedans ?

— Vous savez, vous devriez essayer l'approche émotionnello-sensitive vous-même, conseilla-t-elle, sans pouvoir s'empêcher de sourire. Ça pourrait vous étonner.

— Ma femme n'arrête pas de me le répéter, répliqua-t-il avec un clin d'œil, et Reilly secoua la tête, indulgente.

Elle ferma les yeux pour visualiser la scène.

Le tueur était à l'arrière de la camionnette avec les deux jeunes, un matelas était posé sur le sol, avec quelques couvertures sales. Les haut-parleurs de la radio pendaient au plafond. Ils étaient... ils étaient...

— Vous percevez quelque chose ? demanda Kennedy, sans cynisme cette fois.

— Cela pourrait être la complice qu'on soupçonnait avant, répondit-elle en ouvrant les yeux. Peut-être qu'elle a laissé les gosses la prendre dans leur camionnette, expliqua-t-elle en montrant le matelas, les couvertures et les haut-parleurs. C'était leur petit nid d'amour, là où ils emmenaient les filles.

— Et notre gars le savait...

— Exact. Il avait besoin de deux hétéros pour briser le tabou, cela n'aurait pas été drôle si cela ne les dégoûtait pas.

— En effet. Quoi d'autre ?

— Peut-être que c'est elle qui les a attirés en leur proposant une partie à trois, quelque chose du genre. Et quand ils ont commencé, j'imagine qu'elle les a laissés s'amuser un moment, sachant que c'était elle qui avait le contrôle de la situation, puis notre gars est intervenu...

— Et il a changé la donne.

— C'est ça, oui. Ça colle complètement avec son besoin de prendre des risques, l'excitation, le contrôle... et à la fin, le tabou, la domination ultime.

— Il n'a pas laissé grand-chose, cette fois, on dirait, remarqua Kennedy en regardant autour de lui.

— Non, et ça m'inquiète un peu.

— Pourquoi ? Il sait maintenant qu'on comprendra tout de suite que c'est son œuvre. Alors, à quoi bon en dire plus ?

— Parce qu'il l'a toujours fait jusque-là.

— Vous pensez qu'on loupe un truc ?

— Oui ou alors on ne l'a pas encore trouvé, répondit Reilly. Souvenez-vous, d'après l'indice qu'il nous a donné au labo, ce meurtre, il l'a commis avant celui des Miles, et celui-là contenait un message freudien très clair.

Kennedy balaya l'intérieur lugubre de la camionnette avec sa lampe torche.

— Mais il n'y a pas beaucoup de place ici pour cacher quoi que ce soit.

— Les moyens de dissimuler quelque chose pour nous compliquer la tâche ne manquent pas.

Leur conversation fut interrompue par le téléphone de Reilly. C'était Gary. Elle sortit de la camionnette et leva les yeux pour voir où il se trouvait.

— Que se passe-t-il ?

— Je suis dans l'entrepôt. Vous devriez venir par ici...

— Attendez-moi une seconde. J'arrive tout de suite.

Kennedy la fixait, l'air interrogateur.

— Il a trouvé quelque chose ?

— Ne me dites pas que ça vous étonne, rétorqua Reilly.

— Je reste ici pour finir les recherches. Allez-y.

Quelques minutes plus tard, Reilly poussa les portes cassées d'un entrepôt abandonné, à quelques mètres à peine sur la route qui menait à la camionnette, qui offrait une vue parfaite sur les lieux. Quelques marches poussiéreuses la conduisirent au troisième étage, où un officier en uniforme l'attendait.

— Par ici, dit-il en indiquant la seule porte ouverte, sans que ce fût vraiment nécessaire.

Reilly entra dans un immense débarras. Des cartons de dossiers et de papiers encombraient le sol, et un rat partit vite se cacher dans l'ombre quand elle s'avança vers la fenêtre à côté de laquelle se tenait Gary.

— Qu'avez-vous trouvé ?

— Regardez, dit-il en pointant le doigt par la fenêtre.

Reilly s'approcha et jeta un œil par la vitre cassée sur la camionnette en dessous d'eux. Son sang se figea quand elle lut les mots soigneusement peints sur le toit.

« Perdre un parent, ce n'est pas de chance. En perdre deux, c'est de la négligence. »

Mon Dieu...

Reilly sortit en toute hâte son téléphone de sa poche et composa le numéro de son père. La sonnerie retentit dans son oreille, froide et dure, une fois... deux fois... trois fois... encore et encore sans réponse.

— Bon sang ! lâcha-t-elle, quittant la pièce le cœur battant pour se ruer vers les escaliers en bois.

Ses pas résonnaient dans le bâtiment, alors que ses pieds soulevaient des nuages de poussière. Elle sortit de l'entrepôt en trombe, pressée de retrouver Kennedy et percuta la personne qu'elle aurait le moins voulu croiser au monde.

Jack Gorman lui bloquait le passage. Et le chef du service médico-légal ne semblait pas du tout ravi d'avoir vu sa croisière interrompue.

— Qu'est-ce qui se passe ici, nom de Dieu ?

Petit, le visage anguleux, il affichait l'arrogance typique des hommes mal dans leur peau.

— Gorman ? s'exclama Reilly, aussi surprise qu'horrifiée de le voir devant elle. Je ne savais pas que vous deviez revenir si tôt...

— On ne m'a pas vraiment laissé le choix, gronda-t-il. Avec le chaos qui régnait pendant mon absence.

Il pointa un doigt accusateur vers la camionnette de la police scientifique.

— Et qu'est-ce que je trouve en arrivant ? La jeune Lucy en train de procéder à des relevés et Gary qui court partout et nous rejoue *Deux flics à Miami* ! hurla-t-il, le visage rubicond, menaçant d'exploser. Vous êtes tous devenus fous depuis mon départ. Ce n'est pas comme ça qu'on travaille ici, Steel !

Alors que Gorman tonnait, des têtes sortaient de tous les côtés, Lucy de l'avant de la camionnette, Gary du bâtiment derrière eux, Kennedy de l'intérieur du véhicule. Reilly bouillonnait, elle n'avait vraiment pas besoin de cela maintenant.

— On en parlera plus tard, je dois d'abord...

— Je vous assure qu'on ne m'a pas fait venir de l'autre bout de la planète pour rien. Je veux que vous m'informiez de ce qui se passe ici. Expliquez-moi sur-le-champ où vous en êtes ! ordonna-t-il, son bronzage des Caraïbes masquant ses veines gonflées par la colère.

Difficile de dire ce qui le contrariait le plus : qu'ils soient visiblement confrontés au tueur en série le plus féroce qu'ait jamais connu l'Irlande, ou que son voyage ait été interrompu.

— Lucy, je ne sais même pas ce que tu fiches ici ! Retourne au labo !

Lucy resta plantée sur place, ne sachant pas comment réagir. Reilly, elle, tenait tête à Gorman, refusant de se laisser intimider.

— Elle est ici parce que je le lui ai demandé, expliqua-t-elle, patiente.

— Lucy, tu es sourde ou quoi ? Je t'ai dit...

— Doucement, vous n'avez aucun droit de vous adresser ainsi à un membre du...

— Ne vous en faites pas, Reilly, intervint Lucy. C'est bon, papa, je pars.

Choquée, Reilly fixa sa protégée. *Papa ? Mais c'est quoi, cette blague ?*

Elle n'avait absolument aucun souvenir qu'on lui ait signalé le lien de parenté entre Lucy et Gorman. Pas étonnant qu'il se soit toujours montré si condescendant envers elle et qu'elle ait à ce point cherché l'approbation de Reilly. Bon sang, comme si elle n'avait pas déjà assez à faire !

— Parfait. Et que le reste de l'équipe termine ici. Vous, Steel, je vous veux dans mon bureau *illico*. Il faut qu'on fasse le point sur l'enquête.

Il était bien décidé à montrer à tout le monde qui commandait.

Reilly contempla un instant sa mine furibonde, avant d'avancer, le laissant sur place.

— Je suis désolée, mais je n'ai vraiment pas le temps.

Gorman devrait attendre, elle voulait d'abord s'assurer que son père était en sécurité.

— Excusez-moi ? cria-t-il, scandalisé qu'elle ne s'exécute pas immédiatement.

— Je suis désolée, mais je dois vérifier quelque chose de toute urgence...

— Dois-je vous rappeler que je suis le chef de cette unité ? gronda-t-il. Ce qui fait de moi votre supérieur.

Reilly lui adressa un hochement de tête résigné, puis courut vers Kennedy qui assistait à l'échange, intéressé.

— J'ai besoin que vous me rendiez un service, lança-t-elle, hors d'haleine.

— Eh, ne me mêlez pas à ça, se défendit Kennedy.

— Non, ça n'a rien à voir avec Gorman... C'est autre chose. Je pense... Je pense que mon père est en danger, affirma-t-elle, avant d'expliquer le message trouvé par Gary sur le toit de la camionnette.

— Bordel de Dieu ! s'exclama Kennedy en tournant la tête vers Gorman qui approchait à grands pas.

— Comment osez-vous me tourner le dos, Steel ? cria le vieil homme. Je n'accepterai pas qu'on se comporte de la sorte avec moi !

— S'il vous plaît, implora Reilly. Je dois m'assurer qu'il va bien.

— Vous pensez vraiment qu'il y a un risque que...

— Oui !

— Steel. Vous m'écoutez ? continua Gorman.

— Gorman, ce n'est pas le moment.

— Très bien. Vous deux, dans mon bureau, sur-le-champ !

Kennedy sortit son portable.

— J'envoie des hommes sur les lieux tout de suite. Il habite où ?

— Dans le quartier des Liberties, répondit Reilly, quand une autre idée lui traversa l'esprit. Attendez une minute, Chris connaît sa maison. Vous pensez qu'il pourrait... ?

— Bien sûr que oui, répondit Kennedy en composant son numéro.

31

— Je comprends, affirma Chris à l'intention de Daniel Forrest assis devant lui. Vous ne croyez pas en la thèse de Reilly qui inclurait une complice ?

— Non.

— Alors qu'en est-il de la contrainte et de la mèche de cheveux blonds ?

— Suivez mon raisonnement une seconde, commença le profileur, mais il fut interrompu par la sonnerie du téléphone de Chris.

— Une seconde, s'il vous plaît, s'excusa Chris en levant un index. Kennedy, qu'est-ce qui se passe ?

Il écouta, les sourcils froncés.

— Elle en est sûre ? Oui, je sais exactement où ça se trouve, bien sûr, j'y vais de ce pas.

Après avoir raccroché, il leva les yeux vers Daniel.

— Reilly a trouvé quelque chose sur le dernier site qui lui fait penser que son père est en danger. Elle n'arrive pas à l'avoir au téléphone et ne peut pas se libérer pour aller vérifier chez lui. Elle me demande si je peux y aller.

À en juger par le ton de Kennedy, Reilly devait être paniquée. Son rendez-vous de 11 heures devrait patienter.

Forrest s'empara de son manteau.

— Je vous accompagne.

— Je ne suis pas sûr que ce soit…

— Inspecteur, si Reilly pense que son père pourrait être en danger, alors c'est important qu'on parte vérifier ensemble.

Chris ne voulait pas perdre de temps à argumenter. S'il voulait s'imposer cela, c'était son problème.

— Vous ne croyez pas que le tueur pourrait s'en prendre à son père, n'est-ce pas ? demanda-t-il à Daniel alors qu'il fonçait à travers la circulation.

Il cherchait surtout un sujet de conversation, parce que le silence de l'Américain le mettait mal à l'aise depuis leur départ du commissariat. Il avait essayé d'appeler Reilly pour savoir quel était le problème, mais était tombé directement sur la messagerie.

— Votre coéquipier vous a-t-il dit pourquoi elle pensait cela ? demanda-t-il de sa voix toujours calme et mesurée.

Ses manières tapaient vraiment sur les nerfs de Chris.

— Non, il m'a juste dit de ne pas traîner. Reilly voulait y aller elle-même, mais elle est trop loin et apparemment le temps presse. Et en plus de la scène de crime, elle est retenue par un problème de travail.

Kennedy lui avait parlé de l'apparition de Gorman sur les lieux, et vu les circonstances de son retour, Chris ne pouvait qu'imaginer la tornade qu'il avait dû causer. Il songea à Reilly et à son inquiétude. Même s'il n'était pas certain qu'il y ait de vraies raisons de se faire du souci, il était content de pouvoir la rassurer. Le tueur s'en serait-il vraiment pris à Mike ? Ou n'était-ce qu'une menace en l'air, un autre jeu de pouvoir pour déstabiliser Reilly et gagner la partie ?

— Elle a dû trouver quelque chose... quelque chose de pertinent, assura Daniel, comme s'il se parlait à lui-même.

Chris ne répondit rien. Tout ce qu'il espérait maintenant, c'était trouver Mike comateux sur le canapé après une autre de ses cuites.

Aucun son ne provenait de l'appartement quand ils arrivèrent sur les lieux. Après avoir frappé à la porte et appelé plusieurs fois, Chris chercha le double de la clé, selon les indications que Kennedy tenait de Reilly. Pénétrant dans le couloir, les deux hommes continuèrent à appeler, passant de pièce en pièce.

— Monsieur Steel ? Monsieur Steel, vous êtes là ?

Les lumières du salon étaient allumées et les rideaux tirés.

Daniel restait tranquillement planté sur le pas de la porte du salon, alors que Chris prenait le temps d'étayer ses impressions. Sans savoir pourquoi, il se sentit parcouru de frissons. L'appartement était bien rangé, les coussins soigneusement posés sur le canapé, l'aspirateur passé sur la moquette, les chaussures dans le couloir, alignées.

Il se tourna vers Daniel en grimaçant.

— Assez différent de ma dernière visite.

— Comment cela ?

— L'appart avait l'air d'avoir été frappé par un obus, même après le petit coup de frais donné par Reilly. C'est... trop rangé.

— C'est ce que je me suis dit dès qu'on est entrés. Ça sent le propre. Un produit d'entretien au pin.

— Alors que ça devrait sentir l'alcool, les restes de nourriture et le tabac froid.

Chris passa une main sur la cheminée. Pas de poussière.

— Avant de tirer des conclusions hâtives, on devrait peut-être regarder plus attentivement, suggéra Daniel, toujours calme. Je vous propose de vous charger de la cuisine et moi, de la chambre.

Chris acquiesça d'un hochement de tête. Il regarda Daniel entrer dans la chambre, sa torche allumée, ses sens aiguisés en alerte. Même si Chris aurait préféré faire équipe avec quelqu'un qu'il connaissait mieux et en qui il avait plus confiance, il savait qu'il n'avait pas le choix. Que Forrest inspecte les lieux pour voir s'il parvenait à percer le mystère, en quoi cela pouvait-il lui nuire ?

Chris entra dans la cuisine, songeant combien il se plaignait de son propre logement. En comparaison, sa kitchenette était vraiment spacieuse. De la taille de la cale d'un bateau, celle-là ressemblait plus à un couloir étroit avec des placards en hauteur et un minuscule réchaud électrique sur un côté, un comptoir de l'autre. Mais qui a besoin d'une cuisine quand son régime se limite à de l'alcool ?

Comme le reste de l'appartement, la pièce avait subi une réelle transformation. La seule fois où il y avait mis les pieds, quelques jours plus tôt avec Reilly, il avait presque eu peur de toucher à quoi que ce soit. Mais, à présent, tout brillait, les surfaces reluisaient, les placards autant que les robinets.

Étrange, mais il y avait sûrement une explication raisonnable. Il sortit son téléphone pour appeler Reilly, quand on frappa à la porte.

— Qui êtes-vous ? gronda une voix de femme.

Il se tourna et se retrouva face à une femme d'une cinquantaine d'années. *Une voisine,* se dit-il, en apercevant le trousseau de clés qu'elle tenait à la main.

— Je suis un ami de M. Steel, mentit Chris. Enfin, de sa fille plutôt, et je voulais...

— Sa fille ? répéta la dame, son visage se radoucissant. Oh, j'avais peur que vous soyez un cambrioleur.

Chris se demanda si elle avait l'habitude de surprendre ainsi des cambrioleurs et de mettre sa vie en danger plutôt que d'appeler la police. En tout cas, lui s'en réjouissait, parce qu'autrement il aurait eu quelques explications à fournir.

Chris arbora son sourire le plus rassurant.

— Pas du tout. Dites-moi, savez-vous quand Mike sera de retour ? J'imagine qu'il vous a demandé de jeter un œil à son appartement.

De nouveau, le visage de la femme se ferma.

— Si vous êtes l'ami de sa fille, vous devriez le savoir, non ?

— En fait...

Mais avant qu'il ne puisse continuer, Daniel apparut sur le pas de la porte.

— Bonjour, je suis Daniel Forrest, un vieil ami de Mike, de Californie. Ravi de vous rencontrer, madame... ?

— Kelly, répondit la femme, lui serrant la main à contrecœur.

Chris comprit que Daniel essayait de taire les soupçons de la voisine en mentionnant un passé commun.

— Madame Kelly, à ce que je comprends, c'est vous que Mike doit remercier pour l'état impeccable de son appartement, poursuivit-il, redoublant de charme.

— Je me suis dit que j'en profiterais pour passer un petit coup de chiffon, avoua la femme en rougissant. Pour que tout soit propre à son retour.

— C'est très gentil de votre part. Vous avez fait du sacré boulot. Il faudrait que je vous invite à jeter un œil chez moi, plaisanta Daniel.

Mme Kelly s'empourpra de nouveau. Chris commença à se dire que Mike Steel avait trouvé une groupie en la personne de sa voisine dévouée. Vu sa réaction aux flatteries du profileur, elle n'était pas insensible aux attraits des autres hommes non plus.

— Oh, je suis sûre qu'il ne remarquera rien, roucoula-t-elle. Vous savez comment peuvent être certains hommes. Mais, au moins, ce sera agréable pour lui de rentrer, même s'il n'a pas dit quand elle le ramènerait.

— Elle ? répéta Chris.

— Eh bien, oui, affirma-t-elle, son ton trahissant sa désapprobation. Maintenant, je sais que c'est une amie à vous, mais franchement, elle pourrait faire plus que de débarquer comme ça quand ça lui chante pour l'emmener avec elle quelques jours. Et tous les autres jours alors, quand il a besoin de quelqu'un pour veiller sur lui ?

Chris et Daniel échangèrent un regard.

— Comment le savez-vous, madame Kelly ? Comment savez-vous qu'il est parti quelques jours ?

— Apparemment, sa fille a organisé une petite virée pour eux deux, alors je lui ai dit que je garderai un œil sur son appartement. Il n'a pas dû se rendre compte que sa fille vous l'avait déjà demandé.

— Et vous l'avez rencontrée ? demanda Daniel, espérant qu'elle lui fournirait une description.

— Non, on ne peut pas dire que je l'ai rencontrée…

Lisant entre les lignes, ils comprirent que Mme Kelly surveillait de près Mike Steel.

— Je l'ai juste aperçue dans la voiture avant qu'ils ne partent. C'était la première fois que je la voyais, celle-là, ou que j'entendais parler d'elle. Ça m'a surpris parce que je n'ai pas du tout trouvé qu'elle lui ressemblait. Pas comme l'autre.

— L'autre ? demanda Chris, perplexe.

— Oui, son aînée, celle qui travaille dans la police. C'est son portrait craché, alors que la plus jeune…

— Madame Kelly, Mike Steel vous a-t-il dit spécifiquement qu'il partait avec sa fille ?

Ressentant l'urgence dans le ton de Chris, elle hésita.

— Euh, non… Mais vous disiez…

— Merci pour votre aide, madame Kelly, interrompit Daniel en la guidant doucement vers la porte. Je suis sûr que Mike aussi vous remerciera quand il rentrera.

Une fois qu'elle fut partie, Chris passa une main dans ses cheveux, ne sachant que penser.

Selon la voisine, Steel était simplement parti pour quelques jours avec une parente, ou du moins quelqu'un qu'il connaissait, ce qui signifiait que Reilly n'avait aucun souci à se faire. Et pourtant, il se demandait ce que signifiait cette histoire.

— Qu'est-ce que vous dites de tout cela ? demanda-t-il à Daniel qui revenait dans la pièce. Il est juste parti en vacances. Reilly n'a pas de raison de s'inquiéter.

Le profileur semblait préoccupé.

— Au contraire, lâcha-t-il sur un ton grave.

— Comment ça ? Vous avez entendu ce qu'elle a dit : il est parti avec une connaissance, pas avec un meurtrier psychopathe…

— Une connaissance, oui. Mais si cette connaissance est la personne que je soupçonne, Reilly a d'autant plus de raisons de s'inquiéter qu'avec qui que ce soit d'autre…

32

De retour au Q.G. de la police scientifique, alors qu'entraient et sortaient de sa conscience les remontrances de Jack Gorman au sujet de ses activités lors de son absence, ainsi que le choc de la révélation pour Lucy, Reilly priait pour que Chris parvienne à localiser Mike.

Ce message, elle ressentait dans sa chair qu'il lui était adressé à elle et par association, à son père. Daniel avait raison, le tueur aux tabous la visait, elle personnellement, ainsi que sa famille. Mais comment en savait-il autant sur elle ?

« Perdre un parent, ce n'est pas de chance... »

Son esprit dériva vers cette horrible journée, qui avait semblé pareille à toutes les autres d'abord, pour finalement hanter leurs vies à jamais.

À cette époque, leur mère les avait quittés depuis des années. Les deux sœurs ne savaient ni où Cassie était partie ni pourquoi. Petites, elles s'étaient accoutumées aux humeurs de leur mère et à ses disparitions soudaines, mais un beau jour, quand Cassie était partie et n'était pas revenue, tout le monde avait compris que cette fois, c'était différent. Mike ne dit rien et dans les années qui suivirent, ce fut comme si la famille avait jeté un voile sur toute l'affaire.

Mais, en grandissant, tout naturellement, les filles se mirent à poser des questions, surtout Jess, et bien que Reilly n'ait jamais osé demander à son père, elle avait la forte impression que leur mère, éternelle insatisfaite, était partie avec un autre homme.

Il n'est pas facile de maintenir les fantômes enfermés dans les placards, sans parler des monstres. Cette année en particulier, la curiosité de Jess devenait incontrôlable et elle réclamait de plus en plus de savoir pourquoi Cassie avait abandonné sa famille.

— Oublie-la, Jess, exhortait Reilly, même si elle savait qu'elle perdait son temps à essayer de la raisonner.

Quand elle avait quelque chose en tête, Jess était plus acharnée qu'un chien sur son os.

Un jour, Reilly était au volant de la voiture que son père lui avait offerte pour son dix-huitième anniversaire. L'effort que cela lui avait demandé pour économiser sou après sou la rendait encore plus spéciale aux yeux de Reilly. Ce n'était qu'une petite Mazda à deux portes, rouge vif, « un vieux tacot », comme l'appelait son père, mais elle lui appartenait et elle l'adorait.

Autour de l'heure du déjeuner, la circulation était plutôt dégagée, et Reilly venait de ralentir à un feu rouge, quand elle reçut l'appel de sa sœur.

— Reilly, c'est moi ! cria Jess en pleurant dans le combiné, complètement hystérique. Je suis chez maman !

— Chez maman ? Comment ça ?

Reilly n'en croyait pas ses oreilles.

— Jess, tu es devenue folle ? Comment tu as fait pour... je veux dire... qu'est-ce que... Où... ?

Elle ne parvenait pas à réfléchir posément. Jess avait retrouvé leur mère ? Comment, et surtout où ?

— J'ai besoin de toi, Reilly. J'ai besoin que tu viennes ici.

Un profond désespoir plombait sa voix, une douleur qu'elle n'avait plus entendue depuis des années.

— Quoi ? Mais où ça ? Je ne comprends pas. Tu es où ?

— Reilly, j'ai besoin que tu viennes tout de suite.

La voix de Jess se posa soudain, ce qui effraya encore davantage Reilly. Quelque chose n'allait pas. Bien sûr, leur mère avait toujours été imprévisible. Pas le genre à préparer des tartes aux pommes. Reilly se doutait bien que cette rencontre que

Jess avait espérée depuis si longtemps ne s'était pas déroulée comme elle le souhaitait.

— Écoute, ma puce, calme-toi et dis-moi où tu es. Comment on y arrive ?

Elle s'étonna que Jess lui indique un endroit à moins de deux kilomètres de là. Cassie était-elle restée dans la même région tout ce temps ? Elle s'était toujours imaginé que sa mère serait retournée vivre dans l'Est, d'où elle venait. L'idée que toutes ces années, elle avait vécu tout près et n'avait jamais fait le moindre effort pour les joindre... Mais, après tout, quand on connaissait Cassie, était-ce vraiment si surprenant ?

Elle tourna en direction de l'autoroute. Comment Jess l'avait retrouvée, Reilly n'en savait rien. Mais quand Jess avait décidé quelque chose, rien ni personne ne pouvait la faire changer d'avis.

Elle accéléra, son cœur battant la chamade, incapable d'imaginer ce qui l'attendait et surtout ce qui avait pu mettre Jess dans cet état. À l'évidence, Cassie n'éprouvait aucun désir de revoir ses filles et de rejouer avec elles les familles heureuses.

Quelques instants plus tard, elle essayait de se repérer dans de petites rues de banlieue, quand elle trouva enfin l'adresse que Jess lui avait donnée. C'était une maison rose en stuc, de style colonial, dans une rue résidentielle calme aux maisons toutes identiques.

Elle mit un moment avant de sortir de sa voiture, s'efforçant de rester calme. Sa mère, la femme qui l'avait mise au monde, mais qu'elle n'avait plus revue depuis huit ans, vivait là. Cela paraissait si conventionnel, si rangé, elle n'arrivait pas à y croire. Mais à quoi s'attendait-elle, au fond ?

Elle quitta enfin sa voiture, la referma en vitesse et avança vers le porche, cherchant Jess du regard. Pas de signe de vie à l'extérieur, mais la porte d'entrée était grande ouverte.

Reilly approcha avec prudence, percevant le danger.

Lentement, elle gravit les quelques marches sous le porche. Comme devant les autres maisons, un vieux banc en bois se balançait faiblement sous la brise. Deux verres attendaient sur une petite table blanche à côté, à moitié pleins, des glaçons en train d'y fondre, quelques gouttes de condensation mouillant les bords.

Reilly les dépassa sans se presser, faisant craquer les planches sous ses pieds. La rue paraissait étrangement calme, aucune voiture ne passait, aucun oiseau ne chantait, aucun enfant ne jouait.

Ne trouvant pas de sonnette, elle frappa tout doucement à la porte, ce qui suffit à l'ouvrir, révélant une jolie pièce avec du plancher poli et plusieurs tapis ethniques colorés. Un large canapé emplissait le centre du salon.

Et ce fut là qu'elle la sentit. L'odeur unique de sa mère, reconnaissable entre mille et douloureusement familière. Reilly faillit s'évanouir. Malgré ses efforts, et même si elle avait plus d'une fois fouillé dans les affaires de sa mère, Reilly n'avait jamais réussi à découvrir quelle était cette senteur. Pas du parfum et sûrement pas une crème pour le corps. Fleurie et pourtant légèrement épicée. Elle rappelait à Reilly les journées d'été à la plage, l'insouciance, et les soirées à ne rien faire en famille dans le jardin. Le bonheur et la sérénité qu'elle avait toujours désirés.

Elle entra avec précaution et appela.

— Bonjour. Il y a quelqu'un ?

Pas de réponse, aucun mouvement. L'endroit semblait désert, abandonné.

— Jess... Jess ! C'est moi, Reilly.

La lumière de l'après-midi filtrait à travers les stries des volets en bois, projetant de longs faisceaux jaunes dans la pièce. Alors que les yeux de Reilly s'habituaient peu à peu à l'obscurité, elle vit, de l'autre côté du salon, une traînée sombre sur le sol. Une forte odeur empestait l'air, une odeur que, quelques années plus tard, elle apprendrait vite à reconnaître.

Elle traversa la pièce, le cœur battant, tous les sens sur le qui-vive, même si elle ne savait pas pourquoi. Une sorte d'instinct primaire lui hurlait que quelque chose ne tournait pas rond. Résistant à l'envie de tourner les talons pour fuir, elle continua, ses pas constituant le seul bruit dans la maison.

Seules son inquiétude pour sa sœur et cette plainte désespérée dans sa voix la poussaient à avancer.

En arrivant de l'autre côté de la pièce, elle comprit avec effroi que la longue marque sombre était en fait du sang, qui la menait vers la cuisine. Un sentiment d'horreur grandissant en elle, elle prit conscience que quelqu'un avait dû se traîner là en saignant.

Elle s'arrêta, tétanisée par la peur, ne voulant plus faire un pas, et pourtant il le fallait. Tous les pores de sa peau lui criaient de s'enfuir, d'appeler la police et de les laisser se charger de ce qui s'était passé ici. Mais elle ne pouvait pas.

Pas tant qu'elle pensait Jess encore dans la maison. Jess, la petite sœur, dont elle avait passé pratiquement toute sa vie à s'occuper. Reilly ne pouvait pas l'abandonner maintenant.

La traînée de sang conduisait à la cuisine, et à pas lents, la peur au ventre, Reilly tourna à l'angle, certaine que ce qu'elle verrait la bouleverserait à jamais.

Un homme gisait le visage contre le sol, entouré d'une mare de sang. À première vue, il avait été poignardé, à deux ou trois reprises, et avait rampé jusqu'à la cuisine pour essayer de...

Reilly mit ses mains sur sa bouche, à la fois pour étouffer son cri de terreur et se retenir de vomir.

À l'autre bout de la cuisine, reposait sa mère. Elle n'eut aucun mal à la reconnaître après toutes ces années. Elle avait le même visage doux qui hantait les rêves de Reilly, la même chevelure blonde qui lui encadrait le visage.

Dans ses rêves, elle lui souriait toujours. Pourtant, aujourd'hui, aucun sourire ne se dessinait sur ses lèvres. Au lieu de cela, le visage de sa mère se tordait dans une expression grotesque d'horreur et un grand couteau de cuisine sortait de son ventre. Elle avait saigné abondamment, ses mains s'étaient couvertes de sang alors qu'elle s'était tenu le ventre pour essayer d'éviter l'hémorragie.

Le choc se mêlait à la terreur.

Oh, mon Dieu...

— Je savais que tu viendrais.

Reilly sursauta en entendant la voix de Jess, et soudain, elle aperçut enfin sa petite sœur, qui était pourtant juste devant elle. Elle tenait la tête de leur mère sur ses genoux, caressant doucement ses cheveux. Elle leva les yeux sans se presser, devinant Reilly dans l'embrasure de la porte.

— Bon sang, Jess, que s'est-il passé ?

Elle sentit sa gorge se crisper alors qu'elle cherchait les mots justes, quelque chose à dire.

Jess fixa Reilly un moment, avant de baisser de nouveau les yeux sur leur mère.

— Elle a trouvé la paix à présent. Elle était contrariée, elle avait tellement honte de ce qu'elle avait fait.

Elle caressait toujours les cheveux de sa mère, imprimant une tache de sang sur son front. Mais son geste ne trahissait ni tristesse ni choc. Reilly en eut le frisson.

— Jess, je crois qu'on devrait appeler la police...

— C'était une putain, Reilly !

Soudain, son visage se métamorphosa. Le calme fut remplacé par une férocité animale.

— Elle nous laissait tout le temps, elle nous abandonnait ! Ce n'était qu'une sale pute ! Elle ne méritait rien d'autre !

— Comment ?

Reilly sentit tous les murs se refermer sur elle. Elle contempla avec épouvante sa sœur qui la défiait du regard. Jess... était impliquée dans ce... elle en était responsable. Reilly tenta de reprendre sa respiration, son esprit refusant l'évidence de ce qu'elle venait de comprendre, incapable d'accepter l'idée que sa sœur était devenue une bête cruelle.

Son premier instinct fut d'apaiser la situation, de reprendre le contrôle en jouant son rôle de grande sœur. Elle s'approcha, malgré sa peur, et jeta un œil au sang que Jess avait sur les mains.

— Ma puce, qu'est-ce qui s'est passé ici ? demanda-t-elle tout bas. Tu vas bien ?

Jess leva la tête vers Reilly, un sourire doux, presque béat sur les lèvres.

— Je vais bien maintenant, finit-elle par répondre.

Elle dirigea son regard vers l'homme. Presque instantanément, son expression changea une nouvelle fois, et elle se ferma.

— Il mérite ce qui lui arrive.

Reilly resta clouée sur place, les larmes menaçant de poindre, alors qu'elle luttait pour comprendre.

Jess baissa de nouveau les yeux sur leur mère.

— Et maman aussi.

Elle continua à étaler le sang sur son front. Brusquement, elle releva la tête comme si elle avait oublié quelque chose.

— Nous ne la retrouverons pas au paradis. Ce n'est pas là que vont les putains qui mentent.

Puis elle se pencha et embrassa le front de sa mère couvert de sang.

— Tu devrais lui dire au revoir maintenant, Reilly. C'est la dernière fois que tu la vois.

Reilly restait plantée là, les épaules baissées, de grosses larmes coulant à présent sur ses joues.

— Oh, mon Dieu, murmura-t-elle. Jess, qu'est-ce que tu as fait ?

Jess posa délicatement la tête de sa mère sur le sol froid. Elle examina le corps comme si elle lui cherchait des défauts, avant de lui prendre les mains pour les poser sur le trou dans son ventre.

Puis, secouée de sanglots, elle se leva et passa ses bras tachés de sang autour de sa sœur.

— Tout va bien, Reilly, murmura-t-elle à son oreille. J'ai tout arrangé, maintenant tout va bien.

33

Après s'être fait passer un savon par Gorman, qu'elle n'avait d'ailleurs pas vraiment écouté, elle s'échappa enfin de son bureau pour vérifier les messages sur son portable.

Rien de la part de Chris, hormis un appel manqué plus tôt dans la matinée.

Bon sang ! Pourquoi n'appelait-il pas ? Même si les nouvelles n'étaient pas bonnes, il pouvait au moins avoir la décence de la tenir au courant.

Elle composa son numéro, mais à sa grande frustration, atterrit sur la boîte vocale. Ensuite, elle téléphona à Kennedy, qui n'avait pas eu de nouvelles non plus.

— Ne vous en faites pas, je suis sûr que Forrest et lui gèrent la situation, assura l'inspecteur.

— Daniel ? Daniel est parti avec Chris ?

Cela la paniqua davantage.

— C'est ce que les gars au poste m'ont dit. Ils sont partis il y a environ une heure et demie. Écoutez, essayez de ne pas vous faire trop de souci. Je suis sûr que tout va bien. Dans le cas contraire, Chris nous aurait déjà appelés.

Elle voulait le croire, vraiment. Mais si le message du tueur s'adressait bien à elle, Reilly savait que rien ne lui garantissait que tout allait bien. Comment aurait-il pu savoir pour Cassie, ou pour Jess ? Sa sœur n'était pas majeure à l'époque, son nom n'était pas apparu dans les journaux.

Si le tueur savait, elle imaginait à quel point il jubilait. Daniel avait raison. Il devait se réjouir à l'idée qu'une des personnes qui cherchaient à le coffrer avait personnellement été confrontée à un odieux tabou...

Était-ce ce que Daniel avait suspecté depuis le début ? Avait-il saisi que le tueur avait pris l'avantage en s'attaquant au passé trouble de Reilly, exposant ses secrets de famille honteux ? Et si c'était vraiment le cas, où voulait-il en venir ?

Reilly n'était pas en mesure de changer les choses, comme à l'époque où elle n'avait pu que livrer à la police sa jeune sœur perturbée de 14 ans. Après avoir découvert où se trouvait Cassie, Jess avait fait des recherches pour apprendre que sa mère avait effectivement quitté Mike pour un autre homme.

Comme toujours avec Jess, les retrouvailles avaient été tendues et houleuses. Quand la mère et la fille avaient été interrompues par le nouvel ami de Cassie, l'adolescente troublée s'était emparée d'un couteau de cuisine et aucun des deux n'avait pu la contrôler.

Encore aujourd'hui, Reilly l'entendait l'implorer de ne pas appeler la police.

— Je ne voulais pas, Reilly, je te le jure ! Il s'est glissé sournoisement derrière moi. Je me suis défendue, c'est tout.

— Mais tu l'as tué... Tu les as tués lui, et maman !

— Je ne voulais pas, je te le jure ! Elle me hurlait dessus, même après que je lui ai dit à quel point elle me manquait, à quel point elle nous manquait à toutes les deux, à papa aussi. Tu la connais, Reilly, ce n'était pas ma faute !

Elle s'accrocha au bras de Reilly, un regard féroce dans les yeux.

— Viens, sortons d'ici. Personne ne nous a vues, personne ne saura jamais.

— Jess, on ne peut pas partir comme ça. Tu as tué deux personnes, affirma Reilly, incapable de bouger. On va appeler papa, peut-être qu'il saura quoi faire...

— Non, ne l'appelle pas. Tu ne dois le raconter à personne ! Reilly, tu es ma sœur, tu as promis de veiller sur moi, de me protéger. C'est maintenant que j'ai besoin de ton aide.

Cette pointe de pragmatisme rendait l'attitude de Jess sinistre, comme si elle avait prémédité depuis le début d'entraîner Reilly dans toute cette histoire pour qu'elle l'aide à s'en tirer.

— Ça n'a rien à voir, Jess. C'est sérieux, là. Très sérieux même.

Elle s'avança vers le téléphone à l'autre bout du comptoir de la cuisine. Jess lui attrapa le bras, sauvage et menaçante.

— Je te le déconseille, déclara-t-elle sur un ton qui stoppa net Reilly.

En un éclair, l'adolescente effrayée se transforma en une jeune fille ayant le contrôle total de la situation. Reilly ne savait plus quoi penser.

— Ne joue pas les méchantes ou tu risques de retrouver notre chère maman plus tôt que prévu.

Reilly ne savait plus si elle devait croire Jess et sa version de l'accident. Soudain, elle se rappela, épouvantée, qu'elle avait déjà vu ce regard chez sa sœur, le jour où la petite fille avait provoqué et agressé leur voisin, Randy Reynolds, avant d'affirmer sur un ton ne tolérant aucune objection : « Les méchants, il faut les punir, non ? »

Heureusement pour Reilly, elle n'eut pas à prendre la décision. Peu de temps après, la police arriva. Quelqu'un, un voisin sans doute, avait entendu du bruit dans la maison et avait donné l'alerte.

Se rappelant le regard de Jess, alors que les deux filles étaient emmenées séparément, Reilly comprit que sa sœur ne lui pardonnerait jamais de l'avoir laissée tomber.

Ce fut le même regard qu'elle afficha au tribunal, quand elle fut condamnée à quinze ans de détention dans la prison pour femmes de Central California. Reilly était restée assise dans la salle d'audience à côté d'un Mike dévasté. Comme elle l'apprit plus tard, c'était lui qui avait révélé à Jess où habitait Cassie. Reilly se sentit profondément déchirée et trahie. Elle avait toujours gardé l'espoir qu'un jour sa mère reviendrait. Maintenant, elle resterait à jamais hantée par la vision grotesque du cadavre de Cassie.

Reilly, assise à son bureau, se cacha le visage dans les mains. C'était la dernière fois qu'elle avait vu Jess, la dernière fois que sa sœur avait autorisé sa famille à la voir. Malgré les supplications de Reilly, elle n'avait jamais accepté de se rendre au parloir pour recevoir Reilly ou Mike.

Au fil des années, Mike se tourna de plus en plus vers la boisson pour supporter cette tragédie, et Reilly, incapable de comprendre le geste de sa sœur, se vit irrémédiablement attirée par la psychologie médico-légale. Mais, contrairement à Daniel Forrest, elle avait fini par trouver l'étude des esprits sombres et malades bien trop difficile et déstabilisante, préférant plutôt le travail de terrain.

Quand, quelques années plus tôt, lors d'une tentative désespérée de se sortir de son alcoolisme, son père avait décidé de retourner dans son pays natal après sa retraite, Reilly avait accepté de le suivre, priant pour que ce soit le début d'une nouvelle vie. Mais, très vite, il avait été clair que l'Irlande, qui avait bien changé depuis son enfance, ne l'apaiserait pas et il avait recommencé à se détruire sans tarder.

Reilly avait trouvé un travail à Dublin pour être près de lui, mais cela n'avait fait que le mettre en danger.

— Reilly ?

Elle leva la tête en entendant son nom suivi d'une légère tape à la porte et vit Lucy, hésitante.

— Lucy, désolée, j'étais à des années-lumière d'ici.

— Euh... J'espère que je ne vous dérange pas. Je voulais juste vous dire que je suis désolée si je vous ai causé des ennuis. Avec mon père, je veux dire.

— Vous auriez dû vous douter que je ne savais pas.

La jeune fille osa soutenir le regard de sa chef.

— À vrai dire, je n'en étais pas vraiment sûre. Tout le monde est au courant, et cela figure dans mon dossier personnel, mais je ne le crie pas sur les toits.

— Lucy, si j'ai manqué de respect...

— Vous plaisantez ? Je ne comprends pas comment vous avez réussi à rester si gentille. Mon père... Je sais mieux que quiconque comment il peut être parfois.

— Tout de même.

— Mais ça ne change rien, n'est-ce pas ? Vous voulez toujours de moi dans votre équipe ?

Sa voix semblait tellement faible et incertaine que Reilly fondit.

— Bien sûr que oui. Je n'ai jamais vu quelqu'un apprendre aussi vite que vous.

— Merci, Reilly, lança Lucy, respirant à nouveau. J'ai vraiment beaucoup appris depuis que vous êtes là et j'aime travailler avec vous. On aime tous.

Reilly était sincèrement touchée.

— Eh bien, c'est réciproque. Et ne vous en faites pas pour votre père. Nous avons trouvé une sorte de terrain d'entente.

— Vous êtes sûre ? Il avait l'air très en colère.

— On peut le dire.

Les cris du vieil homme résonnaient encore dans sa tête, mais seulement en fond sonore derrière toute la cacophonie qui encombrait en ce moment son esprit.

— Bon, en tout cas, on a reçu quelques résultats du labo pour l'intrusion, déclara-t-elle en déposant un papier sur le bureau de Reilly. Pas concluants, malheureusement. La mèche de cheveux par exemple, que Gary a trouvée dans la cage d'escalier, il semblerait qu'elle soit à vous.

Reilly fit la grimace, et Lucy s'empressa de s'excuser.

— Je sais, on aurait dû y penser avant, mais...

— Vous en êtes sûre ? demanda Reilly en s'emparant du rapport sur le prélèvement d'ADN.

— Eh bien, oui, le profil génétique montre une correspondance élevée avec votre échantillon à vous.

Reilly avait espéré qu'il s'agirait des cheveux de l'agresseur pour confirmer sa thèse de la complice. Elle se frotta le front. Apparemment, Daniel avait vu juste, et elle s'était trompée. Elle parcourut le rapport. Le pourcentage de similitude était en effet élevé, mais ce fut surtout la note griffonnée à côté qui attira son attention.

— Attendez une seconde, ça ne va pas du tout. Qui a procédé au test ? demanda-t-elle en se levant pour se diriger vers la porte.

— Julius, je crois. Pourquoi ?

Reilly ne répondit pas et partit directement retrouver Julius. Il était penché sur un microscope quand elle le rejoignit.

— Quel genre d'anomalie ? demanda-t-elle sans préambule.
— Pardon ?
— L'échantillon de cheveux. Votre commentaire : vous dites que, malgré les anomalies dans les allèles, la probabilité est forte qu'il s'agisse de mon ADN.
— Exact.
Il se tourna vers elle pour lui accorder toute son attention et pour la première fois depuis qu'elle le connaissait, elle lut le doute sur son visage.
— J'ai recommencé le test deux fois.
— Et ?
— Eh bien, laissez-moi vous expliquer. À première vue, la correspondance avec votre ADN est évidente, suffisante même pour conclure que ce sont vos cheveux. Mais si on pousse un peu et qu'on compare les allèles…
Elle baissa les yeux vers la feuille jointe au dossier, une comparaison plus détaillée des échantillons, et qui n'aboutissait pas à la même conclusion. Les allèles attestaient d'un ADN très similaire, mais certainement pas le même. Reilly crut entrer dans une sorte de brouillard en essayant de comprendre ce qu'elle avait sous les yeux.
— Que se passe-t-il ? demanda Lucy. Je pensais qu'il n'y avait pas d'ambiguïté ?
— Pas tout à fait, reconnut Julius en se raclant la gorge. C'est le genre de similitude qu'on s'attendrait à trouver entre…
— Deux sœurs, intervint Daniel en entrant dans la pièce, suivi de près par un Chris particulièrement tendu. Reilly, si on allait dans ton bureau ? Il faut qu'on parle.

34

— Jess ? Vous pensez que Jess est ici, à Dublin ? s'étonna Reilly, le souffle coupé par la théorie de Daniel et de Chris.

De retour dans l'intimité de son bureau, ils lui apprirent ce qui s'était passé dans l'appartement de Mike et le témoignage de la voisine, persuadée qu'il partait en vacances avec sa fille. Même si le savoir encore en vie la soulageait, elle était perdue.

— Mais c'est absolument impossible ! Je veux dire... Elle n'a pas le droit à la liberté conditionnelle avant...

Se rappelant la présence de Chris, elle rougit, prenant conscience que le drame honteux qui avait frappé sa famille ne pourrait plus rester secret.

— Je ne sais pas si Daniel vous l'a dit, mais ma sœur...

— Vous n'avez pas à me l'expliquer. Je sais ce qui s'est passé.

— J'ai pensé qu'il serait bon qu'il soit au courant, confirma Daniel, d'une voix posée.

— Je ne l'ai pas revue depuis des années, Chris. Après qu'elle...

Reilly n'arrivait toujours pas à se résoudre à prononcer les mots.

Elle se cacha le visage dans les mains, essayant de se ressaisir.

— Elle est sortie de prison plus tôt que prévu, elle a été libérée vers la fin de l'année dernière, mais au bout de quelques semaines seulement, elle a cessé d'aller à ses rendez-vous.

Reilly le fusilla du regard.

— J'ai passé quelques coups de fil, admit-il.

Elle recevait comme un coup de poing en plein ventre, non seulement que sa sœur était en liberté, mais qui plus est qu'elle devait se trouver dans le pays. Comment était-ce possible, et surtout pourquoi ?

— J'ai parlé à son contrôleur judiciaire qui m'a dit qu'elle est complètement sortie des radars, ils ne l'ont plus revue depuis des semaines. Il a essayé de te joindre, mais ne savait pas que tu habitais en Irlande désormais.

— Et tu crois qu'elle m'a suivie ?

— Pour être honnête, ça fait un moment que je nourrissais des soupçons.

— Mais pourquoi ? Et même si elle était ici, qu'est-ce que cela changerait à... Oh, mon Dieu !

Elle pâlit, prenant peu à peu conscience de tout ce qu'impliquait la présence de Jess à Dublin.

— Jess... Tu ne penses quand même pas... que c'est Jess qui est responsable... qui est derrière toute cette folie ?

Elle regarda tour à tour Daniel et Chris, espérant qu'ils la contrediraient, mais leurs visages restèrent impassibles. Jess, une suspecte ? Non, c'était impossible !

— Reilly, nous ne pouvons pas écarter cette éventualité, disait Daniel, mais ses paroles ne traversaient pas l'épaisseur des émotions qui submergeaient à présent Reilly.

C'était trop dur à encaisser, et pourtant elle savait qu'elle non plus ne pouvait pas rejeter cette hypothèse. L'effraction dans son appartement, la photo de famille, l'intrusion dans le laboratoire et bien sûr les cheveux blonds...

D'accord, tout cela était peut-être l'œuvre de Jess, mais rien ne prouvait sa culpabilité pour les meurtres. À moins que...

— Tu savais, n'est-ce pas ? interrogea-t-elle, se tournant soudain vers Daniel. Tu soupçonnais qu'elle pouvait être impliquée, c'est pour cela que tu es venu, que tu as tellement insisté pour offrir tes services sur le terrain.

Plantée devant lui, elle bouillonnait de colère.

— Comment as-tu osé ne rien me dire, Daniel ? Comment as-tu osé mettre tous ces gens en danger, mon père surtout ?

— Reilly, calmez-vous... intervint Chris en posant sa main sur le bras de la jeune femme.

— Je n'ai jamais pensé que Mike pourrait se trouver en danger, assura Daniel, patiemment. C'est pour toi que je me faisais du souci. C'est après toi qu'elle en avait. Et tu as raison, jamais je n'aurais fait courir de risques à qui que ce soit. Ce n'était qu'une intuition, Reilly, je n'avais aucune certitude. Et je ne voulais pas mettre un tel poids sur tes épaules par téléphone. C'est pour cette raison que j'ai voulu venir ici, pour me faire une meilleure idée de la situation et ainsi être en mesure de t'aider.

— Il a raison, Reilly, affirma Chris. Personne n'aurait pu prévoir cela, et de toute façon, tous les meurtres ont été commis avant l'arrivée de Daniel. Il n'aurait rien pu empêcher. En fait, c'est seulement grâce à lui que nous avons un suspect, maintenant.

Jess ? Était-ce vraiment possible ? Sa petite sœur pouvait-elle être la personne qu'ils recherchaient, le tueur aux tabous ? Cette pensée lui était tellement odieuse qu'elle ne parvenait pas à l'accepter. Puis elle repensa à l'acronyme qu'elle avait trouvé dans la chambre de Clare Ryan.

À cause de toi...

— Je dois sortir d'ici ! s'exclama-t-elle brusquement, se dirigeant vers la porte.

Elle voulait réfléchir, essayer d'y voir clair, parce que pour le moment, l'air était trop étouffant pour respirer.

Et son père ? Qu'en était-il de lui ? Était-il en danger ? Entrait-il dans le grand plan de vengeance de Jess, si c'était bien de cela qu'il s'agissait ?

— Reilly, attends ! Où est-ce que tu vas ? appela Daniel, en vain.

Elle ne voulait plus lui parler pour l'instant. Qu'il ait eu ça en tête depuis le début et ne lui ait rien dit...

— Attendez !

Chris la suivit dans le couloir.

— Reilly, s'il vous plaît, il faut qu'on en parle. Il le faut absolument.

Elle comprit alors où il voulait en venir. Ils étaient au beau milieu d'une affaire de meurtre, dans laquelle elle était impliquée jusqu'au cou. Un des membres de sa famille était une suspecte, et un autre, une victime. Dire qu'elle se trouvait au cœur d'un gigantesque foutoir était encore loin de la vérité.

— Je sais, dit-elle en passant les deux mains dans ses cheveux. C'est juste que... Je devais sortir de là. Daniel aurait dû m'en parler.

— Il faut lui rendre justice, il n'en était pas certain, pas jusqu'à ce qu'il parle à la voisine, en tout cas. Après qu'il m'a raconté pour Jess, on a commencé à reconstituer les pièces du puzzle. Il m'a expliqué pourquoi le symbolisme des meurtres lui paraissait bien trop personnel et dirigé vers vous. Il s'inquiétait pour vous, rien d'autre. Mais quand on est arrivés au labo et qu'on a entendu votre technicien parler de l'ADN, il a compris que le doute n'était plus possible. Votre sœur est impliquée à un certain niveau dans cette affaire, Reilly. À quel point, nous n'en sommes pas encore certains. Peut-être qu'elle a commis elle-même les meurtres, ou bien elle a un complice. On ne peut pas le dire pour le moment. Mais, dans les deux cas, il nous faut le découvrir au plus vite.

— C'est juste... que ça fait beaucoup à digérer d'un seul coup.

— J'imagine, mais plus que jamais, il faut que vous gardiez les idées claires, pour votre père pour commencer.

— Je sais, lâcha-t-elle en se mordant les lèvres.

— Si ça peut vous rassurer, Daniel ne pense pas que votre sœur veuille faire du mal à Mike, affirma Chris en posant une fois de plus la main sur le bras de Reilly. Il soupçonne plutôt qu'elle veuille l'utiliser comme monnaie d'échange, pour attirer votre attention.

— Il a sans doute raison, acquiesça-t-elle en se radoucissant légèrement. Après tout, c'est moi qu'elle déteste, c'est moi qui l'ai laissée tomber.

Elle avait la bouche sèche et les lèvres comme scellées par de la colle. Mais, soudain, les larmes jaillirent, inondant ses joues et son chemisier.

— Je...

Elle essaya de parler, mais ne put articuler aucun mot. Ses épaules se mirent à trembler, et elle fut secouée par de violents sanglots. Puis ce fut au tour de ses jambes de lâcher.

Chris l'enveloppa d'un bras puissant avant de l'entraîner dans un bureau vide.

Elle s'effondra sur une chaise, reconnaissante pour son silence compréhensif et pour sa force. Penchée en avant, elle cachait son visage dans ses mains, incapable de retenir le déluge de ses larmes, maintenant que les vannes étaient ouvertes. Une série d'images se succédèrent dans son esprit. Jess bébé, ses boucles blondes attachées au-dessus de sa tête telle une fontaine, un immense sourire traversant ses joues rondes... Leur mère souriante et pleine de vie, jouant au chat avec ses filles dans la cour sous le regard ravi de Mike... Et ensuite, sa mère tant aimée, qui s'enfermait des jours entiers dans sa chambre, refusant de parler à qui que ce soit... Pour finir, elle la revoyait gisant dans une mare de sang.

Elle se redressa d'un bond et s'essuya le visage. Chris recula sur sa chaise et retira ses mains des épaules de Reilly sans rien dire.

Elle sortit un mouchoir de sa poche pour sécher ses larmes.

— Oh, mon Dieu, comme c'est gênant...

— C'est tout à fait compréhensible, assura Chris.

Elle tourna la tête vers la rue calme à l'extérieur. Une femme marchait à grands pas, son manteau serré contre elle, alors que deux jeunes hommes déambulaient sur le trottoir d'en face. Scène de la vie quotidienne, si loin à présent de ce que Reilly devrait affronter.

Elle rangea son mouchoir dans sa poche. Les larmes avaient cessé de couler, elle avait libéré toutes les émotions refoulées depuis des mois, voire des années.

— Pourquoi vous déteste-t-elle autant, Reilly ? hasarda Chris, sentant qu'il marchait sur un terrain glissant. Pourquoi s'en prend-elle à vous ?

— Parce qu'elle me tient pour responsable de ce qui lui est arrivé. Je devais m'occuper d'elle, je lui avais promis que je veillerais sur elle. Et comme maman, je l'ai abandonnée.

— Comment ? Parce que vous n'avez pas voulu mentir pour elle ? Pourquoi l'auriez-vous fait ?

— Je ne sais pas. Je n'y comprends rien. Bien sûr, je ne l'avais pas compris à cette époque, mais ma mère... Elle était malade. Et Jess... Enfin, son cerveau ne fonctionnait pas vraiment comme les autres. Avec Daniel, on en a souvent parlé... Lui et le Dr Kyle, mon psy aux États-Unis, pensent qu'elle présente toutes les caractéristiques d'une sociopathe classique. J'imagine que, jusque-là, je refusais de l'admettre. Je m'obligeais à croire que ce qui s'était passé avec ma mère n'était qu'un accident, un coup de sang. Mais, maintenant, quand je pense à ce qu'elle a dû faire à tous ces pauvres gens...

— Comment était-elle après, quand on l'a mise en prison ? A-t-elle exprimé du remords ou a-t-elle justifié ce qu'elle avait fait ?

— Je ne sais pas, répondit Reilly, se raidissant. Elle ne m'a jamais autorisée à la voir. Je suis devenue sa plus grande ennemie.

Elle repensa à toutes les fois où elle avait essayé de lui rendre visite, de lui parler pour lui assurer que, quoi qu'elle ait fait, elle serait toujours là pour elle. Mais Jess n'avait jamais accepté de venir au parloir.

— Je pensais que j'arriverais à surmonter, à l'oublier, admit-elle. Mais c'est impossible avec Jess. Elle était – elle est – l'être le plus têtu que je connaisse. Je me suis rendue à la prison pratiquement toutes les semaines au début, déterminée à être là quand elle changerait d'avis, mais cela ne s'est jamais produit. Quelques années plus tard, je suis partie pour l'université et après, j'ai renoncé.

— Cette obsession pour les tabous, ça vient sans doute du fait qu'elle a tué sa propre mère.

— Oui, vous vous souvenez, Daniel nous a expliqué que le parricide était le tabou ultime, la forme de perversion la plus grande. À bien y réfléchir, Jess a toute sa vie été un peu comme maman, en proie à des émotions soudaines et incontrôlables, toujours à tester les limites, à enfreindre les règles.

Pourtant, de là à l'imaginer responsable de ces crimes odieux et d'une violence incroyable...

Chris se leva.

— Reilly, vous savez aussi bien que moi que nos supérieurs voudront que vous lâchiez l'affaire. Avec votre sœur comme principale suspecte et votre père comme victime, le conflit d'intérêts est énorme...

— Je sais, mais comment voulez-vous que je reste assise à ne rien faire, surtout quand mon père est en danger ? Et il faut que je retrouve Jess, que je la convainque d'arrêter.

Elle regarda Chris dans les yeux.

— Je la connais mieux que personne, Chris, et surtout, elle fait tout cela à cause de moi.

— Je comprends, mais il faut penser aux conséquences, aux familles des victimes. Vous ne pouvez plus vous charger de l'enquête.

— Mais...

— Reilly, si Jess est vraiment derrière tout cela, quand nous l'attraperons, et je vous garantis que nous l'attraperons, nous ne pouvons pas prendre le risque de nuire à l'accusation. Chaque pièce à conviction est étiquetée avec le nom d'un avocat, et si on continue comme ça, tout ce que nous avons fait jusque-là ne servira plus à rien. Bon sang, vous ne pourrez même plus travailler ici comme experte médico-légale !

— Je sais, se désola Reilly, se retenant d'enfoncer son poing dans le mur, tellement elle se sentait frustrée.

C'était de sa famille dont ils parlaient ! Penser qu'elle n'avait d'autre choix que de voir quelqu'un d'autre essayer de démêler tout cet imbroglio...

— Je parlerai à O'Brien, concéda-t-elle, à contrecœur, ce qui soulagea Chris, comme s'il s'était attendu à plus de résistance.

Cependant, Reilly n'était pas bête et, malgré l'injustice qu'elle ressentait, elle savait à quoi s'en tenir.

— Mais, d'abord, je dois aller jeter un coup d'œil à l'appartement de mon père. Je pourrais peut-être y trouver quelque chose, une piste pour commencer à chercher où elle aurait pu l'emmener...

— Je suis désolé, mais je ne peux pas vous laisser faire cela non plus.

— Quoi ? Mais c'est chez mon père...

— L'appartement est maintenant réquisitionné pour l'enquête.

— Vous n'êtes pas sérieux...

Mais elle savait qu'il avait raison et qu'elle avait les mains liées. Elle aurait voulu hurler.

— J'ai déjà appelé une équipe pour qu'elle ratisse les lieux. Qu'ils voient s'ils peuvent trouver quelque chose d'utile, ou plutôt que l'adorable voisine n'ait pas touché. Ça ne servira pas de pièce à conviction, mais au moins, ça nous donnera peut-être une indication pour lancer les recherches.

Et cela leur permettra aussi de savoir si Jess a obligé Mike à la suivre... songea Reilly.

— S'il vous plaît, ne me dites pas que c'est Gorman qui a pris l'affaire en main... supplia-t-elle en fixant Chris dans les yeux.

— Il n'y avait pas d'autre choix, reconnut-il, avant de poser une main rassurante sur l'épaule de Reilly. Mais, quoi que vous pensiez de ce type, à titre personnel, c'est un excellent enquêteur, et de toute façon, il ne sera pas seul, assura-t-il en faisant référence à l'équipe de techniciens qu'elle avait elle-même formés.

Elle détourna le regard, se sentant plus impuissante que jamais. C'était sans doute la scène de crime la plus importante de sa vie, et elle ne pouvait pas y mettre les pieds. Elle devait attendre là et se fier à des gens qui n'avaient rien à perdre.

— Ils sont vraiment bons, Reilly, vous devriez le savoir.

Elle laissa échapper un soupir de contrariété.

— Il faut leur faire confiance. Et surtout nous faire confiance à nous, pour élucider le reste de l'enquête.

— Je sais, concéda-t-elle, mais c'est trop dur à encaisser. Comme je vous l'ai dit, je vais en parler à O'Brien, mais à une condition, ajouta-t-elle, fermement. Donnez-moi encore un peu de temps pour éplucher les dossiers et voir ce que je peux trouver...

— Reilly...

— Chris, je vous en conjure, juste ça. Je vous parle comme à un ami, pas comme à un policier. Je ne vous demande que quelques heures de plus. Je sais que je suis dessaisie de l'affaire, on n'a pas d'autre choix. Mais la décision ne tombera que quand Jess sera officiellement une suspecte, et pour l'instant, nous n'en sommes qu'au stade des conjectures. Accordez-moi juste le reste de l'après-midi. Au maximum.

— Reilly, vous savez que je ne peux pas...

— Parfois, il faut contourner les règles, ça aussi vous le savez.

Elle fixa son bras, ne laissant aucune ambiguïté sur le fait qu'elle parlait de son état de santé. C'était mesquin de sa part, mais Reilly était désespérée.

Pendant un long moment, il la regarda avant de lâcher un soupir qui lui fit comprendre qu'elle avait gagné.

— En tout cas, si vous voulez mon avis, je pense que c'est une très mauvaise idée.

— Non, ce n'est pas vrai, et vous le savez. Laissez-moi parcourir une dernière fois les pièces à conviction, ça nous aidera peut-être à la retrouver. Ce que vous découvrirez, vous, après aujourd'hui, ne me concernera plus.

Un long silence les enveloppa alors qu'il évaluait les conséquences.

— S'il vous plaît, Chris, vous me le devez.

— On pourrait bien se faire virer tous les deux.

— Pas si on attend avant d'en parler. Daniel ne dira rien et personne d'autre que nous trois n'est au courant.

— En fait, j'étais sur le point d'appeler Kennedy...

— Quelques heures, Chris, c'est tout ce que je vous demande, et ensuite, je m'efface, je vous le promets.

Il hocha la tête, presque imperceptiblement, retirant un poids immense de la poitrine de Reilly.

— Vous avez jusqu'à la réunion d'équipe à 8 heures demain matin. Ensuite, nous irons tous parler à O'Brien.

Il se dirigea vers la porte.

— Entre-temps, cette conversation n'a jamais eu lieu.

— Évidemment. Mais vous me tiendrez au courant, n'est-ce pas ? Je peux encore vous aider, officieusement, bien sûr.

— Reilly, je pense que là, je vous ai accordé plus qu'il n'en fallait, affirma Chris, sévère. Pour l'instant, j'ai besoin que vous me laissiez faire mon boulot, pour que je sorte d'ici et que j'évite que quelqu'un d'autre ne soit blessé.

35

— Tu as raison, j'aurais dû t'en parler, reconnut Daniel, installé dans l'appartement de Reilly.

Bien plus tard dans la soirée, Reilly et lui passaient en revue ce qu'ils savaient sur les meurtres, cherchant tout ce qui pourrait les aider à localiser Jess, et par extension Mike.

— Mais je ne voulais pas te contrarier. Ni risquer d'enrayer ton jugement sur l'affaire, pas avant d'en savoir plus moi-même. Pour ma part, je voulais traiter le dossier comme n'importe quel autre et laisser mes soupçons personnels de côté.

— Et c'est pour cela que tu as si volontiers proposé tes services sur le terrain.

— Oui.

Même si d'une certaine façon elle arrivait à comprendre son point de vue de professionnel, Reilly se sentait encore blessée sur un plan personnel et en quelque sorte trahie. Il aurait au moins pu l'informer que Jess avait quitté la prison pour femmes.

En tant que directeur d'études à l'université, il connaissait son histoire personnelle. Il avait réussi à gagner sa confiance, et ensemble, ils en avaient souvent discuté au cours des années qu'elle avait passées à Quantico. Désespérément, elle avait cherché à comprendre comment sa petite sœur avait pu assassiner sa mère et son ami, et le profileur, lui, s'était passionné pour le passé de sa protégée et la façon dont cela l'avait poussée à se lancer dans cette carrière.

Vu les problèmes mentaux de sa mère, Reilly avait toujours craint que, comme sa sœur, elle aussi pourrait être génétiquement prédisposée à une fragilité psychologique. Cela l'avait hantée sans lui laisser de répit depuis cet horrible meurtre dans la maison de Cassie. Pourtant, aussi bien le Dr Kyle que Daniel lui avaient assuré que ce n'était pas systématique.

Et si, comme pour Jess, un jour, un malaise profondément enraciné remontait à la surface ?

Reilly s'était toujours accrochée à l'idée que sa sœur n'était pas une mauvaise personne au fond, que sa personnalité avait été formée par son expérience et le traumatisme d'avoir perdu sa mère en bas âge. Mais, comme Daniel le lui avait répété à plus d'une reprise, les personnalités psychopathiques et sociopathiques sont innées et ressortent presque toujours, indépendamment du contexte familial ou des influences extérieures. Pourtant, c'était une idée qui la perturbait.

Elle se leva et s'étira, ne désirant pas s'attarder sur la question.

— Je ne sais pas ce que Jess essaye d'accomplir.

— Voyons, Reilly, ouvre les yeux, regarde la réalité en face. Tu ne comprends pas ? demanda-t-il, dubitatif. Le jeu de pouvoir, le défi personnel, le rapport à la famille…

— J'imagine que la réponse évidente est qu'elle m'en veut. Elle me reproche, de façon complètement folle, ce qui est arrivé avec maman, et ce qu'elle a fait. Et elle veut me punir.

À cause de toi…

Elle s'écroula de nouveau sur le canapé. Même si Jess rôdait quelque part dans le coin, à l'épier, il semblait assez improbable qu'elle s'en prenne à elle directement ; si c'était ce qu'elle avait voulu, elle aurait très bien pu le faire avant. Au lieu de cela, elle avait tué et remis en question les compétences professionnelles de Reilly… Jess essayait bien de la punir, mais d'une manière sournoise.

— Toi-même, tu es la première à dire que Jess a toujours eu un sens primaire du bien et du mal. Œil pour œil…

— Et maintenant, elle retient papa et elle veut que je les trouve.

Il s'interrompit un instant avant de poser la question suivante.

— Et une fois que tu les auras retrouvés ?

— Je n'en sais rien du tout.

— L'obsession du tabou... D'un point de vue professionnel, je crois que cet aspect des meurtres est particulièrement important, étant donné son histoire.

— Je sais. Même enfant, elle essayait toujours de repousser les limites, d'entraîner les autres à enfreindre les règles. On aurait dit qu'elle en tirait du plaisir. Mais je n'aurais pas pu prévoir... commença Reilly, au bord des larmes.

— Bien sûr que non. Qui aurait pu l'anticiper ? Mais dis-m'en plus sur sa relation avec tes parents. Autant que tu arrives à t'en souvenir.

— Petite, elle observait beaucoup les gens, elle voyait des choses qui passaient inaperçues à la plupart d'entre nous.

Son regard se perdit dans le vague, alors qu'elle repensait à leur enfance.

— Elle adorait papa, c'est pour ça que j'ai du mal à croire qu'elle pourrait lui faire du mal. Ils avaient une relation très spéciale, pas comme celle qu'il avait avec moi après le départ de maman, parce qu'elle était le bébé sur lequel on devait tous les deux veiller. C'est pour ça que j'ai toujours pensé qu'elle s'en était prise à maman et à son petit ami pour papa. Elle voulait le protéger.

Cela avait toujours représenté la lueur d'espoir à laquelle Reilly s'était raccrochée quand elle essayait d'analyser la tragédie. Jess avait commis cet acte abominable par amour et loyauté envers son père, qu'elle savait dévasté par la désertion de Cassie. Mais, au fond d'eux, Mike et elle savaient que cela ne se limitait pas à ces nobles sentiments.

— Alors, pourquoi l'avoir emmené maintenant ? demanda Daniel. Pourquoi le mêler à tout cela ?

Remarquant le changement dans sa voix, elle leva les yeux vers lui.

— Tu penses qu'elle l'utilise comme un pion dans son petit jeu ?

— Pense à ce qu'elle a fait jusque-là. Dans tous les meurtres, elle a forcé les gens à accomplir le geste qui les dégoûtait le plus. Réfléchis, Reilly. Qu'est-ce qui dégoûterait le plus Mike, ou toi ?

Elle ne pouvait pas répondre, elle ne pouvait même pas envisager une réponse à cette question. Ça la dépassait complètement, comme tout ce que Jess avait fait.

— Je n'en sais rien, mais ça fait froid dans le dos.

— Bien sûr, et elle se nourrit de ton inconfort. C'est le but de ce qu'elle fait.

— Me mettre au défi ? Se faire remarquer ?

— Oui. Il est fort probable qu'elle sache maintenant que tu as compris et que tu te demandes comment agir. Elle aime ça.

Les événements des derniers jours défilèrent dans l'esprit de Reilly, tel un film en accéléré, les images s'enchaînant à un rythme endiablé.

— Mon appartement, le labo, l'appartement de mon père. Elle me surveille depuis des semaines, n'est-ce pas ?

— Je pense, oui.

Même si Daniel ne croyait pas Mike en danger immédiat, tout pointait vers une autre mort violente, mais la mort de qui ? Jess avait déjà prouvé qu'elle était capable d'atteindre Reilly n'importe où et quand elle le voulait. Si elle avait simplement eu envie de la tuer, elle en avait déjà eu pleinement l'occasion.

Non, ce n'était pas aussi simple. La mise en scène des meurtres, la façon dont elle avait laissé les victimes, tout suggérait qu'à sa façon, celle d'une malade, elle se comparait à une artiste peignant un tableau macabre qui racontait sa propre histoire. Et alors ? Même avec les nouvelles informations dont elle disposait, ajoutées à tous les indices qu'ils avaient accumulés, ils n'étaient pas plus près de connaître la prochaine manœuvre de Jess qu'au début. C'était toujours elle qui tirait les ficelles, qui contrôlait la situation.

Reilly se leva pour se servir un café.

— J'ai besoin de faire une pause, déclara-t-elle, soudain épuisée.

Après tout ce qui s'était passé ces dernières heures, voire ces derniers jours, trouver la bonne façon de gérer ses émotions et de revivre son passé traumatisant lui paraissait pratiquement impossible.

Mais pour son père et pour les victimes de Jess, Reilly se devait de considérer cette enquête comme toutes les autres.

— À quoi penses-tu ? demanda Daniel, acceptant la tasse de café que Reilly venait de lui servir.

Elle s'installa devant lui, et son regard se perdit au loin.

— Si c'est vraiment Jess la responsable, et qu'elle fait tout cela pour me lancer un défi, pour me punir, pourquoi mêler à sa vengeance tant de victimes innocentes ? Tous ces gens, certains à peine sortis de l'adolescence...

— Parce que c'est à cela que tu es la meilleure, Reilly. Ton boulot d'experte médico-légale consiste à retrouver les pièces du puzzle et à aider la police à les assembler. Pour quelqu'un comme Jess, ce n'est qu'un jeu. Elle n'a rien à faire de la morale. Maintenant, pourquoi ces personnes-là en particulier ? J'ai ma théorie.

— Vraiment ?

— L'inspecteur Delaney m'a parlé tout à l'heure du témoin qu'ils ont interrogé, ce clochard qui a reconnu la jeune fille et le campeur.

— Oui, Kennedy m'a dit qu'ils creusaient la thèse de la charité, pour relier les victimes entre elles.

— Quand on y pense, en arrivant dans le pays, Jess a dû vivre cachée, au début du moins, jusqu'à ce qu'elle trouve un endroit où rester. Il n'est pas rare que des criminels trouvent refuge auprès des sans-abri. Cela leur donne accès à de la nourriture, à un toit et comme ça, ils sont pratiquement invisibles.

Reilly hocha la tête. La théorie se tenait, en effet. Elle s'était demandé où Jess avait habité, et surtout quand elle avait imaginé son sinistre plan.

— Maintenant, s'il s'avère que les victimes avaient l'habitude d'aider ce genre de personne, alors il y a de fortes chances que Jess ait croisé leur route, même brièvement. Réfléchis, une belle blonde de 20 ans qui fait la manche dans les rues, elle a forcément attiré davantage l'attention que les drogués et les alcooliques qu'on voit en général.

— Alors, tu penses que Jess a choisi ces gens-là parce qu'ils ont essayé de l'aider ?

Cela semblait encore plus monstrueux que si elle les avait choisis au hasard.

— Oui, pour beaucoup, aider son prochain, surtout dans un état de misère, est une forme de tabou. La plupart des gens n'aiment pas franchir ce fossé social, avant tout parce qu'ils ont peur. Ils ne veulent pas être confrontés à la réalité et penser que ça pourrait leur arriver à eux aussi. Ceux qui, comme l'étudiante et l'homme d'affaires, non seulement reconnaissent la pauvreté, mais en plus font un pas dans sa direction, brisent un tabou social, même si c'est un tabou positif.

— Et Jess a pu se focaliser dessus. Après tout, elle a passé les dix dernières années de sa vie avec des gens qui essayaient de l'aider, de la réhabiliter.

— Oui, et vu son passé, j'imagine que cet aspect de leur personnalité a dû l'intriguer. En tout cas, cela permet d'éclairer le lien entre ce groupe de victimes qui à première vue ne semblent avoir rien en commun. Jess a dû en apprendre beaucoup sur eux et sur leur vie au cours de leurs échanges. Elle est très douée pour extirper des informations dans le but d'obtenir ce qu'elle veut.

Reilly songea à ce que Daniel venait de dire. Penser que ces gens avaient fait l'effort de s'arrêter, de venir vers elle pour lui parler et peut-être essayer de l'aider... Pour les remercier, elle les avait assassinés en leur faisant participer à son petit jeu macabre.

— Je sais à quoi tu penses, mais ça ne sert à rien. La moralité n'existe pas pour elle et n'a jamais existé.

Reilly acquiesça d'un hochement de tête. Mais le fait était là, toutes ces personnes étaient mortes. Leur seul péché : ils avaient été trop bons et trop généreux.

Elle posa sa tasse vide sur la table.

— Tu penses qu'elle vit toujours dans cet environnement ? Elle aurait pu emmener mon père dans un refuge pour S.D.F. ?

— Non, répondit Daniel, sûr de lui. Elle n'y sera pas restée plus de deux ou trois semaines. Ça n'a dû être qu'une solution transitoire de dépannage avant qu'elle trouve quelque chose de permanent, un endroit d'où elle pouvait tout orchestrer sans se faire remarquer.

Mais où ça ? se demanda Reilly, les yeux rivés sur les dossiers. Peut-être y trouverait-elle un indice qui lui permettrait de comprendre où elle avait pu emmener Mike.

— Je ne suis pas certain que la réponse se cache là-dedans. Connaissant Jess, elle va encore semer quelques miettes de pain pour que tu la pistes, c'est ce qu'elle fait depuis le début.

Reilly se sentit accablée de frustration en réalisant qu'elle n'était plus en mesure de recueillir ces miettes de pain.

— Elle a tout planifié. Et pas de doute, elle va continuer jusqu'à ce que tu mettes la main sur elle. C'est pour cette raison que tu as intérêt à retourner aider Delaney et son équipe.

Reilly consulta sa montre : 2 heures. La réunion avec O'Brien était prévue à 8 heures, le temps pressait.

— Je resterais bien toute la nuit à discuter de cette affaire, vraiment, mais je pense que tu devrais retourner à ton hôtel. C'est où déjà ?

— Le Merrion, mais ça ne me dérange pas qu'on travaille toute la nuit, ou du moins de dormir quelques heures sur ton canapé avant ta réunion de demain.

— Ce n'est pas la peine, Daniel, sincèrement.

— Mais si. Jusque-là, et je le regrette, je vous ai plus dérangés qu'aidés, mais tout est clair à présent...

— D'accord, si tu insistes.

Reilly se leva pour aller prendre des draps dans le placard.

— On ferait mieux de te préparer un lit, alors.

En fait, elle était contente de ne pas avoir à rester seule cette nuit. Ce que Jess avait en tête, qui pouvait le deviner ? Mais, en ouvrant le placard, ses pensées s'arrêtèrent net.

— Ne te fatigue pas pour moi. Crois-moi, j'ai passé plus d'une nuit la tête sur un bureau en bois et...

Daniel s'interrompit, remarquant enfin le choc de Reilly.

— Reilly, que se passe-t-il ?

Elle était devenue livide.

— Oh, mon Dieu !

36

La réunion interdépartementale de coordination commença à 8 heures tapantes, mais à 8 h 15, Reilly n'était toujours pas arrivée. Chris s'inquiétait. Malgré leur conversation animée de la veille, avait-elle décidé de jouer les renégates et de prendre les choses en main toute seule ?

Il n'avait vraiment pas besoin de cela. Il regrettait même de lui avoir laissé l'accès aux dossiers. Il avait agi impulsivement, ce qui attestait d'un sérieux manque de professionnalisme. Mais il n'avait su résister à son angoisse. Ni à son chantage, d'ailleurs.

À présent, il attendait avec impatience qu'elle arrive pour qu'elle se défende et calme un peu les ardeurs de O'Brien à son encontre et à celle de Kennedy.

— Bon sang ! La presse se régale avec votre tueur aux tabous, et maintenant vous m'annoncez qu'une des nôtres est directement impliquée !

— Pas vraiment une des nôtres, nuança Jack Gorman, mielleux, et Chris comprit combien il se réjouissait des dernières révélations. Depuis le début, je craignais fort qu'on ne puisse faire confiance à Steel. Tout d'abord, ses méthodes sont…

— Fermez-la, Gorman ! interrompit Kennedy, stupéfiant Chris.

Même si son coéquipier avait appris à respecter l'experte avec le temps, Chris était persuadé qu'il refuserait désormais de continuer à travailler avec elle.

— Sa perspicacité nous a menés bien plus loin dans cette enquête que vous n'en auriez été capable.

— Et comment pouvons-nous être sûrs que cette perspicacité n'est pas simplement le fruit de son imagination destinée à nous induire en erreur ? Comment être certain que Steel n'est pas impliquée jusqu'au cou et qu'elle ne sert pas de couverture dans toute cette histoire ?

— Nom de Dieu, Gorman, tout le monde ici a eu vent de son dossier ! répliqua Chris. Alors, si les huiles ont considéré que ce n'était pas un problème, nous n'avons rien à dire. N'est-ce pas, inspecteur ?

— Eh bien, pour être honnête, mon premier instinct ce matin était de partager l'avis de Jack, reconnut O'Brien. Mais c'est vrai, moi-même, j'étais au courant pour la situation de famille de Steel avant qu'elle soit engagée dans la police scientifique. À la différence près qu'on nous avait déclaré que sa sœur était derrière les barreaux.

— Elle l'était encore il y a six mois, précisa Daniel Forrest, qui s'était tu jusque-là.

Chris se demanda si Reilly lui avait déjà pardonné de ne rien lui avoir dit.

— Donc, qu'en est-il, Forrest ? demanda O'Brien. C'est vous l'expert. Y a-t-il vraiment un risque que sa sœur soit mêlée à tout cela ?

— J'en ai bien peur. Jessica Steel est la sociopathe type. À ce que je sais de son état psychologique, elle est tout à fait capable d'actes d'une telle violence, et selon moi, elle est très probablement la personne derrière tous ces meurtres.

— Mais pourquoi ? tempêta l'inspecteur. Et comment ? Comment est-elle entrée dans le pays, pour commencer ? Allez demander à vos gars en Amérique.

— Je ne comprends pas pourquoi on écoute ces absurdités. J'ai étudié le dossier de fond en comble et je n'ai trouvé aucun élément pour étayer le point de vue de M. Forrest au sujet de la sœur de Steel. Ce n'est rien de plus qu'une brouille entre deux membres d'une famille, et cela fausse le vrai problème. Le seul sujet digne d'être abordé, c'est comment arrêter notre coupable !

Chris ne dit rien, d'accord avec le dernier point de Gorman. Il avait raison, en fait, à l'exception de l'intrusion dans le Q.G. de la police scientifique et de la mèche blonde, rien n'indiquait la responsabilité de Jessica Steel. Cela pouvait très bien être vu comme un incident familial indépendant, qui n'avait rien à voir avec la série de meurtres. Ils ne disposaient que de la certitude de Daniel Forrest.

— Je comprends l'objection de M. Gorman. Ceci dit, nous possédons un certain nombre d'indices cryptiques...

— Des indices cryptiques ! répéta O'Brien en levant les yeux au ciel.

Il s'assit et observa tour à tour toutes les personnes présentes.

— Avons-nous une seule vraie preuve ? Je veux dire une pièce à conviction réelle, solide, qui prouve la culpabilité de cette fille ?

Il le défiait du regard.

— N'importe qui ? N'importe quoi ? Mais, elle est où Steel, d'ailleurs ?

Très bonne question, se dit Chris, en fixant la porte.

— Elle devrait être ici, vu les accusations qui circulent et qui la concernent.

— Vous doutez de la loyauté de Reilly ? lança Daniel en se redressant.

— Agent Forrest, commença O'Brien, avec toute la patience dont il était capable, et Chris comprit qu'il faisait ces efforts surtout parce que le profileur connaissait du beau monde. Je sais que vous soutenez Steel entièrement, c'est vous qui l'avez formée, n'est-ce pas ?

— En effet.

— Mais quand même, vous devez reconnaître que ce qui a été relevé ici est loin de suffire pour lancer une chasse à l'homme à l'échelle nationale. Au mieux, Mike Steel est ivre mort dans un bar quelque part. Au pire, il est avec sa fille.

— Qui a tué neuf personnes, souligna Daniel.

— Exact, acquiesça Gorman. Plutôt incestueuse toute cette affaire. Je veux dire, nous avons une tueuse qui se trouve être la sœur d'une des expertes de notre police scientifique, lâcha-t-il, l'amertume qu'il nourrissait vis-à-vis du recrutement de Reilly refaisant surface. Et maintenant, cette fameuse sœur aurait kidnappé son père dans l'intention de le tuer.

Daniel se leva lentement sous le regard de Chris.

— Vous nous quittez déjà, agent Forrest ? demanda O'Brien. Vous nous manquerez, j'en suis sûr.

Daniel se pencha en avant, les mains sur la table.

— Reilly Steel est l'une des plus brillantes enquêtrices avec lesquelles j'ai eu la chance de travailler. Vous devriez être fiers de la compter parmi votre équipe. C'est un atout de taille dans votre département. N'oubliez pas que c'est uniquement grâce à elle si vous avez fait tant de progrès sur cette affaire.

— Eh bien, si vos théories se trouvent vérifiées, c'est à cause d'elle qu'on se retrouve dans cette merde noire ! hurla Gorman. Si elle était restée là où elle était, tous ces innocents seraient encore en vie aujourd'hui.

— Vous lui reprochez ces morts ? Donc, vous pensez également que sa sœur est derrière tout cela...

Gorman haussa les épaules, se rendant compte qu'il se contredisait.

— Je suis d'accord, confirma O'Brien. Il est certain que la présence de Steel ici a attiré sa folle de sœur à Dublin. Comme si on n'avait pas assez de nos propres cinglés...

— Et mon père ? intervint une voix de femme.

Chris se retourna, soulagé de voir Reilly se glisser discrètement dans la pièce. Elle avait l'air tendue.

— Va-t-on demander de l'aide pour le retrouver avant qu'elle ne lui fasse du mal ?

— Quoi ? Vous avez besoin de l'aide de la moitié de la brigade pour retrouver votre père ? se moqua Gorman. D'après ce qu'on dit, je vous conseille de commencer par les bars de Capel Street.

— Jack a raison, concéda O'Brien. Je suis désolé, Steel, mais nous n'avons pas assez d'hommes pour ce qui semble n'être rien de plus qu'une querelle de famille.

Il se tourna vers Delaney et Kennedy.

— À ce que je vois, nous n'allons nulle part dans cette affaire de tueur aux tabous. Et avant que quelque chose de concret ne ressorte, il nous reste une centaine d'autres cas à traiter au département...

— Quelque chose vient de ressortir ! s'offusqua Reilly.

Chris attendit, inquiet de la suite des événements.

— Je sais que je suis en retard, et j'en suis désolée, j'avais un détail à vérifier au labo avant de pouvoir être sûre.

— Mais de quoi parlez-vous ? Nous vous écoutons.

Reilly croisa le regard de Chris.

— Nous possédons des preuves qui lient ma sœur aux meurtres. Le drap utilisé pour tuer Jim Redmond est à moi. C'est le mien !

37

La réunion se termina peu de temps après, et comme prévu, Reilly se vit retirer l'affaire en plus d'être temporairement démise de ses fonctions.

Elle rassemblait quelques papiers dans son bureau pour les ramener chez elle quand Daniel entra, une expression grave sur le visage. Il referma la porte derrière lui.

— Je suppose que ça s'est passé comme on aurait pu s'y attendre...

— Au moins, ils nous prennent au sérieux et considèrent Jess comme la principale suspecte.

Malheureusement, cela ne signifiait pas qu'ils étaient plus près de trouver le père de Reilly, mais ils progressaient. Chris et Kennedy étaient partis réinterroger la voisine de Mike et sonder ceux dans les parages qui auraient pu voir quelque chose. Jack Gorman et l'équipe médico-légale avaient été chargés d'examiner les lieux, dans l'espoir de découvrir où Jess aurait pu emmener son père.

Il était horriblement frustrant pour Reilly de ne plus participer à l'enquête et elle comptait les heures jusqu'à ce que l'appartement de son père soit enfin libéré pour aller y jeter un œil elle-même.

Daniel posa des documents sur son bureau.

— Un exemplaire de mon rapport officiel. Le compte rendu de la prison pour femmes vaut également la peine que tu le lises. J'ai surligné les passages que je pense intéressants, surtout la liste des bouquins de psycho qu'elle a empruntés à la bibliothèque, et les conclusions du psy.

Il lui montra les Post-it collés sur certaines pages.

— Même si cela ne risque plus d'être d'une grande aide. Après tout, qui connaît mieux le cerveau de Jess que toi ?

— Si seulement c'était vrai !

Un gentil sourire fendit les lèvres de Daniel.

— En fait, tu n'as plus besoin de moi.

Elle ouvrit la bouche pour protester, mais il ne la laissa pas parler.

— Tu n'avais pas besoin de moi, depuis le début. Je ne suis venu que pour faire quelques observations et...

— Me donner la bonne orientation ?

— Tu aurais fini par comprendre toute seule. Le seul problème, c'est que tu étais trop près pour le voir. Comme par le passé.

Elle grimaça, comprenant qu'il faisait référence au jour de la mort de sa mère.

— Je sais maintenant que je n'aurais rien pu faire pour l'arrêter, mais cette fois, peut-être que je peux.

— Elle n'a jamais été sous ta responsabilité, Reilly. J'ai essayé de t'en convaincre encore et encore. Et malgré ce que tu peux croire, Jess et toi vous êtes les deux faces opposées d'une même pièce.

Reilly secoua la tête. Facile à dire pour lui !

— Maintenant, elle t'attend et elle utilise ton père pour t'attirer. Mais, même si on t'a retiré l'affaire, tu peux continuer à réfléchir.

— Je me sens tellement impuissante, Daniel ! Par où dois-je commencer ?

— Je sais que tu peux y arriver. Mais il faut que tu restes lucide.

— Je me sentirais bien mieux si je pouvais avoir une arme, gémit-elle.

— Oui, j'imagine qu'il faut s'y habituer, lança Daniel en riant. J'ai l'impression de ne pas être entièrement habillé moi-même, concéda-t-il en se tapotant le torse.

Un silence les enveloppa un instant, et soudain, Reilly ouvrit de grands yeux, comprenant enfin.

— Tu repars, c'est ça ?

Daniel confirma d'un hochement de tête.

— Pourquoi ? interrogea Reilly, incapable de cacher sa déception.

Il ne pouvait pas la quitter, pas maintenant !

— Je n'ai pas le choix. Il y a du nouveau dans une affaire sur laquelle je travaille, et j'ai été rappelé. De toute façon, je ne comptais pas rester plus de quelques jours. Je voulais juste m'assurer que tu allais bien. Et je vois que oui.

— Vraiment ? ironisa Reilly avec un rire sans joie.

— Je le sais.

Il se pencha vers elle et lui embrassa tendrement la joue.

Même si le départ de Daniel l'attristait, elle savait qu'il avait raison. Sa présence l'avait rassurée et ses réflexions beaucoup aidée, mais au bout du compte, c'était elle, Chris et la brigade qui avaient mené l'enquête.

— Une voiture va venir me chercher à mon hôtel plus tard. Je voudrais saluer ton équipe cet après-midi avant de partir. Tu as vraiment des gens admirables autour de toi, Reilly. Ça en dit long sur tes compétences.

— Veille juste à ce que Lucy ne se jette pas sur toi, plaisanta-t-elle faiblement.

— Attends, c'est laquelle Lucy ? demanda-t-il en lui adressant un clin d'œil.

— Comme si tu n'avais pas remarqué la jolie blonde avec des yeux de merlan frit.

Ils s'étreignirent, manifestant tout leur respect et leur amitié.

— Fais attention à toi, conclut Daniel. Elle est aussi intelligente que toi, mais sans ta moralité. Et on le sait tous les deux, elle ne connaît aucune limite...

38

Le lendemain, Reilly et Chris se tenaient dans l'entrée de l'appartement de Mike. La résidence avait déjà été passée au peigne fin, avant d'être libérée. Plus rien ne l'empêchait d'y jeter un œil à son tour.

Dessaisie ou pas de l'affaire, elle devait retrouver son père, et comme cela signifiait localiser leur principale suspecte, Chris avait accepté de l'accompagner.

— Eh bien, pour commencer, ce n'est en général pas comme ça du tout, remarqua Reilly en humant l'air.

— Je sais, la voisine a vraiment fait du bon boulot.

— Quelle idiote ! lâcha Reilly entre ses dents.

Avec ses bonnes intentions, cette bonne femme avait peut-être effacé les indices qui les auraient menés jusqu'à Mike. Jess aimait laisser des traces, et elle continuait à espérer qu'elle trouverait quelque chose, même si la police scientifique n'avait recueilli aucune pièce à conviction. Ils n'avaient peut-être pas su lire de signification dans des détails en apparence sans importance.

Plus tôt, Reilly avait elle-même parlé à Mme Kelly pour en découvrir plus sur le supposé voyage de son père.

— Il vous a paru bien ? Physiquement, je veux dire ? demanda-t-elle, pressée, incapable de dissimuler la détresse dans sa voix.

Et elle n'avait pu que remarquer son odeur de tabac froid.

— Comme d'habitude, répondit Mme Kelly, intriguée. Pourquoi ?

— Il avait bu quelques verres ? interrogea Chris, cherchant à savoir si Jess l'avait drogué au pentobarbital, ou s'il cuvait simplement sa bière comme toujours.

— Je ne pense pas, s'étonna la voisine. Quoique, maintenant que vous en parlez, il avait l'air un peu... différent.

— Dans quel sens ?

— Vous savez, normalement, il n'est pas très causant, ce n'est pas facile de lui arracher un mot. Mais, cette fois, il s'est lancé dans une explication animée sur sa fille qui venait lui rendre visite des États-Unis. Qu'ils partaient retrouver leurs racines, ce genre de chose.

Elle se tourna ensuite vers Reilly.

— Pourquoi la police pose-t-elle toutes ces questions ? Quelque chose ne va pas ?

Reilly enchaîna, évitant de répondre.

— Vous a-t-il précisé explicitement où ils se rendaient ?

— Non, pas vraiment. Pour être honnête, je n'aurais rien su de tout cela si je n'étais pas tombée sur lui par hasard, en sortant. Votre père est adorable, mais, comment dire, il n'est pas du genre à s'arrêter pour discuter.

Reilly hocha la tête.

— J'ai proposé de garder un œil sur son appartement pendant son absence, et il a accepté volontiers, avant de se diriger vers la voiture.

— Vous ne pourriez pas nous décrire la voiture, madame Kelly ?

— Comme je vous l'ai dit, je ne suis pas sûre. Elle était noire, je crois, et assez grosse. Une sorte de monospace, mais je n'ai pas fait très attention.

Qui s'occupe de ce genre de détail ? songea Reilly, au comble de la frustration. Le témoignage de la voisine ne leur avait rien apporté de plus, même si, au départ, c'était tout de même elle qui leur avait donné la confirmation de l'implication de Jess.

Reilly et Chris pénétrèrent dans le salon de Mike.

— Alors, qu'est-ce que vous cherchez ?

— J'aimerais bien le savoir. Mais si on se réfère aux autres affaires, je dirais : tout ce qui n'a pas l'air à sa place. Papiers, photos, coupures de journaux, tout ce qui pourrait nous dire où Jess l'a emmené.

Elle gardait en tête ce que Daniel lui avait dit au sujet des miettes que Jess semait derrière elle.

— Elle aime laisser des preuves, même si elles passent inaperçues au premier abord.

Reilly essaya d'imaginer sa sœur ici, ce qu'elle avait fait, ce qu'elle avait dit.

Ce que Mike avait pensé en la voyant. Son père, tout comme elle, était loin de se douter qu'elle avait été libérée, et elle était à coup sûr la dernière personne qu'il s'attendait à voir. Était-il heureux ? Avait-il eu peur ? Qu'avait dit Jess ? Peut-être rien. L'avait-elle drogué pour qu'il la suive, ou l'avait-il suivie de son plein gré ? Quel argument avait-elle utilisé pour le convaincre de venir avec elle et où étaient-ils partis ?

Laissant Chris s'occuper du salon, elle partit dans la chambre de Mike.

La pièce était plutôt vide, presque spartiate, avec seulement un lit étroit sans fioritures et une armoire en aggloméré. Aucun caractère, pas la moindre décoration, rien de personnel, si ce n'est le panneau bon marché « Irlande, pays de mes ancêtres », au-dessus de la tête de lit. Reilly grimaça, attristée.

Quelle ironie ! songea Reilly. *Dire que c'était le grand rêve de Mike de retourner dans son pays natal...*

Tout à coup, Reilly éprouva une grande vague de culpabilité de ne pas avoir plus souvent rendu visite à son père, de ne pas s'être mieux occupée de lui. Et maintenant, si Jess restait fidèle à ses habitudes, elle risquait fort de ne plus jamais avoir l'occasion de se rattraper. Que cherchait-elle ? L'avait-elle emmené simplement pour atteindre Reilly ?

Elle prit une profonde inspiration en s'asseyant sur le bord du lit et pria pour que son père aille bien. Puis, sans s'en rendre compte, elle s'allongea et posa sa tête sur l'oreiller. Elle sentit l'odeur caractéristique de son père qui la replongea dans l'enfance, un endroit qui lui donnait l'impression d'être à l'abri.

Elle revoyait encore son père la prendre dans ses bras puissants. Quand Cassie partait, lors d'une de ses « crises », Reilly faisait des cauchemars et se réveillait apeurée au milieu de la nuit, un voile noir recouvrant ses rêves, un gouffre de désespoir menaçant de l'engloutir. Mais Mike était toujours là, lui prêtant une épaule pour enfouir son visage jusqu'à ce que la pénombre s'efface.

— Ça va ? demanda Chris depuis le pas de la porte.

Elle se redressa, séchant ses larmes à la hâte.

— C'est juste que... bredouilla-t-elle, montrant d'un geste vague la chambre sans décoration. Cet endroit est si impersonnel, si... froid. Il avait tellement misé sur son retour au pays, vous savez. Quand nous étions enfants, il en parlait toujours avec entrain, les grandes plaines vertes, la mer, gris métallisé comme une arme à feu...

— Alors, comment en est-il arrivé là, dans un sale quartier de Dublin ?

— Je ne sais pas. C'est tout ce qu'il a pu se permettre, j'imagine. Et l'Irlande a tellement changé que la réalité lui est tombée dessus.

— Ça arrive souvent. On dirait que votre père était du genre romantique, à l'époque.

— Il l'était avant... avant tout ça, dit-elle, triste. Mais, petit à petit, la vie et l'alcool ont eu raison de lui.

— Vous avez hérité de son amour pour l'océan, remarqua Chris.

— Peut-être, répliqua-t-elle, esquissant un faible sourire.

Elle lissa la couverture sur le lit.

— En tout cas, je n'ai rien trouvé d'utile ici.

— Moi, j'ai vu quelque chose dans le salon qui pourrait vous intéresser. C'était sur la table basse, et je ne me souviens pas de l'avoir vu la dernière fois que je suis venu.

— Je vous suis, déclara Reilly sur-le-champ.

Dans le salon, il s'installa sur le canapé et s'empara d'un grand recueil en cuir.

— Encore un album de famille, commenta Chris.

Elle prit place à ses côtés, et il posa l'album entre eux pour qu'elle puisse également le regarder.

Il l'avait ouvert à peu près au milieu et lui indiqua un vieux cliché. Deux sœurs assises côte à côte sur une balançoire dans un parc quelconque. Jess devait avoir 7 ans, tout sourire, ses cheveux blonds formaient un cadre angélique autour de son visage.

Reilly, elle, s'était attaché les cheveux en queue-de-cheval. Son père ne savait les peigner que de cette façon. Elle fixait l'objectif, une expression plus sévère sur le visage. Pas vraiment triste, mais pas heureuse non plus.

Reilly frôla la photo du bout du doigt.

— Je me souviens de cette robe, dit-elle dans un soupir.

Chris regarda tour à tour la fillette sur la balançoire et l'enquêtrice à ses côtés.

— Vous n'avez pas beaucoup changé, affirma Chris. Vous affichez toujours le même air sérieux.

— J'ai dû grandir vite.

— Quel âge aviez-vous ? 12 ans ?

— J'avais 8 ans quand maman nous a quittés définitivement. Ça a marqué la fin de mon enfance. Après son départ, j'ai eu tant de choses à assumer, toujours avec le sentiment qu'il n'y avait personne d'autre pour faire tout ça, s'occuper de Jess, préparer à manger, nettoyer la maison...

Même maintenant, le souvenir de son enfance perdue la hantait. Reilly jeta un œil vers les rideaux bon marché.

— J'ai dû devenir la mère de Jess, mais l'ancienne lui manquait encore cruellement.

— Alors, elle vous en a voulu ?

— Elle voulait une sœur avec laquelle jouer et une mère pour s'occuper d'elle, quand elle n'avait plus qu'une sœur qui lui disait ce qu'elle devait faire et qui luttait pour s'en sortir elle-même. Oui, j'imagine qu'elle m'en voulait. Je n'ai jamais pu remplacer maman et elle avait aussi perdu sa sœur d'une certaine façon.

Ses pensées se perdirent dans les tréfonds de son enfance qui avaient conduit au cauchemar actuel.

— Voilà celles qui, selon moi, vous intéresseraient, déclara Chris en tournant les pages vers le début.

Reilly retourna à ce qu'ils étaient en train de faire. Encore des photos en noir et blanc de vieilles personnes qu'elle ne reconnaissait pas, posant devant l'appareil en habits du dimanche.

— La famille de papa. Je ne les ai jamais rencontrés, mais là, ce sont ses parents et au fond, ses grands-parents.

— Ils ont l'air heureux.

Chris n'avait pas tort, malgré les vêtements élégants et la pose figée, une certaine joie de vivre éclairait leurs visages, un amour de la vie s'y lisait. Reilly se rappelait avoir vu cette expression chez son père quand il était jeune, avant le départ de Cassie.

Chris tourna une nouvelle page et Reilly ne put retenir son sourire.

— C'est papa, bébé.

Une tête ronde regardait l'objectif, ses yeux bleus transperçant la photo.

— Il a gardé ses superbes yeux...

— C'est lui, là aussi ? demanda Chris, une pointe d'enthousiasme dans la voix.

Il montrait une autre photo en noir et blanc, un jeune garçon d'environ 7 ans, brandissant victorieux un gros poisson.

— Oui, c'est mon père, confirma Reilly. Il adorait pêcher. Avec son père, ils partaient en mer dès qu'ils en avaient l'occasion.

— Vous m'avez dit que sa famille était originaire d'un village de pêcheurs ?

— Oui, pourquoi ?

— Je le connais. Mon père m'emmenait pêcher là-bas, l'été. J'en suis sûr, c'est Greystones. J'y retourne encore de temps en temps. Ce n'est qu'à vingt minutes au sud. Ça n'a plus rien d'un village maintenant, c'est plus une ville-dortoir, mais il reste encore quelques vieilles maisons sur le port, et je suis prêt à parier que c'est là que ces photos ont été prises.

— Greystones, répéta Reilly, laissant le nom rouler sur sa langue. Ça me dit quelque chose.

— C'est peut-être un peu tiré par les cheveux, mais Mike a dit à la voisine que sa fille voulait l'emmener...

— Retrouver ses racines, finit Reilly en fermant l'album avec fracas.

Qu'est-ce que cela signifiait ? Mike avait-il voulu leur faire une allusion, parce qu'il avait compris que le retour de sa fille n'avait rien de réjouissant ? Si c'était le cas, cela indiquait que Jess l'avait forcé à la suivre.

— Le panneau… ! s'exclama-t-elle soudain en sautant sur ses pieds pour repartir dans la chambre de Mike.

— De quoi parlez-vous ?

Elle lui indiqua le panneau au mur « Irlande, pays de mes ancêtres ».

— C'est nouveau, je ne me rappelle pas l'avoir vu avant aujourd'hui.

Plus tôt, elle avait trouvé ça ironique, maintenant, elle comprenait toute sa signification. Une miette, en quelque sorte.

39

Ils roulèrent vers le sud dans la circulation du début d'après-midi, Chris au volant. La N11 n'était pas encore encombrée, et Reilly se détendit un peu, admirant la campagne verdoyante qui défilait par sa vitre. Elle avait été si occupée depuis son arrivée en Irlande qu'elle n'était jamais sortie de la capitale faire un peu de tourisme.

Elle réfléchit à l'endroit où ils allaient et à ce qu'ils risquaient de trouver. Hier, elle avait plaisanté avec Daniel, lui disant qu'elle se sentait nue sans arme. Pour lui, après trente ans dans le F.B.I., c'était tout simplement inimaginable : les vieilles habitudes sont tenaces.

« Utilise ton instinct », lui avait-il conseillé, son cheval de bataille depuis toujours. Pourtant, elle se serait sentie bien plus rassurée d'utiliser son instinct avec un 38 mm.

— Vous semblez bien préoccupée...

Elle sursauta en entendant la voix de Chris. Plongée dans ses pensées, elle en avait presque oublié la présence du policier.

— Je me rappelais les derniers mots de Daniel avant son départ.

— Je parie que vous auriez préféré l'avoir avec vous ici, plutôt que moi.

— Pas du tout, non.

Il parut surpris.

— Comprenez-moi, c'est un incroyable enquêteur, le meilleur, et c'était extra de l'avoir parmi nous. Mais, au bout du compte... au bout du compte, c'est notre affaire à nous, Chris. On est arrivés jusque-là, et c'est à nous de finir.

Elle se mordit la lèvre en imaginant ce qui les attendait. Malgré ses angoisses pour son père, elle ne se sentait pas prête à affronter Jess.

Chris fronça les sourcils comme s'il lisait dans ses pensées.

— Si nous trouvons quelque chose, nous pourrons appeler du renfort.

— D'accord, et l'unité d'intervention de Greystones va débarquer dans la seconde, c'est ça ? plaisanta Reilly.

— Pas vraiment, rétorqua Chris en riant. Mais il y a un assez grand commissariat pas loin, à Bray. De toute façon, Kennedy sait où nous allons, j'ai promis de le tenir au courant. Alors, si on la retrouve et qu'on perd le contrôle de la situation...

— C'est drôle ce que vous dites.

— Comment cela ?

— Réfléchissez, Chris. Sans vouloir paraître négative, c'est Jess qui tient les rênes depuis le début. Tout ce que nous avons, c'est elle qui nous l'a donné. Et c'est toujours elle qui contrôle...

— Donc, elle nous attend, et tout ce qui arrivera...

— Ce sera selon ses règles à elle.

Chris accéléra pour doubler un gros poids lourd.

— Donc, qu'est-ce que vous préconisez ? Dans les faits, sur le terrain ?

— Exactement ce que Daniel m'a recommandé avant de partir. Rester lucide.

Peu de temps après, Chris sortit de l'autoroute dans la direction du village de Greystones.

— Vous devez bien connaître cet endroit, pour l'avoir reconnu sur les photos.

— J'adorais venir ici avec mon père. Il a grandi à Enniskerry, un peu plus loin dans les terres. Il m'emmenait ici presque tous les week-ends quand il faisait beau.

— Alors, vous aimez pêcher ? Moi qui n'arrête pas de vous parler de surf, et vous ne m'avez pas une seule fois parlé de votre passion pour la pêche !

— En fait, non, ce n'est pas une passion. Mais mon père aimait ça, et j'aimais être avec lui.

— On dirait que ça fait un moment que vous n'êtes pas revenu.

— Un moment, oui. La dernière fois que je suis venu ici avec lui, il était déjà très malade, il avait un problème au cœur. Alors, on s'est juste assis sur un banc, pour admirer le port, profiter de la vue. Il est mort quelques semaines plus tard.

— Je suis désolée...

— Non, il ne faut pas. C'est un bon souvenir, en fait.

— Alors, c'est comment Greystones ?

— Ça a beaucoup changé. De nouvelles maisons ont été construites par les nouveaux arrivants.

— C'est partout pareil.

— Et le village attire les touristes, en tant que port irlandais traditionnel avec ses bateaux, ses pêcheurs et la mer. On construit une nouvelle marina aussi.

— Ça paraît plutôt idyllique.

— Ça l'est, confirma Chris. Les citadins sont venus y habiter pour sa « qualité de vie ».

— Donc, parmi tous les nouveaux venus, une autre étrangère comme Jess passerait vraiment inaperçue.

— Complètement. Vous avez obtenu les informations généalogiques que je vous ai demandées ?

— Elles sont là, répondit-elle en tapotant son sac.

— Super. Il reste encore de vieilles tavernes où se réunissent les gens du coin et quelques familles qui vivent ici depuis des générations. Ils connaissent tous ceux qui ont habité à Greystones depuis les premiers Vikings. Je vais afficher mon sourire le plus charmeur et essayer de leur tirer les vers du nez.

— Ça risque d'être aussi difficile que de trouver une aiguille dans une botte de foin.

— Possible, mais souvenez-vous que ce que Jess veut, c'est qu'on la retrouve.

Alors qu'ils roulaient dans le village, malgré sa nervosité, Reilly fut impressionnée par les maisons victoriennes sur le chemin qui menait au bord de mer. Des nuages gris volaient au-dessus de leurs têtes, poussés par la brise. Le port était bondé, de petits bateaux de plaisance bleus, rouges et blancs jouaient des coudes avec les chalutiers orange. Ils se balançaient tous gaiement au rythme des vagues et du vent.

— Vous ne plaisantiez pas, c'est somptueux par ici. Regardez ces maisons, elles doivent avoir plus de 100 ans !

— J'oubliais que vous venez d'un pays où tout ce qui date d'avant Ronald Reagan est considéré comme historique, la taquina-t-il.

Une fois au port, ils trouvèrent une place où stationner.

Dès qu'il eut fini ses manœuvres, Reilly sortit de la voiture, ravie de pouvoir se dégourdir les jambes. L'air frais de la mer la frappa au visage. Elle passa une main dans ses cheveux et respira profondément.

— Rien de tel pour se revigorer ! s'exclama Chris.

Il la conduisit le long du port. Les bateaux ondulaient doucement sur les vagues, leurs mâts agités par les bourrasques. Des mouettes virevoltaient au-dessus d'eux, à la recherche de proies.

— Je comprends pourquoi vous aimiez tant venir ici avec votre père.

Et elle comprenait aussi pourquoi Mike comptait tant sur ce retour au pays. Était-ce possible qu'elle se trompe complètement et que Jess ait conduit leur père ici par amour ? Non, ce n'était pas le style de Jess. Elle n'avait jamais été sentimentale, les histoires du « bon vieux temps » de Mike ne l'avaient jamais passionnée. Si elle l'avait emmené ici, c'était dans son propre intérêt, pas dans celui de Mike.

Reilly ferma les yeux et laissa le vent lui caresser le visage. Elle avait hâte que tout se termine, qu'elle puisse venir dans un endroit pareil pour se détendre, pas pour quelques minutes, mais pour une journée, une semaine…

Un frisson la parcourut. Le tableau était beau, mais si froid. Elle regarda Chris, qui serrait sa veste contre son corps.

— On commence par où ?

— Là-bas, répondit-il en indiquant un bâtiment devant eux, un grand pub au mur jaune pâle et au toit en ardoise.

— C'est quoi ?

— La Beach House. À l'époque, c'était là que tout se passait, mais ça avait un peu changé la dernière fois que je suis venu. Maintenant, ça a l'air assez branché.

— Alors, on fait quoi ?

— *On* ? *On* ne fait rien.

— Comment ça ?

— Ce n'est pas vous qui allez parler aux gens du coin.

— Pourquoi pas ? s'indigna Reilly.

— Parce que vous êtes trop américaine, expliqua-t-il en lui adressant un clin d'œil avant de pousser les portes battantes. Vous allez leur faire peur.

À l'intérieur, il retira son anorak et le plaça soigneusement sur le dossier d'une chaise. Puis il desserra sa cravate et ouvrit un bouton de sa chemise.

— Alors qu'un bon vieux Chris Delaney, qui venait pêcher ici avec son paternel, va se fondre si facilement dans la masse qu'il déliera toutes les langues.

Reilly leva les yeux au ciel. Que pouvait-elle répondre à cela ?

— D'accord, « bon vieux Chris Delaney », je veux vous voir à l'œuvre, se résigna-t-elle en s'asseyant.

— Je vais faire de mon mieux, souhaitez-moi bonne chance...

40

Chris avança dans le bar, regardant autour de lui. On se serait cru dans un musée de la Marine, des décorations repêchées pour la plupart dans la mer recouvraient les murs du pub.

Sans prêter attention au cadre, Chris examina les clients. Plusieurs gars de la capitale sirotaient leurs cocktails au bar en racontant des blagues à voix haute, un couple était assis dans un coin devant deux tasses de cappuccino, et tout au bout du bar, trois vieux pêcheurs vidaient leurs pintes de bière.

Chris s'approcha du comptoir, se commanda une bière et les observa de loin. Ils étaient plongés dans une conversation animée, parlant et riant avec la décontraction typique de vieux amis. À 60 ans passés, ils devaient sans doute connaître la famille Steel. Peut-être même avaient-ils connu Mike enfant.

Il but quelques gorgées de sa bière, le temps qu'ils vident leurs verres. Le moment voulu, il s'avança vers eux.

— Ça va, les gars ?

Les regards se tournèrent vers Chris, différents degrés de perplexité se lisant dans leurs yeux. Quelques grognements et deux hochements de tête répondirent à la question de Chris.

Chris se lança directement dans son histoire.

— Quand j'étais gosse, mon père m'emmenait souvent pêcher avec lui ici. On avait de la famille à l'époque et on leur rendait visite. J'essaye de retrouver leur maison, par nostalgie. Vous ne pourriez pas m'aider ?

Ils échangèrent des regards circonspects. Et Chris enchaîna rapidement.

— On dirait que vous n'avez plus rien à boire. Je vous paye une autre tournée ?

— Pourquoi pas ? se réjouit le plus vieux des trois, du moins en apparence avec ses tempes blanches et ses dents en moins. La même chose pour moi.

— Si c'est vous qui invitez... lança un autre.

Chris appela le barman. Jusque-là tout allait bien.

— Une autre tournée pour ces messieurs ! commanda-t-il.

Assise à sa table, Reilly s'impatientait. Déjà qu'en temps normal elle n'aimait pas attendre, là, c'était encore pire. Elle essaya de se glisser dans la peau de sa sœur, mais tenter d'anticiper était quasiment impossible, ils n'y étaient pas arrivés une seule fois au cours de l'enquête.

— Je vous sers quelque chose ? demanda un serveur, sortant Reilly de sa rêverie.

— Oh, un café, s'il vous plaît, répondit-elle de façon automatique.

— Je vous l'apporte.

Reilly scruta une nouvelle fois le pub. En tout cas, cela valait la peine de découvrir si Chris parviendrait à tirer quelque chose de ces pêcheurs.

Allez, Chris, que votre charme typiquement irlandais agisse, songea Reilly en regardant les quatre hommes.

Le barman revint avec une nouvelle tournée de bières. Les trois vieux burent une première gorgée solennelle comme pour clore le contrat, avant de se tourner vers Chris.

— Qu'est-ce qu'on peut faire pour vous ? demanda le plus âgé, la peau burinée par le vent et tannée par le soleil, avec plus de poils dans le nez et les oreilles que sur le crâne.

— Je m'appelle Chris Delaney, enchanté, annonça-t-il en tendant sa main que les trois serrèrent à tour de rôle.

— Patrick Riordan.

— James Murphy.

— Peter O'Callahan.

— C'est quelle famille que vous cherchez ? demanda Riordan, ses yeux bleus pétillant dans son visage ridé.

— Steel, répondit-il, rassemblant dans son esprit les renseignements que Reilly lui avait fournis sur sa famille. Michael Patrick Steel, père et fils. Le père était menuisier et son père aussi avant lui, Connor Michael Steel.

Les trois pêcheurs se regardèrent.

— Il y avait bien une famille Steel, lança Murphy, le plus jeune des trois, qui avait encore toutes ses dents, lui, et portait un gros pull bleu foncé tricoté à la main.

— Ils étaient plusieurs, confirma O'Callahan.

Chris baissa les yeux vers les mains de celui-ci, énormes et noueuses. Un mécanicien, sûrement, pas un pêcheur.

Riordan ne disait rien, buvant sa bière, plongé dans ses pensées.

— Vous savez où ils habitaient ? Ils sont partis en Amérique quand j'étais assez jeune, à ce que je me souviens.

Une lueur s'alluma sur le visage de O'Callahan. Il se pencha en avant, révélant des trous sur les coudes de sa veste en laine usée.

— Vous avez raison, c'était la famille qui a déménagé aux États-Unis. Steel, le menuisier, c'était lui, je vois tout à fait.

Enthousiaste, Chris sentit qu'il avançait.

— Vous savez où ils habitaient ?

— Je peux pas vraiment vous dire, déclara O'Callahan en se frottant le menton. Je pense qu'il avait son atelier sur Bray Road...

— Je me souviens de lui maintenant, sacré footballeur ! surenchérit Murphy.

— Gardien de but, non ?

— Il arrêtait les balles comme personne.

— On était malheureux quand il est parti, conclut O'Callahan.

— Triste journée.

Tout ce temps, Riordan était resté muet. Soudain, il s'avança.

— Il vivait à côté des nouveaux bâtiments sur Cliff Road.

— Des nouveaux bâtiments ?

Ça ne manquait pas à Greystones, surtout habités par des gens qui travaillaient à Dublin.

— Enfin, à l'époque, ils étaient nouveaux par rapport au reste, précisa-t-il. Quelques bungalows construits dans les années cinquante, je pense.

Chris sentit son cœur s'emballer. Voilà déjà une piste.

— Et vous pensez que les Steel habitaient dans l'un de ces bungalows ?

— Je pourrais pas le certifier. Tout ce que je sais, c'est qu'ils avaient leur maison par là-bas.

— Et c'est où ?

— Windgates, en haut de la colline, à cinq cents mètres environ de Bray Road, expliqua-t-il en indiquant vaguement la direction.

Ayant obtenu ce qu'il était venu chercher, Chris finit sa bière et salua les trois hommes.

— Messieurs, vous m'avez été d'une grande aide, merci.

L'un après l'autre, ils lui serrèrent la main. Alors qu'il partait, Riordan le rappela.

— Monsieur Delaney ?

Chris se tourna, se demandant quelle information cruciale il allait ajouter.

— Vous travaillez dans quelle branche de la police ? demanda l'homme, une lueur dans les yeux.

41

— Des bungalows ? s'étonna Reilly, alors que Chris enfilait sa veste.

— Oui, pas loin de la ville, dans la direction d'où nous sommes arrivés, en fait. Ils disent que c'est là que vivait la famille de votre père.

Une bourrasque de vent frappa Reilly en plein visage, alors qu'elle sortait dans la rue. La petite brise agréable qui avait soufflé à leur arrivée s'était transformée en rafales violentes, chargées d'une bruine irlandaise qui lui giflait les joues.

Chris la suivait de près. Il leva les yeux vers le ciel couvert, les nuages s'amoncelant au-dessus de leurs têtes. Ils pressèrent le pas jusqu'à la voiture.

Même si l'endroit en question n'était qu'à cinq cents mètres, cela leur prit un moment pour le localiser.

Dans la voiture, elle remarqua que ses articulations étaient devenues toutes blanches. Les desserrant, elle s'efforça de se détendre et de ralentir le rythme de son cœur, en vain. Maintenant, le doute n'était plus permis. Son père avait en effet grandi ici, c'est là que se trouvaient ses racines.

À ses côtés, Chris essayait de repérer les bungalows des années cinquante, ou tout ce qui pourrait leur indiquer qu'ils ne s'étaient pas trompés de route. Mais Reilly ne savait pas comment distinguer une maison d'une autre. Il lui semblait voir d'innombrables vieux bungalows coincés entre certains plus récents.

Quand les maisons devinrent plus éparses et qu'ils arrivèrent dans une zone moins peuplée, Chris donna un grand coup dans le volant.

— Bon sang ! Je t'en foutrais du Cliff Road ! On est déjà presque à Bray et je ne vois rien qui ressemblerait de près ou de loin à ce qu'ils m'ont décrit. Et vous ?

Reilly ne dit rien. Elle se contenta de hocher la tête, au comble de la frustration.

— Je vais continuer un peu pour trouver où faire demi-tour. On va peut-être repérer l'endroit sur le chemin du retour.

— Bonne idée, acquiesça Reilly, songeant que son cerveau allait exploser s'ils ne progressaient pas plus vite.

Trois cents mètres plus bas, ils virent un homme qui marchait avec une canne le long de la route. Il avait l'air plus âgé que les trois hommes que Chris avait rencontrés au bar. Il s'arrêta sur le bas-côté et baissa sa vitre.

— Excusez-moi, monsieur ?

Reilly examina l'homme alors qu'il s'approchait de la voiture. Elle lui donnait 85 ans au moins, voire 90. Comme beaucoup de personnes âgées, il s'était tassé avec les années, même s'il n'avait jamais dû être très grand. Courbé et exténué, il ne devait pas dépasser le mètre soixante. Il portait une veste en tweed usée et une casquette gris foncé qui lui tombait sur les yeux.

— Excusez-moi, nous sommes un peu perdus, et je me demandais s'il vous serait possible de nous aider.

L'homme mit un moment avant de lever la tête. Quand il le fit enfin, le bleu clair et brillant de ses yeux les éblouit.

— Nous cherchons des bungalows sur cette route, continua Chris, jovial. Je crois que l'endroit s'appelle Windgates.

— Vous avez fait bonne route ? demanda l'homme.

— Comment cela ? s'étonna Chris, pris de court.

— Vous venez de Dublin, non ?

— Euh, oui, en effet. Ça se voit tellement ?

— C'est écrit sur votre visage, en plein milieu de votre front, commenta le vieillard. Les vêtements chic, l'accent, l'impatience.

— Oh, désolé si vous me trouvez un peu brusque, mais c'est très important.

— Important, vous dites, répéta-t-il.

Reilly se pencha sur Chris, espérant avoir plus de chance.

— Ma famille est du coin, et nous essayons de localiser la maison de mes grands-parents.

L'homme l'observa avec intérêt. Elle voyait bien qu'il la prenait pour une autre de ces Américaines à la recherche de leurs racines.

— Bien, bien, lâcha-t-il.

Reilly se retint de le secouer. Ce type allait-il finir par les aider ?

— Mon père s'appelle Michael Steel, et son père aussi, enchaîna-t-elle rapidement. Il était menuisier. Il est parti en Californie au début des années soixante...

— Je me souviens de Steel, le menuisier, répondit-il doucement, et le cœur de Reilly s'arrêta de battre. C'était un bon ouvrier, à ce que je me rappelle.

— C'est bien lui, affirma Chris. Vous savez où ils habitaient ?

L'homme ne quittait pas Reilly du regard.

— Oui, je me souviens.

Il se recula d'un pas et s'appuya sur sa canne.

— Vous savez comment on m'appelle ici ?

Reilly voulut hurler son impatience. Ils n'avaient pas le temps de discuter !

— Aucune idée, dit Chris sur un ton mesuré.

— Le marcheur, c'est ainsi qu'on m'appelle par ici.

Ses yeux allèrent de l'un à l'autre.

— Depuis mon enfance, j'ai toujours aimé marcher, dans toute la ville, en dehors de la ville. Quand j'étais jeune, j'allais parfois jusqu'à Wicklow. Ça fait un bail que je ne l'ai plus fait, avoua-t-il en riant. Mais je traverse encore la ville de long en large.

Reilly sentit un frisson glacé la parcourir quand elle comprit qu'elle n'avait pas affaire à un hurluberlu mais à un vieil homme avec toute sa tête.

— Qu'avez-vous vu, monsieur ? demanda-t-elle, tout doucement.

— Cliff Road, enchaîna-t-il comme si elle n'avait rien dit. Je me souviens quand tout n'était qu'un vaste champ... C'est encore très calme par là-bas, familial, alors on voit souvent des gamins qui jouent dehors.

— C'est là que vivaient les Steel ?

— C'est juste un peu plus loin sur la route principale, quand vous arrivez sur Windgates, vous trouverez un cul-de-sac. À l'époque, je descendais tout au bout pour admirer le port, contempler les mouettes voler dans le vent à la recherche de nourriture. La dernière maison sur la gauche, c'était celle des Steel. Bien sûr, ces trente dernières années, c'est la vieille Mme McGovern qui y habitait. Elle était très isolée et a laissé la maison tomber en ruine.

— Et ensuite ?

Reilly sentit l'impatience grandir chez Chris. Elle resta calme, donnant à l'homme le temps qu'il lui fallait pour raconter son histoire.

— Il y a un moment déjà que Mme McGovern est partie dans une de ces maisons de repos ; moi, je ne les aime pas trop, mais je suppose que c'est ce qui lui convenait.

— Et maintenant la maison est vide ? demanda Reilly, osant à peine reprendre sa respiration.

— Non, aux dernières nouvelles, c'est une famille de Dublin qui l'a achetée.

— Oh, lâcha Reilly, déçue.

— Mais la maison à quelques mètres de là est vide, expliqua-t-il, une étincelle dans ses yeux bleus. Elle est en travaux et pour autant que je sache, personne n'y a emménagé encore. Vous savez comment, de nos jours, les gens veulent que tout soit parfait avant de prendre possession des lieux. Ça fait un moment que je n'ai plus vu d'ouvrier là-bas, alors le propriétaire ne doit plus avoir trop d'argent. Ce n'est pas inhabituel ces temps-ci.

Des travaux. Reilly se figea, se rappelant les particules de peinture trouvées sur les lieux du crime, le plâtre, les poils de pinceau...

C'était l'endroit qu'ils cherchaient. Jess se cachait sûrement dans cette maison en rénovation.

— Merci pour votre aide, monsieur, conclut-elle rapidement, en jetant un coup d'œil à Chris. Sur la route principale, c'est ça ?

— Oui, vous continuez sur environ cinq cents mètres dans la direction d'où vous êtes venus et ensuite vous tournez à gauche, juste après la clinique vétérinaire.

— La clinique vétérinaire ? répéta Reilly, se retenant de crier de joie.

C'est là que Jess avait dû se procurer le pentobarbital. Soudain, toutes les pièces trouvaient leur place.

— Merci beaucoup pour votre aide, lança Chris au vieil homme, et sans attendre de réponse, il fit demi-tour.

— Il a dit que la maison était vide depuis un moment. C'est là qu'elle se cache, Chris, j'en suis certaine. Et avec un peu de chance, c'est là qu'elle a emmené mon père !

— C'est ici.

Ils avaient tourné sur Cliff Road et étaient arrivés face à une série de petits bungalows, un peu plus bas sur la route. Devant l'un d'eux, toute sorte de matériel encombrait le passage, indiquant clairement qu'il était en travaux.

Mais plutôt que de tourner dans le cul-de-sac, Chris s'arrêta sur le bas-côté de la route. Reilly lui adressa un regard interrogateur.

— Je voudrais qu'on en parle une seconde. Il serait temps d'appeler du renfort.

— Faites ce que vous voulez, mais moi j'y vais maintenant.

— Reilly, nous...

— Nous quoi ? interrompit-elle. Chris, vous vous doutiez tout de même bien que je ne faisais pas tout ce chemin pour rester assise dans la voiture.

— Alors, si on n'attend pas les renforts, qu'est-ce que vous suggérez ?

Reilly regarda par la vitre. Quel cadre banal pour ce qui pourrait s'avérer la fin d'une semaine de torture ! Un homme se pressa à côté de la voiture sous la pluie, le col de son manteau relevé sur sa nuque, un petit chien traînant derrière lui au bout de sa laisse.

— Je pense que je dois le faire moi-même. C'est ma sœur et elle n'a pas laissé d'ambiguïté, tout cela me concerne directement.

Chris la regarda, éberlué.

— Vous plaisantez ? Reilly, c'est une tueuse psychopathe, responsable de la mort d'au moins neuf personnes...

— Je sais, mais mon père est là-dedans. On ne peut pas prendre le risque d'entrer et de mitrailler de tous les côtés. Enfin, si on était armés, bien sûr.

En réalité, elle n'avait aucune idée de comment s'y prendre, mais ce qu'elle savait, c'est que si Jess était bien à l'intérieur, il fallait qu'elle l'affronte en tête à tête. Maintenant, cela devenait une affaire de famille. Elle pourrait peut-être réussir à parler à Jess, à lui faire retrouver la raison, ou du moins l'empêcher de faire du mal à Mike.

Quand elle l'expliqua à Chris, il ne cacha pas ses doutes.

— Mauvaise idée. Vous ne pouvez pas y aller seule, pas sans savoir...

— Je ferai semblant d'être venue seule, coupa-t-elle, sur un ton d'urgence. Bon sang, Chris, on n'a pas le temps d'attendre ! C'est mon père qui est là-dedans. Qui sait ce que Jess peut lui faire ? Je dois y aller maintenant ! Appelez les autres, et pendant ce temps, voyez si vous pouvez trouver une autre entrée, par-derrière, peut-être. Comme cela vous garderez un œil sur ce qui se passe. Si ça tourne mal, on avisera tous les deux.

— J'ai déjà entendu de meilleurs plans...

— Allez, on y va ! s'exclama-t-elle, refusant d'attendre davantage. À partir de maintenant, vous êtes à pied.

— Reilly, je peux juste vous dire quelque chose ? demanda Chris, sur le point d'ouvrir la portière.

— Ne dites rien, ça porte malheur. À tout à l'heure, d'accord ?

Il lui adressa un regard insistant.

— Faites attention à vous. Et rien de stupide, d'accord ?

Il actionna la poignée, laissant entrer dans la voiture une rafale d'air froid, avant de disparaître dans les buissons.

Reilly se glissa derrière le volant. Les pédales étaient trop loin, alors elle avança son siège. Elle s'apprêtait à redémarrer la voiture, mais s'arrêta. La confiance qu'elle avait affichée en essayant de convaincre Chris l'abandonnait maintenant qu'elle se retrouvait seule.

Tout à coup, elle se sentit redevenir une petite fille vulnérable, à des années-lumière de l'experte médico-légale formée par le F.B.I. qu'elle était. Tout ce qu'elle faisait ne valait rien. Daniel aurait été vert de rage s'il savait. Elle allait seule à l'aveuglette dans la maison d'un suspect, sans reconnaissance, sans arme, pratiquement sans renfort, prête à accepter ce qu'elle trouverait et à gérer sur le moment. Était-elle tombée sur la tête ?

Mais une autre voix, plus calme celle-là, s'élevait en elle. Elle faisait quelque chose que son ancien professeur lui avait toujours rabâché, elle suivait son instinct. Et l'instinct, comme il le lui avait expliqué, remontait aux profondeurs de l'inconscient. Dix fois plus grand que le domaine du conscient, l'inconscient avait accès à des informations insoupçonnées. *Suis ton instinct,* lui répétait-il, *il te mène dans la bonne direction.*

Et ce que son instinct lui soufflait, c'était qu'il n'y avait pas d'autre moyen. Que Jess l'attendait. Elle avait kidnappé son père, et s'ils agissaient en force, elle tuerait Mike et s'enfuirait.

Reilly redémarra la voiture et approcha de la maison. Il s'agissait d'une maison de trois pièces tout au bout du cul-de-sac, facilement repérable par le plâtre du mur qui partait en lambeaux et le matériel de bricolage éparpillé un peu partout.

Sans réfléchir, Reilly tourna la voiture, se garant dans le sens de la sortie, au cas où elle devrait partir en urgence. Se rendant compte que son cœur battait la chamade, elle prit plusieurs grandes inspirations, avant de couper le moteur.

Le silence se fit et elle entendit le sang pulser dans ses oreilles, le vent balayant la pluie sur les vitres. Elle se demanda où était Chris. En tout cas, où qu'il fût, il devait être mouillé.

Elle plaça les clés derrière le rétroviseur, encore une fois de manière mécanique. La pluie s'intensifiait, lui fouettant le visage alors qu'elle sortait de la voiture et la pressant vers la maison. Les yeux noyés d'eau, elle avait du mal à voir devant elle. En approchant, Reilly leva les yeux, essayant de trouver la sonnette, mais il n'y en avait pas.

La porte d'entrée s'ouvrit en grand. Une femme se cachait à moitié derrière, un large sourire sur le visage.

— Affreuse journée, hein ? déclara la petite sœur de Reilly avec désinvolture. Allez, entre, viens te sécher.

42

Reilly fit un pas à l'intérieur, se frottant les cheveux. Jess referma derrière elles, et remit en place la chaînette. Elle tenait dans sa main le 38 mm, sans le serrer particulièrement ni viser Reilly. Mais il était quand même là, menace silencieuse, rappel évident de qui menait le jeu.

Reilly regarda autour d'elle. Une odeur de peinture fraîche envahissait l'air. Le couloir conduisait directement à la cuisine, une porte sur la gauche donnait sur le salon, et il y en avait une autre sur la droite.

— Où est papa ?

— Il va bien. Tu le verras bientôt, affirma Jess en dirigeant sa sœur vers le salon avec son arme. Allez, entre.

Elle s'exécuta. La pièce était petite, décorée d'une moquette neuve mais dépourvue de meubles, à l'exception d'un petit canapé usé au centre, et à côté de la fenêtre, d'un vieil établi sur lequel trônait un ordinateur portable.

Le mur du fond avait été percé en voûte et ouvrait sur une salle à manger. Dans la pénombre, Reilly aperçut une petite table et quatre chaises.

— Assieds-toi, ordonna Jess.

Reilly obéit et examina enfin sa sœur.

Cela faisait tellement longtemps qu'elles ne s'étaient pas vues. La dernière fois remontait à la salle d'audience du tribunal quand Jess avait été emmenée menottée. Bien sûr, elle semblait plus âgée, mais elle avait toujours la même ossature fine. Elle n'avait pas pris un gramme, et ses pommettes dominaient toujours son visage délicat.

Seule son expression avait changé. Jess avait toujours eu un regard inquisiteur – elle avait été l'enfant la plus difficile qu'elle connaissait –, mais au moins, à l'époque, Jess avait su compenser par une certaine douceur. Maintenant, elle posait sur Reilly des yeux froids dont tout sentiment avait entièrement disparu. À la place, on devinait un esprit glacial et calculateur, constamment à l'affût des points faibles de l'adversaire et des moyens de prendre l'avantage.

— Tu as l'air fatiguée, observa-t-elle.

— Tu trouves ça étonnant ? demanda Reilly avec un rire amer. J'ai été assez occupée, dernièrement.

— Vraiment ? Une affaire intéressante ?

— Un cinglé qui a l'air d'aimer flinguer des innocents pour le plaisir.

— Fascinant. Et vous progressez ?

— Bien sûr. On sait qui c'est, mais personnellement, je n'arrive pas à comprendre comment quelqu'un peut s'amuser en commettant de telles atrocités.

Le visage de Jess se fendit d'un petit sourire.

— C'est toujours tellement difficile de comprendre les motivations des gens, tu ne trouves pas ? Comment peut-on comprendre ce que ressent vraiment l'autre, ce qu'il a vécu ?

Lassée de ce petit jeu, Reilly alla droit au but.

— Pourquoi, Jess ? Pourquoi cette barbarie, tous ces innocents ? Et pourquoi ici ?

— Douze ans, ça fait long, Reilly, expliqua Jess en haussant les épaules. Très long, enfermée avec un tas de malades. Au début on pense : « Je suis là par erreur, je ne suis pas comme eux, je ne serai jamais comme eux. » Mais, petit à petit, on ne voit plus la différence et on commence à comprendre qu'on est pareil...

Fais-la parler, se dit Reilly. *Allez, continue, jusqu'à ce que Chris trouve une autre entrée dans la maison.*

— Mais tu n'étais pas comme eux, contredit Reilly. Tu n'étais qu'une enfant, une enfant poussée à bout.

— Peut-être quand je suis entrée en prison, affirma Jess, l'air triste, presque nostalgique de la personne qu'elle avait été. Mais si tu es maligne, tu apprends à survivre. Je me suis adaptée, j'ai survécu et surtout, j'ai appris plein de choses sur les gens, les parents, ce qu'ils peuvent te faire et comment ils peuvent détruire ta vie, déclara Jess en fixant Reilly dans les yeux.

— Mais tu es sortie maintenant, Jess. Tu as survécu. Alors, pourquoi continuer ? Pourquoi ne pas arrêter ces horreurs tout de suite ?

— Et pour faire quoi ? demanda Jess, provocante.

— Je ne peux pas te promettre que je vais te laisser repartir libre, bafouilla Reilly, s'efforçant d'occuper Jess. Tu es allée bien trop loin, mais la peine de mort n'existe pas ici...

Douze années d'amertume accumulée explosèrent dans la voix de sa sœur.

— Oh, je devrais retourner en prison, alors ? Pour le restant de mes jours ?

— Papa et moi, on est tous les deux là, on pourra te rendre visite...

— Une grande et belle famille heureuse, c'est ça, hein ? s'écria Jess avec un rire sardonique. La mère cinglée, la fille tarée derrière des barreaux, et la sœur avec son papa, tous les deux archi-attentionnés qui viennent tous les samedis avec le journal, un panier de fruits et l'odeur du monde extérieur qu'ils baladent avec eux. Je ne crois pas, non.

Elle recula de quelques pas vers l'ordinateur pour jeter un œil à l'écran.

— Alors, quoi ? reprit Reilly. C'est quoi le but de tout cela ? Comment est-ce que ça finit ?

Reilly devenait folle, assise là, sur le canapé, à regarder sa sœur tirer les ficelles. Où était son père ? Et où était Chris ?

Elle se pencha pour voir ce que faisait Jess sur l'ordinateur.

— Qu'est-ce que tu regardes ? demanda-t-elle.

— Incroyable, les ordinateurs ! s'écria Jess, comme si de rien n'était. Tu savais qu'on pouvait traquer les moindres mouvements de quelqu'un vingt-quatre heures sur vingt-quatre, sept jours sur sept, rien qu'avec son téléphone portable ?

C'est sympa de pouvoir enfin utiliser un peu de ce que j'ai appris en prison.

— Alors, c'est comme cela que tu m'as épiée ? demanda Reilly, qui commençait à comprendre.

Jess tourna soudain l'ordinateur pour que Reilly puisse voir.

— Ce n'est pas tout ce qu'on peut faire avec, bien sûr.

L'écran était partagé en quatre images prises par des caméras de surveillance placées à l'extérieur de la maison. Bon sang, Reilly avait été tellement focalisée sur ce qu'elle pourrait trouver à l'intérieur qu'elle avait négligé de vérifier ce point ! Sur trois des images, rien ne bougeait, mais sur la quatrième, on distinguait clairement Chris qui essayait de forcer la porte de derrière avec un outil de jardinier.

— Ah, je me demandais où était ton petit ami, lança Jess, amère.

— Ce n'est pas mon petit ami, assura Reilly en se rapprochant, espérant que Jess baisserait sa garde et lui offrirait une chance de s'emparer de son arme.

— Il va bientôt entrer, je ferais mieux d'aller le saluer.

Jess se tourna brusquement, faisant sursauter sa grande sœur. Elle pointa le pistolet sur Reilly.

— Tourne-toi !

— Jess...

— Tourne-toi !

Comprenant qu'il ne servait à rien d'argumenter, Reilly s'exécuta lentement et se retrouva face au mur.

— Jess, je...

Jess retourna l'arme dans sa main et d'un coup sec, frappa la crosse derrière l'oreille de Reilly.

Reilly tomba à terre, une vive douleur fusant dans sa tête et provoquant en elle une profonde nausée. Elle heurta le sol et se recroquevilla en position fœtale.

— Je reviens tout de suite, assura Jess en lui adressant un sourire.

43

Chris avait exploré l'arrière de la maison, sans trouver d'issue, du moins aucune qu'il pourrait emprunter sans se faire remarquer. L'endroit était barricadé et sans fenêtre ouverte, même à demi. La seule possibilité semblait être la porte de derrière. Vieille et en bois, elle céderait sans doute avec les bons outils. Il suffisait qu'il se fasse le plus discret possible, et il priait pour que Reilly occupe sa sœur. Il avait alerté Kennedy qui avait tout de suite appelé la brigade de Bray. Avec un peu de chance, ils n'allaient plus tarder.

Chris essuya la pluie de son visage et regarda autour de lui. Il était trempé et glacé jusqu'aux os, mais peu lui importait. Reilly était à l'intérieur avec sa sœur, une dangereuse malade mentale, ce n'était pas le moment de penser à son petit confort.

Il chercha de quoi forcer la porte. Rien d'utile en vue, mais les voisins avaient un abri de jardin. Sans un bruit, il sauta par-dessus la petite clôture et atterrit dans un parterre de fleurs, ses articulations le torturant. Il partit pratiquement en rampant vers la remise et ouvrit sans problème la porte qui n'était pas verrouillée. Dans l'obscurité, il réussit à apercevoir les contours d'un outil posé contre le mur. Il tâtonna autour de lui, trouvant tour à tour une petite pelle, une binette et enfin une fourche. Ça allait devoir faire l'affaire.

Il s'empara de la pelle et de la fourche, avant de repartir vers la porte de derrière. Il tenta de jeter un œil à l'intérieur. Même si on n'y voyait pas grand-chose, il comprit qu'on entrait directement dans la cuisine. Une faible lumière arrivait de l'avant de la maison, par le couloir. Il aperçut des placards blancs, une échelle et quelques établis, et sur le rebord de la fenêtre, une boîte à outils. Il essaya de glisser la fourche entre la porte et son montant. Après deux ou trois essais, il sentit que les charnières n'étaient pas loin de céder.

Avec la fourche en place, Chris saisit la pelle. Il la fit passer dans la fente et s'y appuya. Rien.

La pluie tombait toujours à verse, lui inondant les yeux. Il s'essuya le visage. Encore quelques tentatives, et ensuite, il briserait une fenêtre, tant pis pour le bruit, il fallait qu'il entre à tout prix.

Il replaça la fourche et s'appuya de toutes ses forces, manquant de tomber quand la porte s'ouvrit enfin. Là, il arma son pistolet et fit un pas dans la cuisine. Il s'arrêta pour écouter. Silence total, aucun son dans la maison, rien. Il avança sur la pointe des pieds. Soudain, une ombre s'étendit dans le couloir, cachant la lumière.

— Bonjour, inspecteur.

Avant qu'il ne puisse réagir, il vit un éclair et une violente douleur lui irradia l'épaule.

— C'est une réunion privée, annonça Jess d'une voix calme et glaciale. Personne n'entre sans invitation.

La force de la balle l'avait projeté contre la porte. Il trébucha et atterrit à l'extérieur dans la boue et la pluie. Il essaya de se retourner, mais l'impact lui coupait la respiration.

Jess se pencha pour ramasser l'arme que Chris avait lâchée.

— Vous savez, ça n'aurait jamais pu marcher entre vous et Reilly, assura-t-elle.

Il leva la tête. Elle le fixait, pointant sur Chris son pistolet. Il haletait, la douleur menaçant de le submerger.

— Elle veut vous aider, Jess, articula-t-il avec peine.

— Bien sûr.

Elle tira une nouvelle fois.

Reilly se réveilla lentement sans se rappeler où elle se trouvait. Sa tête était en feu jusqu'à la nuque et la faisait atrocement souffrir. Elle essaya de s'asseoir, mais une nouvelle vague de nausée l'inonda. Elle se pencha et vomit sur la moquette pâle un filet de bile. Elle se sentit encore plus mal après.

Ne voulant plus bouger, elle fixa le sol. Il lui disait vaguement quelque chose, mais elle n'aurait pu le situer. Il y avait quelque chose de bien plus important, mais quoi ?

— J'espère que tu vas nettoyer tes saletés, lança une voix.

Reilly essaya de se concentrer, des étoiles dansaient devant ses yeux, renforçant la nausée. Elle se redressa peu à peu, se retint de vomir encore une fois, et prit plusieurs profondes inspirations. Elle passa une main derrière sa tête, là d'où venait la douleur et rencontra un point particulièrement sensible et humide. Elle retira ses doigts aussitôt, le contact étant insupportable. Elle vit du sang.

— Allons, Reilly, ressaisis-toi !

Reilly regarda autour d'elle. La petite pièce, l'odeur de peinture. Soudain, tout lui revint. Elle tourna la tête et vit Jess, installée paisiblement sur le vieux canapé. Sur la chaise à côté d'elle, elle aperçut Mike. Il était inconscient, retenu à sa place par plusieurs bandes de ruban adhésif qui lui entouraient la poitrine.

— Papa...

Reilly se força à se relever, toujours prise de vertige, et se planta sur ses pieds, avant de reprendre son souffle.

Jess l'observait, immobile et impassible. Reilly l'avait rarement vue aussi sereine.

— Il est... ?

— Mort ? termina Jess avec un sourire triste. Non. Je lui ai juste offert une bonne bouteille de Jameson et je l'ai encouragé à la finir.

Comme pour confirmer les dires de sa fille, Mike poussa un ronflement d'ivrogne et bougea légèrement dans ses liens.

Reilly laissa échapper un soupir. Au moins, son père allait bien. Mais qu'est-ce que Jess avait l'intention de faire maintenant ? Puis elle se souvint d'autre chose.

— Chris... Qu'est-ce que tu lui as fait ?

— Je lui ai juste rappelé qu'il s'agissait d'une réunion privée, répondit Jess. Et qu'il ne fallait pas qu'il nous dérange.

Reilly sentit son cœur défaillir. Jess avait-elle fait du mal à Chris, ou pire encore... ?

Consciente qu'elle était désormais seule, Reilly tenta de se calmer.

Elle aperçut soudain un objet qu'elle n'avait pas vu au premier abord. Elle s'était tellement concentrée sur Jess et son père qu'elle n'avait pas remarqué la chaise placée sous la voûte entre le salon et la salle à manger. Dessus, était posé un pistolet.

Reilly tourna rapidement la tête, espérant que Jess n'avait rien vu. Si elle pouvait juste l'atteindre sans que Jess s'en rende compte, en lui parlant, en la distrayant...

Elle posa une main sur son crâne endolori et fit un pas de plus vers l'autre pièce.

— Qu'est-ce qui se passe maintenant ? demanda-t-elle.

— C'est pour toi.

Reilly s'arrêta, comprenant qu'elle parlait de l'arme. Elle fixa sa sœur, perplexe.

— C'est pour toi, répéta Jess. Vas-y, prends-le.

Reilly jeta un nouveau regard vers le pistolet, puis vers Jess, comme si elle lui demandait la permission. Elle avança prudemment, s'attendant à une nouvelle ruse de sa sœur. Mais Jess se contenta de la regarder sans rien dire. Reilly s'empara de l'arme. Elle lui sembla légère.

Elle soupira, déçue.

— Elle n'est pas chargée ?

— Si.

— Mais...

— Une seule balle.

Reilly chercha un sens à tout cela. Elle ouvrit le chargeur, Jess disait vrai, il n'y avait qu'une seule balle. Elle le referma et de façon mécanique, visa sa sœur, ne sachant pas pourquoi cela devenait si simple.

— Lève-toi.

— Ça ne marche pas comme ça, Reilly, riposta Jess en secouant la tête.

— J'ai dit lève-toi ! Je n'hésiterai pas à tirer, Jess, s'il le faut !

— Oh, s'il te plaît, ne gâche pas le suspense... se moqua Jess.

Et sans laisser le temps à Reilly de réagir, elle sortit de derrière son dos une seringue qu'elle dirigea vers le cou de son père.

— Non...

— Je suppose que tu sais ce qu'il y a dedans.

— Du pentobarbital, répondit Reilly, affolée, en se rapprochant.

— Ne fais plus un seul pas.

L'aiguille s'enfonça légèrement dans la peau de Mike, qui eut un petit sursaut.

— J'ai préparé une dose mortelle. Pas comme les petites injections que toi et les autres avez reçues.

Reilly frissonna, consciente des dommages que cette drogue pouvait causer.

— Pose cette seringue, Jess, ou je tire.

Ses mains tremblaient alors qu'elle essayait de viser sa sœur.

— Tu sais pourquoi je suis allée voir maman ce jour-là ? demanda Jess, comme si elles étaient en pleine conversation mondaine.

Reilly se sentait toujours faible et prise de nausée. Rester debout exigeait toute son énergie. Il lui était presque impossible de réfléchir. Elle remua la tête.

— Non... pourquoi ?

— Elle m'a appelée pour m'inviter à la voir.

— Je ne savais pas. Je pensais...

— Tu sais ce qu'elle voulait ? interrogea Jess en grimaçant à ce souvenir. Elle voulait me dire que Mike n'était pas mon père, et que ce gros tas avec lequel elle s'envoyait en l'air était mon père.

Reilly restait immobile, ne sachant pas si elle devait la croire. Disait-elle la vérité, ou est-ce qu'il s'agissait encore d'un des jeux pervers de sa sœur ? Quoi qu'il en soit, Reilly décida de la suivre.

— Ça a dû être horrible pour toi. Pourquoi ne me l'as-tu pas dit ?

Jess continua, ignorant Reilly.

— Tu imagines ce qu'une telle révélation peut avoir comme effet sur une pauvre adolescente paumée ? demanda-t-elle en noyant ses yeux autrefois innocents dans ceux de Reilly. As-tu la moindre idée de ce que cela fait ?

— Je suis désolée. Vraiment...

— Je me suis demandé pourquoi elle avait voulu me l'avouer. Pourquoi elle avait décidé de jouer avec ma raison et me briser le cœur. Mais c'était maman tout craché, non ? lança Jess avec un rire sans joie. Elle m'a laissé le choix, Reilly. Venir vivre avec eux, mes vrais parents comme elle disait, ou rester avec vous deux, poursuivit-elle en secouant la tête. J'avais 14 ans, bordel ! Et j'étais totalement perdue. Comment aurais-je pu prendre cette décision ?

— Ce n'était pas juste que tu aies à la prendre, acquiesça Reilly, d'une voix douce.

Jess esquissa un sourire.

— Tu essayes de me comprendre, grande sœur, c'est ça ?

— J'ai toujours essayé de te comprendre. J'ai fait tant d'efforts pour comprendre ce que tu avais traversé, combien cela avait dû être dur pour toi...

— D'avoir tué ma propre mère, termina Jess.

— Oui.

— C'est le tabou suprême, non ? C'est ce que disait Freud, j'ai tout lu là-dessus quand j'étais derrière les barreaux. Tuer sa propre mère, son propre parent, il n'y a rien de pire. Tu crois que tu arrives enfin à le comprendre ?

— Bien sûr que je comprends, Jess, assura Reilly en faisant un pas dans sa direction. Écoute, Jess, pose cette seringue...

— Et si je suis capable de ça, peut-être que toi aussi.

Ce qu'elle perçut dans la voix de Jess lui glaça le sang. La douceur qui avait refait surface l'espace d'un instant avait disparu aussitôt, laissant la place à sa froideur et son machiavélisme. Elle jouait avec Reilly désormais, se focalisant sur ses doutes, sur son point faible.

— C'est ton tour maintenant de faire un choix, déclara Jess en enfonçant l'aiguille encore un peu plus profondément dans le cou de Mike, mais sans injecter le poison. Il bougea et grommela quelques mots incohérents.

— Jess, non ! s'écria Reilly, choquée.

D'un doigt, Jess caressait le piston.

— Tu veux que j'arrête ? cria-t-elle.

— Oui, je t'en supplie... Jess ! implora Reilly, des larmes inondant ses yeux.

— Alors, vas-y...

— Quoi ?

— Une balle, Reilly. Tu as une balle. Tu me tues et tu sauves ton père. On sait toutes les deux que ce n'est pas mon père, alors je m'en contrefiche. Prends ta décision, si tu en es capable.

— Jess, non, je ne veux pas te tuer, protesta Reilly. Quoi que tu aies fait, tu es toujours ma petite sœur.

Jess éclata d'un rire de gorge si profond que Reilly en eut la chair de poule.

— Tu es tellement prévisible ! Après tout ce qui s'est passé, tu la joues encore famille heureuse ?

Les doigts de Jess se crispèrent dangereusement sur la seringue.

— Alors, c'est lui ou moi ?

— Je... Je ne peux pas...

— Choisis maintenant ! ordonna Jess. L'heure tourne, Reilly. Ton ami flic pisse le sang sous la pluie. Il apprécierait sans doute que tu te décides le plus vite possible...

Reilly tenta de se maîtriser. Elle comprenait tout désormais, c'était là que Jess avait toujours voulu en venir. Les tabous, les meurtres, l'enlèvement de Mike, tout pour les conduire à ce dénouement, où Reilly aussi se retrouvait confrontée à l'abomination ultime, tuer un membre de sa famille. Elle était forcée de se rendre à l'évidence qu'elle aussi pouvait transgresser un tabou.

— Il est temps ! lança Jess, en appuyant sur le piston.

Son instinct, qu'elle avait passé tant d'années à développer pendant sa formation à Quantico, lui fit soudain défaut, alors qu'elle avait le doigt sur la gâchette.

— Pour l'amour de Dieu, je t'en supplie...

La balle atteignit Jess entre les deux yeux et la projeta en arrière sur son siège.

Reilly en eut le souffle coupé, la détonation résonnant encore dans ses oreilles. Elle se tourna et découvrit Pete Kennedy, trempé de pluie, debout derrière elle, un pistolet à la main.

— On dirait que je suis arrivé à temps, déclara-t-il, livide.

À cet instant, Mike remua, grognant et se contractant, la seringue toujours plantée dans sa nuque. Reilly le rejoignit en trois enjambées et retira en toute hâte la drogue de la chair de son père, son cœur menaçant d'exploser dans sa poitrine.

— Papa, tu vas bien ?

Mike bredouilla un mot incompréhensible et entrouvrit les yeux. Il avait du mal à y voir clair, mais Reilly ne pensait pas que le pentobarbital était entré dans son organisme. Aussi vite qu'il les avait ouverts, il referma les yeux et s'évanouit, sans doute à cause de l'alcool.

Le soulagement et la douleur envahirent Reilly. Elle lâcha enfin son arme et s'agenouilla à la hauteur de sa petite sœur.

Jess la fixait sans la voir, ses grands yeux bleus ouverts, un trou dans le front et du sang dégoulinant dans ses cheveux blonds.

Reilly lui caressa la joue.

— Je suis vraiment désolée, Jess, murmura-t-elle. Désolée que ça se finisse comme ça...

Avec une gentillesse infinie, elle lui ferma les yeux avant de s'asseoir sur les talons, toujours faible et nauséeuse. Elle s'appuya sur le canapé pour se relever et se tourna vers Kennedy. Mais il n'était plus là.

Elle fonça vers l'arrière de la maison. Avec horreur, elle vit Chris, gisant sous la pluie. Il saignait abondamment au niveau de la taille. Jess n'avait pas menti, elle lui avait tiré dessus au moins deux fois.

— Oh, mon Dieu... lâcha-t-elle, posant une main sur sa bouche. Il est...

— C'est pas bon, affirma Kennedy, très inquiet. Pas bon du tout. L'ambulance arrive, mais il saigne beaucoup.

— Chris...

Reilly se pencha sur lui et le secoua légèrement. Sa tête partit en arrière, un filet de sang coulant de sa bouche.

— S'il vous plaît, Chris, ne nous quittez pas ! supplia-t-elle. Pas maintenant que tout est fini !

Épilogue

Six mois plus tard

La baie, immense, s'ouvrait devant eux, un coude de sable recouvert de petites dunes. La plage dorée était presque déserte, à l'exception de quelques familles avec des enfants qui jouaient gaiement.

Les vagues, régulières, se brisaient sur le récif.

Sa planche sous le bras, Reilly avançait avec aisance sur le sable fin vers l'eau, ses yeux bleus surveillant les rouleaux, lisant leur trajectoire en experte.

Elle se tourna vers son compagnon, pour lui indiquer d'une main la direction à prendre.

— Le vent vient du nord et les vagues déferlent de droite à gauche. Parfait pour un débutant.

Chris se fit de l'ombre avec sa main et tenta de voir la même chose que Reilly. Il semblait mal à l'aise avec son surf, et malgré sa peau bronzée, une grande cicatrice pourpre fendait le haut de sa taille.

— Elles ont l'air plutôt grandes ces vagues, remarqua-t-il, peu rassuré.

— Grandes ? taquina Reilly. Elles sont minuscules !

Elle mit un pied dans la mer.

— Mais l'eau est vraiment froide, en revanche. Vous allez regretter de ne pas avoir mis de combinaison.

— Je suis irlandais, je vous rappelle. Un peu d'eau froide ne me fait pas peur.

Il avança pour la rejoindre. Reilly était maintenant entrée jusqu'à la taille, sa planche à côté d'elle.

— Prêt pour votre première leçon, inspecteur ?

— Je crois...

— Chris Delaney, ne me dites pas que vous avez la pétoche.

— J'ai Kennedy pour coéquipier, n'oubliez pas. Rien ne peut plus m'effrayer. Et de toute façon, ne dit-on pas que ce qui ne vous tue pas vous rend plus fort ?

Reilly se souvint que tout le sang qu'il avait perdu quand Jess lui avait tiré dessus ne l'avait pas tué. Les urgentistes ne comprenaient pas comment il avait survécu ni pourquoi les douleurs qu'il ressentait avant s'étaient arrêtées à partir de ce jour-là. Chris ne voulait plus y penser, mais Reilly craignait tout de même que les douleurs ne reviennent. Quelque chose ne tournait pas rond dans le premier examen de sang, et elle doutait qu'il fût tiré d'affaire.

Pourtant, parce que Chris le lui avait demandé, elle s'était résignée à le laisser tranquille avec cela et à cesser de chercher à élucider le mystère. Du moment que cela n'affectait pas son travail, Reilly n'avait aucun droit de s'immiscer dans ses décisions.

Mike Steel, lui, ne se souvenait de rien. Son séjour à Greystones restait noyé dans un océan d'alcool, et Reilly n'avait pas voulu lui raconter les derniers instants de Jess. À quoi bon lui révéler toute la vérité ?

Par chance, les autorités s'étaient réjouies du rôle qu'avait joué Reilly dans la résolution de l'affaire. Après une longue et pénible enquête interne, il fut conclu qu'elle n'avait rien fait de mal, et elle put reprendre ses fonctions, malgré les réticences de Jack Gorman.

Chris posa sa planche sur l'eau et s'y allongea pour ramer en direction des vagues, comme le lui avait expliqué Reilly.

— Allez, California Girl, je veux vous voir à l'action !

Avant de le rejoindre, Reilly le regarda un instant, un grand sourire illuminant son visage, et ils s'élancèrent tous les deux vers le large.

Les Escales

Jeffrey Archer
Seul l'avenir le dira

Jenna Blum
Les Chasseurs de tornades

Chris Carter
Le Prix de la peur

Titania Hardie
La Maison du vent

Cécile Harel
En attendant que les beaux jours reviennent

Victoria Hislop
L'Île des oubliés

Gregorio León
L'Ultime Secret de Frida K.

Amanda Lind
Le Testament de Francy
L'Évangile selon Francy

Paolo Roversi
La Ville rouge

Eugen Ruge
Quand la lumière décline

Amy Sackville
Là est la danse

RÉALISATION : NORD COMPO À VILLENEUVE-D'ASCQ

CET OUVRAGE
A ÉTÉ ACHEVÉ D'IMPRIMER
SUR ROTO-PAGE
PAR L'IMPRIMERIE FLOCH
À MAYENNE EN SEPTEMBRE 2012

N° d'impr. : 83188
D.L. : octobre 2012
(Imprimé en France)